ПОГРАНИЧНАЯ
РЕАЛЬНОСТЬ

КИТ ДОНОХЬЮ

ПОДМЕНЫШ

АРКАДИЯ

Санкт-Петербург
2019

УДК 821.111
ББК 84(7)
Д67

Keith Donohue
THE STOLEN CHILD

Перевел с английского
Дмитрий Ржанников

Дизайнер обложки
Александр Андрейчук

Художник
Ольга Исаева

Издательство выражает благодарность
литературному агентству
Andrew Nurnberg Literary Agency
за содействие в приобретении прав.

Донохью К.

Д67 Подменыш: [роман] / Кит Донохью: — СПб. : Аркадия, 2019.— 384 с.— (Серия «Пограничная реальность»).

ISBN 978-5-906986-82-5

Легенды о том, что феи (или иной волшебный народец) воруют детей и занимают в семье их место, существуют у многих народов. Но в них не рассказывается о том, как сложно бессмертному созданию вроде Питера Пена постоянно модифицировать до мельчайших деталей свою внешность и психику, дабы избежать разоблачения. И нигде не узнаешь, каково превращенному в эльфа ребенку, наделенному магическими способностями, которые, кстати, совершенно не влияют на выживание в дикой природе, взрослеть не взрослея и столетиями ожидать шанса вернуться к людям. А про то, что произойдет, если эльф-подменыш и подмененный им малыш встретятся, до появления этой книги вообще никто не задумывался...

УДК 821.111
ББК 84(7)

© Keith Donohue, 2006
© Издание на русском языке, перевод на русский язык, оформление. ООО «Издательство Аркадия», 2019

ISBN 978-5-906986-82-5

Дороти и Томасу, жаль, что вас здесь нет

Мир познаем мы в детстве.
Дальше — память.
Nostos, Луиза Глюк

Благодарности

Спасибо вам, Питер Стейнберг и Коатс Бейтмен. Также я признателен Нан Талес, Люку Эпплину и всем в *Doubleday*, Джо Регал и уважаемой Бесс Рид. И Мелани за ее вдумчивое прочтение рукописи и рекомендации, а также за годы поддержки. И всем моим детям.

За советы и вдохновение я благодарен Сему Хазо, Дэвиду Лоу, Клиффу Беккеру, Эми Столлс, Эллен Брайсон, Джиги Брэдфорд, Эллисон Боден, Лауре Беккер и Шерон Кангас. За подстегивание и понукание в Уэйл Рок спасибо вам, Джейн Александер и Эд Шерин.

И мое почтение Саре Блаффер Харди, автору книги «Природа-мать. История материнства, младенчества и естественного отбора», из которой почерпнуты цитаты для журнальной статьи об антропологических корнях мифа о поменышах.

Глава 1

Не зовите нас больше феями. Мы не любим, когда нас так называют. Раньше это слово, действительно, выражало нашу сущность, но сегодня оно обросло множеством лишних ассоциаций. С точки зрения этимологии, фея — нечто специфическое, близкое наядам или водяным нимфам. Если попытаться объяснить, кто мы такие, то нужно сказать, что мы — феи особого рода. Само слово «фея» происходит от старофранцузского *fée*, которое, в свою очередь, произошло от латинского *Fata*, имени богини судьбы. Традиционно феи жили группами, которые назывались *faerie* (феерическими), в мире между земным и небесным.

Мир этот наполняли самые разнообразные волшебные существа. Один поэт в древности сказал про них: «С неба на землю луну низвести их заклятия могут»[1]. С начала времен они были разделены на шесть видов: огненные, воздушные, земные, водные, подземные. Феи, наяды и нимфы составляли отдельный вид. О духах огня, воды и воздуха я почти ничего

---

[1] *Carminibus coelo possunt deducere lunam* — С неба на землю луну низвести (их) заклятия могут. (*лат.*) — строка из поэмы Вергилия «Буколики» (Эклога 8, 68), пер. И. Соснецкого.

сказать не могу. Но земных и подземных обитателей я знаю прекрасно и хорошо разбираюсь в их повадках, обычаях и культуре. В разные времена и в разных странах их называли по-разному — лары, гении, фавны, сатиры, фолиоты, черти, бесы, лепреконы, сиды, тролли — те из них, кто сохранился до нынешних времен, скрываются в лесах и редко попадаются людям на глаза. Ну а если вам так уж нужно дать имя мне, зовите меня хобгоблином.

А еще лучше — подменышем. Это слово прекрасно описывает то, чем мы занимаемся. Мы воруем человеческих детей и подменяем их кем-нибудь из своего племени. Хобгоблин становится украденным ребенком, а ребенок — хобгоблином. Но нам подходит не каждый, а только такой ребенок, чья душа томится в человеческом мире, тот, кто и сам рад променять этот мир на что-нибудь другое. Подменыши относятся к выбору жертвы очень серьезно, поэтому подмены происходят не чаще, чем раз в десять лет. Украденный ребенок становится частью нашего мира, и ему иногда приходится ждать целое столетие, пока подойдет его очередь в цикле, когда он сам сможет стать подменышем и вернуться в мир людей.

Подготовка к подмене крайне утомительна. Она предполагает тщательное наблюдение за объектом, его друзьями и семьей. Все это, естественно, делается скрытно. Лучше всего подходит ребенок, который еще не ходит в школу. С возрастом человеческого мозгу все сложнее запоминать и перерабатывать поступающую извне информацию, имитировать личность, привычки, телосложение и особенности поведения объекта. Проще всего похищать младенцев, но их трудно выхаживать. Идеальный возраст — шесть-семь лет. Конечно, самое главное, — независимо от того, сколько лет ребенку, — заставить родителей поверить, что подменыш и есть их обожаемое дитя. Добиться этого гораздо проще, чем вы думаете.

Основная сложность состоит не только в том, чтобы идеально скопировать личность ребенка, но и в физической трансформации своего тела. Это болезненный процесс. Начинаем мы обычно с костей: их надо вытягивать, пока тело не приобретет нужный размер и форму. Затем следует поработать над головой и лицом, а это требует от нас, подменышей, искусства скульптора. Знали бы вы, какие усилия мы прилагаем, чтобы видоизменить череп! Это было бы похоже на работу с глиной или тестом, если бы не было так больно. Затем нужно переделать зубы, удалить волосы на теле, а потом долго и нудно соединять все части в одно целое. И никаких обезболивающих, разве что пара капель отвратительного на вкус самогона из перебродивших желудей. В общем, процесс неприятный, но мучения того стоят, хотя лично я обошелся бы без переделывания гениталий. В итоге получается идеальная копия ребенка. Тридцать лет назад, в 1949-м, я, подменыш, в очередной раз снова стал человеком.

Я поменялся жизнью с семилетним мальчиком по имени Генри Дэй, жившим на ферме, за городом. Однажды поздним летним вечером Генри убежал из дома и спрятался в дупле большого каштана. Наши шпионы его выследили и подняли тревогу. Я быстро трансформировал себя в его точную копию. Мы вытащили мальчишку из дупла, а я занял его место, чтобы дальше жить его жизнью. Когда поисковая партия поздно вечером обнаружила меня, все были настолько счастливы, что, вопреки моим опасениям, никто на меня не злился. «Генри!» — окликнул меня рыжеволосый человек в форме пожарного. Я лежал в дупле, притворяясь, что сплю, а теперь открыл глаза и улыбнулся ему. Человек этот завернул меня в тонкое одеяло и вынес из леса на дорогу, где стояла ожидавшая нас пожарная машина. Ее красная мигалка вспыхивала в ритме моего сердца. Пожарные отвезли меня в дом родителей Генри, моих новых отца и матери. Пока мы ехали через ночной лес, я думал, что раз так легко выдержал первый экзамен, то в скором времени смогу покорить весь мир.

Существует распространенный миф о том, что животные и птицы легко отличают своих детенышей от чужих и никогда не потерпят у себя в норе или гнезде незнакомца. Это не так. Кукушка, например, постоянно подкидывает яйца в чужие гнезда, и, несмотря на огромный размер и непомерный аппетит, вылупившийся кукушонок получает от приемной матери достаточно заботы, иногда в ущерб другим птенцам, которых он часто выталкивает из гнезда. Иногда мать насмерть замаривает своих детей голодом, потому что вся еда достается кукушонку. Моей первой задачей было убедить всех, что я и есть настоящий Генри Дэй. К сожалению, люди более подозрительны и менее терпимы к непрошеным гостям в своих гнездах.

Спасатели раньше не видели меня, они знали только, что ищут потерявшегося в лесу мальчика, а я не стал разговаривать с ними. Они выполнили свою миссию, нашли *кого искали* и были тем довольны. Когда пожарная машина свернула с дороги к дому Дэев, меня вырвало прямо на ее ярко-красную дверь жуткой смесью перебродивших желудей, листьев водяного салата и остатками разных мелких насекомых. Пожарный потрепал меня по голове и сграбастал в охапку вместе с одеялом, словно котенка или младенца. Отец Генри сбежал нам навстречу с крыльца, схватил меня на руки, обнял и расцеловал, обдав крепким запахом табака и алкоголя. Он сразу принял меня за своего единственного сына. Одурачить мать будет гораздо сложнее.

На ее лице отражались все ее переживания: от слез оно опухло и покрылось пятнами, голубые глаза покраснели, волосы спутались и растрепались. Она протянула ко мне дрожащие руки и вскрикнула, коротко и пронзительно, как кричит запутавшаяся в силках крольчиха. Вытерев глаза рукавом рубашки, она обняла меня, вздрагивая всем телом. А потом начала смеяться своим глубоким, низким смехом.

— Генри? Генри? — Она отстранила меня, держа за плечи вытянутыми руками. — Дай насмотреться на тебя! Неужели это действительно ты?!

— Прости, мама...

Она поправила упавшую мне на глаза челку, а потом снова прижала меня к груди. Ее сердце билось как раз возле моего лица. Мне стало слишком жарко и неуютно.

— Не волнуйся, мое маленькое сокровище! Ты дома, в целости и сохранности, а остальное неважно. Ты вернулся!

Отец положил тяжелую ладонь мне на затылок, и я подумал: «Черт, так мы вечно будем стоять на пороге». Я вынырнул из-под его руки, а потом вытащил из кармана носовой платок Генри. На землю посыпались крошки.

— Прости, мама, я украл печенье...

Она засмеялась, ее глаза просветлели. На случай, если бы она все-таки усомнилась в том, что я существо от плоти и крови ее, и был придуман этот трюк. Перед тем как сбежать из дома, Генри насовал себе в карманы печенья, и пока наши тащили мальчишку к реке, я его вытащил и переложил к себе в карман. Эти крошки убедили ее окончательно.

Наконец, уже далеко за полночь, они уложили меня в постель. Уютные спальни — величайшее изобретение человечества. Этот комфорт не сравнить с ночевками в какой-нибудь яме на голой земле, с вонючей кроличьей шкурой вместо подушки, под сопение и вздохи дюжины подменышей, спящих тревожным сном. Я блаженно растянулся на хрустящих простынях, размышляя о своей удаче. Конечно, существует множество случаев, когда подменышей разоблачали. В одной рыбацкой шотландской деревне, например, подменыш так напугал своих бедных родителей, что они выскочили из дома прямо во время снежной бури, а потом их нашли на заливе вмерзшими в лед. А одна шестилетняя девочка-подменыш случайно заговорила за столом собственным голосом, чем привела новых родственников в такой ужас, что они залили друг другу уши расплавленным воском и больше никогда ничего не слышали. Бывало, отец и мать, осознав, что вместо их собственного ребенка им подсунули подменыша, седели за одну ночь, лишались рассудка или умирали от сердечного приступа. Правда некоторые, хотя и редко, вызывали экзорцистов, изгоняли непрошеных детей или даже решались на убийство. Семьдесят лет назад я именно так потерял близкого друга, который забыл, что со временем человеческая внешность меняется. «Папа» с «мамой», решив, что имеют дело с дьяволом, связали его, засунули в мешок, как котёнка, и утопили в колодце. К счастью, чаще всего, если родители замечают в поведении сына или дочери нежелательные изменения, один из супругов начинает винить во всем другого. Одним словом, сами видите, подмена — дело рискованное и не рассчитана на слабонервных.

То, что меня сразу же не вывели на чистую воду, не могло не радовать, но расслабляться было рано. Спустя полчаса после того, как я лег спать, дверь в мою спальню медленно приоткрылась. Освещенные включенным в коридоре светом, мистер и миссис Дэй просунули в щель головы. Я прикрыл глаза и притворился спящим. «Мама» плакала, тихо, но без передышки. Никто не умел рыдать так искусно, как Руфь Дэй.

— Ты должен наладить ваши отношения, Билли. Пообещай, что этого больше не повторится!

— Я знаю. Обещаю, — прошептал он. — Посмотри, как он спит. «Невинный сон! Он разрешает нас от всех забот»[2].

Он закрыл дверь, и я остался в одиночестве. Мы с моими друзьями-подменышами шпионили за мальчишкой не один месяц, так что я прекрасно знал расположение своего нового дома на опушке леса. Вид из комнаты Генри на небольшую лужайку и лес был просто волшебный. Над зубчатым рядом далеких темных елей ярко сияли звезды. Легкий ветерок забирался в раскрытое окно и холодил простыни. Ночная ба-

---

[2] *The innocent sleep that knits up the ravell'd sleeve of care.* (Шекспир, Макбет. Акт II, сцена 2, перевод В. Раппопорт).

бочка билась об оконную сетку. Полная луна давала достаточно света, чтобы разглядеть тусклый узор на обоях, распятие над головой и пришпиленные к стене картинки из газет и журналов. На полке мирно покоились бейсбольная перчатка и мяч, а кувшин и таз для умывания в лучах луны светились, будто покрытые фосфором. На столе призывно лежала стопка книг, и я едва смог побороть волнение от предстоящего чтения.

Утро началось с воплей близняшек. Я спустился в гостиную, прошел мимо спальни новых родителей и устремился на голоса «сестричек». Увидев меня, Мэри и Элизабет сразу замолчали, и я уверен, обладай они разумом и даром речи, то закричали бы: «Ты не Генри!» Но они были обыкновенными карапузами, и ума у них было не больше, чем зубов. Широко раскрыв глаза, они спокойно и внимательно следили за каждым моим движением. Я улыбнулся им, но ответных улыбок не дождался. Я начал строить им смешные рожицы, пощипывать их за толстые щеки, плясать как марионетка и свистеть по-птичьи, но они только пялились на меня, как две глупые лягушки. Пытаясь их развеселить, я вспомнил случай, когда в лесу уже встречался с такими же беспомощными и опасными существами, как эти человеческие детеныши. Однажды в безлюдной лесной долине я наткнулся на потерявшего мать медвежонка. Испуганный звереныш при виде меня так заорал, что я стал опасаться, как бы на его рев не сбежались все окрестные медведи. Несмотря на способность управлять животными, мне нечего было предложить этому паршивцу, который мог разорвать меня одним движением лапы. Тогда я стал напевать веселую песенку, и он успокоился. Вспомнив этот случай, я попытался проделать то же самое с моими новообретенными сестрами. Звук моего голоса так околдовал их, что они начали агукать, пускать слюни и хлопать в свои пухлые ладошки. «Гори, гори, звездочка!» и «Спи, моя крошка!» убедили их в том, что я почти такой же, как их брат, и даже лучше, чем брат, хотя кто знает, какие мысли появлялись в их неразвитых мозгах. Они курлыкали и гукали. Между песенками я разговаривал с ними голосом Генри, и постепенно они мне поверили — вернее, избавились от недоверия.

Миссис Дэй влетела в детскую, напевая и что-то мурлыкая себе под нос. Ее размеры и необъятная талия потрясли меня. Я и раньше ее видел, но никогда так близко. Когда я наблюдал за ней из леса, она казалась примерно такой же, как и все остальные человеческие взрослые особи, но вблизи излучала особую нежность; и еще от нее исходил легкий кисловатый запах молока и дрожжей. Она протанцевала через всю комнату, раздвинула занавески и одарила всех золотом этого утра. Близняшки, обрадованные ее появлением, потянулись к ней, хватаясь за перекладины своих кроваток. Я тоже ей улыбнулся. Это было единственное, что я мог сделать, чтобы не залиться счастливым смехом. Она ответила мне такой улыбкой, будто я был ее единственным ребенком.

— Ты не мог бы помочь мне с сестренками, Генри?

Я поднял на руки ближайшую ко мне девочку и многозначительно произнес, обращаясь к моей новой матери:

— Я возьму Элизабет.

Она была тяжелая, как барсук. Забавно было взять на руки ребенка без цели его украсть; самые младшие на ощупь приятно мягкие.

Мать близняшек остановилась и уставилась на меня, озадачившись на какое-то мгновение.

— Откуда ты знаешь, что это Элизабет? Раньше ты не мог их отличить.

— Мам, это легко. Когда Элизабет улыбается, у нее на щеках две ямочки, и у нее имя длиннее, а у Мэри — только одна.

— Да ты у меня просто умница, — сказала она, взяла Мэри на руки и направилась в кухню.

Элизабет склонила свою голову ко мне на плечо, и мы пошли вслед за нашей общей матерью. Кухонный стол ломился под тяжестью лакомств — горячие пирожки и бекон, вазочка с теплым кленовым сиропом, сверкающий кувшин с молоком, нарезанные кружками бананы на фарфоровых блюдцах. После долгой жизни в лесу, когда приходилось есть все-что-попадется-под-руку, эта простая человеческая пища показалась мне роскошной, как шведский стол с самыми изысканными деликатесами, свидетельством изобилия и достатка, сулившим благополучие.

— Смотри, Генри, я приготовила все твое любимое.

Мне захотелось расцеловать ее. Она была явно довольна собой и тем, что ей удался такой роскошный завтрак. Нужно было как-то показать ей, что и мне он нравится тоже. Я проглотил четыре пирожка, восемь кусочков бекона и запил все это двумя полными, хоть и маленькими, кружками молока, наливая его себе из кувшина, после чего все равно пожаловался на голод. Тогда она сварила для меня еще три яйца и приготовила огромный тост из свежеиспеченного домашнего хлеба. Похоже, мой метаболизм изменился. Руфь Дэй приняла мой аппетит за проявление сыновней любви, и с тех пор в течение следующих одиннадцати лет, пока я не поступил в колледж, постоянно баловала меня кулинарными изысками. Со временем она стала заглушать едой свои страхи и ела наравне со мной. Многие десятилетия жизни в лесу подготовили мой организм и не к таким испытаниям, но она была просто человеком, и потому с каждым годом становилась все толще. Впоследствии я часто задумывался о том, что сделало ее такой: была ли ее полнота следствием родов или она обжорством заглушала терзавшие ее подозрения?

После того первого дня, когда она впустила меня в свой дом, и после всего, что случилось потом, кто мог бы ее обвинить? Я привязался к ней сильней, чем ее собственная тень, присматривался и старательно учился быть ее сыном, когда она вытирала пыль или подметала пол, мыла посуду или меняла памперсы близняшкам. Дом был местом более безопасным, чем лес, но незнакомым и чужим. Всюду таились большие и маленькие сюрпризы. Дневной свет просачивался в комнату сквозь занавески, пробегал по стенам и рисовал причудливые геометрические узоры на коврах, совсем не похожие на те, что образуются на земле, когда солнце просвечивает сквозь листву. Особенное любопытство вызывали у меня маленькие вселенные из танцующих в воздухе пылинок, становившихся видимыми только в солнечных лучах. По контрасту с сиянием солнца, внутреннее освещение дома создавало снотворный эффект, действовавший особенно сильно на близняшек. Они быстро уставали и засыпали вскоре после обеда. И тут наступало мое время.

Моя мать на цыпочках выходила из их комнаты, а я, как солдат на часах, терпеливо поджидал ее посреди гостиной. В такие минуты, не знаю почему, я бывал просто заворожен двумя отверстиями в электрической розетке, которые, казалось, умоляли меня засунуть в них мизинец. Хотя дверь в комнату близнецов была закрыта, их ритмичное сопение, доносившееся оттуда, напоминало мне звук ветра, раскачивающего верхушки деревьев. И я никак не мог научиться не обращать на него внимания. Мама брала меня за руку, и это мягкое прикосновение отзывалась во мне глубокой симпатией. Стоило ей меня коснуться, все мое существо сразу наполнялось покоем. Я часто вспоминал о стопке книг на столе Генри и просил ее почитать мне.

Мы шли в мою комнату и заваливались на кровать. Последние сто лет я не имел дела с взрослыми людьми, жизнь среди подменышей никак не способствовала этому. Мама была раза в два больше меня, слишком крупная, слишком массивная по сравнению с тем худеньким мальчиком, в которого я превратился, чтобы считать ее реальной. Рядом с ней я казался себе хрустальным бокалом, хрупким и непрочным. Стоило ей неловко повернуться, и она могла бы переломить меня, как пучок сухих прутьев. Но в то же время ее необъятные размеры обещали защиту от внешнего мира. Она одна могла бы заслонить от всех на свете врагов. Пока близняшки спали, она успевала прочесть мне несколько сказок братьев Гримм: «Волк и семеро козлят», «Гензель и Гретель», «Поющая косточка», «Девушка без рук», «Сказка о том, кто ходил страху учиться» и еще что-то. Моими любимыми были «Золушка» и «Красная шапочка». Мама читала их с выражением, но ее прекрасное меццо-сопрано никак не вязалось с мрачной атмосферой этих историй. В музыке ее голоса отражалось эхо давно ушедших времен, и, лежа у нее под боком, я чувствовал, как годы бегут назад.

Я уже слышал все эти сказки раньше, давным-давно, когда жил в Германии, где мне их читала моя настоящая мать (да, когда-то и у меня была настоящая мама). От нее я и узнал про *Ashenputtel и Rotkäppchen*[3] из книжки *Kinder- und Hausmärchen*[4]. Я хотел бы об этом забыть, и даже иногда думал, что забыл, но нет, ее далекий голос до сих пор звучит в ушах: «*Es war einmal im tiefen, tiefen Wald...*»[5]

Хоть я и покинул сообщество подменышей много лет назад, в глубине души я остался в чаще этого дикого леса, скрывавшего меня настоящего от глаз тех, кого я полюбил всей душой. Только сейчас, после некоторых странных событий этого года, я нашел в себе мужество рассказать свою историю. Это моя исповедь, которую я слишком долго откладывал. Но теперь мой собственный страх отступает перед той опасностью, которая грозит моему сыну. Мы все меняемся.

Я тоже изменился.

---

[3] *Ashenputtel и Rotkäppchen (нем.)* — Золушка и Красная Шапочка.
[4] «Детские и семейные сказки», сборник сказок братьев Гримм.
[5] Когда-то давным-давно, в диком-диком лесу... *(нем.)*

Глава 2

Я ушел.//
Это не сказка, а подлинная история моей двойной жизни, которую я записал на тот случай, если меня снова найдут.

Все началось, когда я был семилетним мальчишкой, далеким от моих нынешних желаний. Около тридцати лет назад, одним августовским вечером, я убежал из дома и больше не вернулся. Я уже забыл, что заставило меня это сделать, но помню, как готовился к долгому путешествию, как набивал карманы печеньем, оставшимся после обеда, как выскользнул из дома до того тихо, что моя мать не сразу, наверное, обнаружила мое отсутствие.

Я вышел через заднюю дверь и осторожно, пытаясь быть незамеченным, пересек залитую солнечным светом опушку. Лес после нее показался темным-претемным и безопасным, и я смело двинулся вглубь. Вокруг стояла тишина, птицы смолкли, и насекомые спали, пережидая жару. От зноя вдруг заскрипело какое-то дерево, словно пытаясь вырваться из земли и сбежать. Зеленая крыша из листьев над головой томно шелестела при каждом дуновении ветерка. Когда зашло солнце, я наткнулся на огромных размеров каштан с большущим дуплом, которое идеально подходило для первой ночевки в лесу. Я решил спрятаться и послушать, как будут меня искать. Я не собирался отзываться, даже если они пройдут рядом. Взрослые кричали, звали меня весь день, и на закате, и в сумерках, и продолжали всю ночь. Я не отвечал. Лучи фонариков метались среди деревьев как сумасшедшие, когда люди из поисковой группы продирались сквозь заросли, спотыкаясь о пни и упавшие стволы, и кто-то несколько раз прошел совсем рядом со мной. Вскоре голоса их удалились, стали похожи сначала на эхо, потом — на шепот, и, наконец, наступила тишина. Я был полон решимости потеряться окончательно.

Я забрался в дупло поглубже и прижался щекой к его стенке, наслаждаясь сладковатым запахом гнили и сырости, чувствуя кожей древесную шероховатость. Внезапно вдалеке послышалось какое-то шуршание, потом оно стало ближе, превратилось в неясный говор. Затрещали ветки, зашуршали листья, будто кто-то подбежал и остановился рядом с моим укрытием. Сдержанное дыхание, шепот, переминание с ноги на ногу... Я сжался от страха, и тут что-то вскарабкалось в дупло и наткнулось на мои ноги. Холодные пальцы сомкнулись вокруг моей голой лодыжки и потащили наружу.

Они выволокли меня из дупла и прижали к земле. Я попытался закричать, но чья-то маленькая рука зажала мне рот, а потом другие руки всунули в него кляп. В темноте я не мог разглядеть нападавших, но все они были примерно одного со мной роста. Они мгновенно стащили с меня одежду и спеленали паутиной, как мумию. Я с ужасом осознал: мои похитители — дети, какие-то невероятно сильные мальчишки и девчонки.

Они подняли меня и побежали куда-то. Мы мчались по лесу с бешеной скоростью, я лежал на спине на чьих-то костлявых плечах, и несколько пар рук удерживало меня от падения. Звезды над головой мелькали в просветах между листьями как метеоритный дождь, и мой мир стремительно уносился от меня в темноту. Неведомые силачи двигались легко, несмотря на свою тяжелую ношу, замечательно ориентировались и с легкостью обходили препятствия. Я, словно сова, летел через ночной лес и был взволнован и напуган. Мои похитители переговаривались друг с другом на каком-то странном языке, напоминавшем то ли цокание белки, то ли фырканье оленя. Время от времени чей-то грубый голос шепотом произносил то ли «Ну давай», то ли «Генри Дэй». Почти все они бежали молча, хотя то и дело кто-нибудь начинал тявкать по-волчьи. И, как будто это был сигнал, вся группа замедляла бег, выходя, как я узнал позже, на утоптанную оленью тропу, которой пользовались и другие обитатели леса.

Комары безбоязненно садились мне на лицо и на открытые части рук и ног. Я был связан и потому не мог их отогнать. Очень скоро я оказался весь искусан, тело зудело, но почесаться я не мог. Вскоре к звукам сверчков и цикад добавилось кваканье лягушек, и я различил плеск и бульканье воды. Маленькие чертенята начали что-то петь в унисон и пели до тех пор, пока вдруг резко не остановились. Я понял, что рядом река. И тут они бросили меня, спеленутого, в воду.

Тонуть связанным — неприятное занятие. Больше всего меня напугало не падение и даже не удар о воду, а звук, с которым мое тело вошло в нее. И внезапный переход от теплого воздуха в холодную реку. Во рту у меня был кляп, руками не шевельнуть. Под водой я ничего не видел. Какое-то время я пытался сдерживать дыхание, но почти сразу грудь больно сдавило, и легкие наполнились водой. Моя жизнь не промелькнула у меня перед глазами — мне было всего семь лет, — и я не воззвал ни к отцу, ни к матери, ни к Господу Богу. Последнее, что я осознал, было не то, что я умираю, а то, что уже умер. Вода поглотила не только мое тело, но и мою душу, пучина сомкнулась, и водоросли обвились вокруг моей головы.

Много лет спустя, когда история моего обращения стала легендой, мне рассказывали, что когда меня откачивали, из меня хлынул поток воды с головастиками и мальками. Первыми моими воспоминаниями в новом качестве были импровизированная постель, одеяло из тростника и противные засохшие корочки слизи в горле и в носу. Вокруг на камнях и пнях сидело несколько странного вида детей. Они тихо переговаривались между собой и вели себя так, словно меня здесь и не было вовсе. Я пересчитал их. Вместе со мной нас было двенадцать. Я не шевелился не столько от страха, сколько от смущения, ведь лежал-то под одеялом совсем голый. Всё это походило на дурацкий сон, если, конечно, я не умер взаправду и не родился заново.

Наконец они заметили, что я очнулся, и возбужденно зашумели. Сначала я не понимал, на каком языке они говорят. Их речь, казалось, состояла из одних глухих согласных. Но прислушавшись, узнал несколько видоизмененный английский. Они стали по одному осторожно подходить ко мне, чтобы не напугать, будто я был птенцом, выпавшим из гнезда, или олененком, отбившимся от матери.

— Мы уж думали, что ты не очухаешься.
— Ты голодный?
— Пить хочешь? Принести тебе воды?

Они подобрались ближе, и я смог их рассмотреть. Они были похоже на племя потерянных детей. Шесть мальчиков и пять девочек, худые и гибкие, с кожей, потемневшей от солнца и грязи. Они были одеты в потертые шорты или старомодные бриджи. Трое или четверо носили потрепанные кофты. Никакой обуви, подошвы их ног были твердые и мозолистые, как и ладони. У всех — длинные лохматые волосы, свободно вьющиеся у одних или завязанные в узлы у других. У большинства во рту виднелись молочные зубы, хотя у некоторых на месте выпавших зияли дырки. Только у одного, который выглядел старше остальных, в верхнем ряду красовались два взрослых зуба. У всех были приятные, мягкие черты лица. Когда они всматривались в меня, в уголках их блестящих глаз собирались морщинки. Они не были похожи на тех детей, которых я видел раньше. Скорее они напоминали стариков с телами беспризорных детей.

Они называли себя феями и эльфами, но были совсем не такие, как в книжках и фильмах. Ничего похожего ни на гномов из «Белоснежки», ни на мальчиков-с-пальчик, ни на жевунов, разных там брауни, карликов или тех полуобнаженных духов с крылышками, как в начале диснеевской «Фантазии». Никаких рыжеволосых лилипутов в зеленом, которые ходят по радуге. Никаких помощников Санты и прочих огров, троллей и монстров из книг братьев Гримм или Матушки Гусыни. Просто мальчики и девочки, застрявшие во времени, вечно юные, дикие, как стая бездомных собак.

Девочка, коричневая, как лесной орех, села рядом со мной на корточки и пальцем стала чертить на земле узоры.

— Меня зовут Крапинка, — фея улыбнулась и взглянула на меня. — Тебе нужно поесть.

Взмахом руки она подозвала к нам своих друзей. Те поставили передо мной три миски: в одной оказался салат из листьев одуванчика, водяного кресса и грибов, в другой — целая гора ежевики, а в третьей — куча жареных жуков. От жуков я отказался, а салат и ежевику съел с удовольствием, сполоснув их холодной водой из выдолбленной тыквы. Они пристально наблюдали за мной все время, пока я ел, о чем-то перешептывались и улыбались, когда сталкивались со мной взглядами.

Затем три девочки подошли ко мне, чтобы забрать посуду, а еще одна принесла мне штаны и захихикала, когда я начал натягивать их на себя под одеялом. А потом и вовсе расхохоталась, когда я принялся неловко застегивать пуговицы на ширинке. Я был этим занят и потому не смог пожать протянутую руку их лидера, который решил, что пора познакомиться и представить всех остальных.

— Я — Игель, — сказал он и рукой откинул со лба прядь светлых волос. — А это Бека.

Бекой оказался невероятно похожий на лягушку мальчик, который был на голову выше всех остальных.

— Луковка, — показал он на девочку, одетую в полосатую мальчишескую рубашку и штаны с подтяжками. Она шагнула вперед и, защищая глаза от солнца ладошкой, прищурилась и мило улыбнулась мне. Я тут же покраснел до самых корней волос. Кончики ее пальцев были зеленого цвета. Как оказалось позднее, это из-за того, что она постоянно рылась в земле, выкапывая дикий лук, который очень любила. Когда я закончил одеваться, то приподнялся на согнутых локтях, чтобы получше рассмотреть остальных.

— А я — Генри Дэй, — прохрипел я каким-то чужим голосом.

— Привет, Энидэй, — улыбнулась Луковка, и все одобрительно рассмеялись.

— Энидэй! Энидэй! — начали скандировать они, и крики их отзывались в моем сердце. С этого момента меня стали звать Энидэй, и вскоре я забыл свое настоящее имя, хотя иногда оно всплывало в памяти, но не отчетливо: то ли Энди Дэй, то ли Энивэй[6]. После того крещения моя прежняя личность начала исчезать — так младенец забывает все, что случилось с ним до рождения. Утрата имени — начало забвения.

Когда приветственные возгласы поутихли, Игель представил мне остальных, но их имена смешались у меня в голове. По двое и по трое они исчезали в замаскированных норах вокруг поляны, а потом появились снова с мешками и веревками в руках. Я испугался, не планируют ли они снова «крестить» меня в реке, но никто не обращал на меня внимания. Они явно к чему-то готовились, и вид у них был озабоченный. Игель подошел к моей лежанке.

— Мы уходим на охоту, Энидэй. А тебе лучше остаться и поспать. У тебя была трудная ночь.

Когда же я попытался встать, рука его властно легла на мое плечо. Пусть он и выглядел как шестилетний ребенок, но сила у него была как у взрослого.

---

[6] *Anyday* — в любой день, *anyway* — в любом случае.

— Где моя мама? — спросил я.

— С тобой останутся Бека и Луковка. Отдыхай.

Он издал звук, похожий на собачий лай, и тут же вокруг него сгрудилась вся стая. Бесшумно, молниеносно, прежде, чем я успел хоть что-то возразить, они исчезли, растворившись в лесу, как оборотни. Задержалась немного только девочка по имени Крапинка. Она повернулась ко мне и сказала:

— Теперь ты один из нас.

И умчалась вслед за остальными.

Я смотрел в небо и боролся со слезами. Далеко в вышине плыли облака, заслоняя летнее солнце. Их тени скользили по верхушкам деревьев, перебегали через поляну, на которой находилась наша стоянка. Раньше я много раз бывал в этом лесу — один или с отцом, — но никогда не заходил так далеко. Каштаны, дубы и вязы были здесь гораздо выше, а лесной сумрак, окружавший поляну, казался почти непроницаемым. Дальше от кострища, тут и там, стояли замшелые пни, лежали поваленные деревья. На скале, на которой недавно сидел Игель, грелась на солнце ящерица. По ковру из палых листьев ползла черепаха. Когда я привстал, чтобы получше ее рассмотреть, она спрятала голову под панцирь.

Я встал. Мой побег оказался ошибкой, я был ошеломлен и растерян. Больше всего на свете мне хотелось сейчас очутиться в своей постели, и чтобы рядом была заботливая мама, слушать, как она поет колыбельные моим маленьким сестренкам, но мои мечты наткнулись на холодный, пристальный взгляд Беки. Рядом с ним Луковка, напевая что-то себе под нос, играла в «плетенку». Мелькание ее быстрых пальцев завораживало. Измученный, я снова лег. Несмотря на жару и влажность, меня бил озноб. Я провалился в тяжелый, прерывистый сон. Сторожа мои наблюдали за мной, наблюдавшим за ними, но не говорили ни слова. Тело болело и ныло, время шло. Я приходил в себя, снова засыпал, но и во сне не переставал думать о событиях, которые привели меня в эту рощу, и о тех неприятностях, которые ждут меня дома, когда я вернусь. Один раз я заинтересовался, услышав непривычную возню. Бека и Луковка боролись под одеялом. Он был сверху и как-то странно дергался и похрюкивал, а она лежала на животе и смотрела в мою сторону, прямо в глаза. Ее зеленый рот был приоткрыт, но когда она заметила, что я проснулся, широко мне улыбнулась. Я закрыл глаза и отвернулся. Любопытство и отвращение боролись во мне. Я не смог уснуть до тех пор, пока они не угомонились. Потом мальчик-лягушка удовлетворенно захрапел, а Луковка опять стала напевать что-то себе под нос. Желудок у меня сжался, как кулак, и подступила тошнота. Испуганный и одинокий, я хотел убежать домой, подальше от этого странного места.

Глава 3

Две последние недели лета я снова учился читать и писать, а занималась со мной моя новая мама, Руфь Дэй. Она решила не выпускать меня за пределы слышимости и видимости, и я с радостью подчинялся. Чтение — это, конечно, лишь соответствия символов и звуков, нужно всего-то запомнить их комбинации, правила и позиции, и — самое главное — не забывать о промежутках между словами. Писать оказалось гораздо сложнее, потому что прежде, чем буквы и слова возникнут на чистой странице, нужно, чтобы они возникли сначала у тебя в голове. Да и сам процесс вырисовывания букв довольно утомительная работа. Чаще всего, когда я после обеда начинал практиковаться в письме, я становился у доски с мелом и тряпкой и писал свое новое имя, пока не заполнял ее полностью. Мою мать несколько озадачила эта моя страсть, и мне пришлось прерваться, но перед тем как закончить урок, я вывел на доске, как можно более аккуратно: «Я люблю мою мамочку». Это привело ее в такое умиление, что за ужином она дала мне самый большой кусок пирога с персиками, даже больше, чем отцу.

Школа, которой я поначалу радовался, очень быстро превратилось в мучение. Почти все мне давалось легко, за исключением этой странной символической логики, под названием арифметика. У меня всегда были напряженные отношения с цифрами. Основные операции — сложение, вычитание, умножение — еще куда ни шло, а вот с более абстрактными математическими понятиями приходилось сражаться не на шутку. Да и остальные предметы, описывающие образ мира, часто вступали в противоречие с моим жизненным опытом, полученным среди подменышей. Например, я никак не мог понять, каким образом Джордж Вашингтон, даже метафорически выражаясь, мог быть отцом нашей страны, как и того утверждения, что пищевая цепочка — это расположение групп организмов экологического сообщества согласно уровню их хищности, когда высшие особи поедают низших, используя их как источник питания и энергии. Такое объяснение естественного порядка вещей поначалу показалось мне в высшей степени неестественным. Отношения в лесу строятся на куда более бытийной основе. Жизнь там зависит от остроты инстинктов, а не от обстоятельств. После того как охотники истребили последних волков, единственным хищником в лесу остался человек. И если феи и эльфы и дальше будут продолжать скрываться от всех, то им останется только одно: принять и терпеть такой порядок вещей. Или исчезнуть.

Наша основная деятельность заключается в том, чтобы искать и находить таких детей, с которыми можно поменяться местами. И этот выбор не может быть случайным. Подменыш должен выбрать ребенка такого же точно возраста, в котором он сам был когда-то похищен. Мне было семь, когда меня украли, и семь, когда я вернулся, несмотря на то что провел в лесу почти сто лет. Главное испытание там состоит не только в необходимости выживать, а в долгом, невыносимом ожидании момента, когда ты снова сможешь вернуться.

Когда я вернулся, то понял, что это умение ждать стало моим преимуществом. Мои одноклассники уже после второго урока начинали ежеминутно смотреть на часы, надеясь, что стрелка вот-вот подойдет к трем и уроки закончатся. Учебный год продолжался с сентября до середины июня. Мы, второклассники, каждый день занимались в одном и том же учебном классе, за исключением выходных и праздников, приходили в школу к восьми утра и проводили в ней семь часов. Если позволяла погода, на переменах мы выходили на улицу, и еще был перерыв на обед. Оглядываясь назад, я с трудом вспоминаю свои школьные годы, но воспоминания ценны не количеством, а качеством. Для моих одноклассников каждый день, проведенный в школе, был настоящей пыткой. Я думал оказаться в обществе культурных людей, а они были хуже подменышей. Пацаны в их неряшливых галстуках-бабочках и в синей униформе, делающей их неприятно-похожими друг на друга, поголовно были лентяями и грязнулями: беспрерывно ковырялись пальцами в носу или в зубах, беззастенчиво сморкались, рыгали и пердели. Задира по имени Хэйс любил доставать всех остальных: дрался, воровал завтраки, принесенные другими из дома, и мочился на ботинки одноклассников. Следовало или встать на его сторону, во всем поддакивать, или превратиться в потенциальную жертву. Нескольких ребят травили постоянно. С одного взгляда становилось ясно: судьбы их предрешены окончательно и бесповоротно —

офисные клерки, менеджеры, системные аналитики или консультанты — и ничего другого. Кто-то замыкался в себе и держался обособленно, а кто-то начинал рыдать при каждой новой провокации со стороны Хэйса и его дружков. С каждой перемены они возвращались в класс со следами побоев: окровавленные носы и покрасневшие от слез глаза. Но я ни разу не встал на их защиту, хотя, конечно, и мог бы. Если бы я хотя бы раз применил реальную силу, я бы одним ударом отправил на тот свет любого хулигана.

Девочки были ненамного лучше. У них, так же, как и у мальчишек, были те же гнусные привычки и проблемы с личной гигиеной. Они либо смеялись слишком громко, либо не улыбались вообще. Либо ожесточенно соперничали друг с другом, либо забивались в норку, как мышки. Самую неприятную из них звали Хайнс. Своими насмешками и подначками она постоянно доводила до слез застенчивых и безответных девочек. В стремлении унизить своих жертв она не знала жалости. Так, например, однажды она и ее подружки во время перемены зажали в углу девочку по имени Тесс Водхаус и облили водой ее штанишки, а потом стали смеяться над ней, как будто она обмочилась. Тесс залилась краской стыда и спрятала лицо в ладошки, а я тогда впервые испытал нечто похожее на сочувствие к чужому несчастью. Бедняжку дразнили до самого Дня святого Валентина. Девочки в клетчатых джемперах и белоснежных блузках не дрались, они могли больно ударить словом. И в этом не уступали нашим феям, смышленым, как вороны, и жестоким, как рыси.

Человеческие детеныши были во всем хуже нас. Иногда, проснувшись среди ночи, я мечтал снова вернуться в лес, ворошить птичьи гнезда, воровать с бельевых веревок детскую одежду, играть и веселиться, чем корпеть над учебниками и злиться на одноклассников. Но начиналось новое утро, и реальный мир снова сиял во всей его красе, и я снова принимал решение забыть о прошлом и стать настоящим мальчиком. Порой школа меня не радовала, зато домашний уют все компенсировал. Каждый день мама поджидала меня, занимаясь уборкой или готовкой. Когда я триумфально входил в дом, она неизменно восторгалась:

— А вот и мой мальчик! — и тут же тащила в кухню, где меня ожидали всяческие вкусности и чашка растворимого какао.

— Как прошел день, Генри? Что нового узнал?

И я всегда выдавал один из пары заранее подготовленных ответов на этот дежурный вопрос.

Я быстро произносил текст, отрепетированный по дороге из школы домой. Она внимательно выслушивала, а потом отправляла делать домашние задания, с чем я справлялся только к ужину. Приходил с работы отец, и мы садились за стол. Фоном для семейного ужина обычно звучало радио, где передавали любимые мамины песенки. Я запоминал их с первого же раза, а если какую-то мелодию крутили повторно, уже мог ей подпевать. Мало того, я научился копировать тембр голоса большинства певцов: Бинга Кросби, Фрэнка Синатры, Розмари Клуни и Джо Стаффорда. Мама воспринимала мои музыкальные способности как должное, как продолжение всех остальных многочисленных талантов, которыми наделяло меня ее воображение. Часто она выключала радио и просила меня продолжить песню.

— Дорогой, спой нам, пожалуйста, еще раз «Поезд на Дримленд»[7].

Когда отец впервые услышал одно из этих моих «выступлений», его реакция была не столь позитивной:

— И где же ты нахватался? То мелодию не мог повторить, а тут заливаешься, как соловей!

— Не знаю. Может, я просто раньше не слышал этих песен...

— Смеешься, что ли?! Радио орет тут целыми днями! А этот Нат Кинг Коул с его джазом меня уже просто достал! И ты говоришь, что раньше не слышал этой песни?!

— Я имел в виду, что не прислушивался к ним раньше, а теперь вот сосредоточился.

— Ты бы лучше сосредоточился на домашнем задании и на том, чтобы помогать матери по дому.

— Если песню не просто слушать, а пропускать через сердце, запомнить легко.

— Не перечь старшим, Карузо, — он покачал головой, взял свой «Кэмел» и закурил очередную сигарету.

Я решил больше не петь в присутствии отца.

А вот Мэри и Элизабет, напротив, высоко оценили мой талант. Они обожали меня слушать, лежа в своих кроватках, особенно когда я пел им что-нибудь из новенького: *Mairzy Doats* или *Three Little Fishies*. Ну, а когда их требовалось убаюкать, я начинал петь «Над радугой» Джуди Гарланд, и они мгновенно, как по команде, закрывали глазки.

---

[7] *There's a Train Out for Dreamland* – песня в исполнении Ната Кинг Коула.

Моя жизнь в семье Дэй медленно превращалась в комфортабельную рутину: и дома, и в школе дела шли как по маслу. Внезапно похолодало, и почти мгновенно листья приобрели всевозможные оттенки желтого и красного. Это буйство красок причиняло мне почти физическую боль. Октябрь совершенно смешал все мои чувства, и кульминацией этой круговерти стал Хэллоуин. Я знал, конечно, как все это бывает: выпрашивание орехов и сладостей, костры на площадях и шутки над горожанами. Поверьте, мы, хобгоблины, вносим немалую долю веселья в этот праздник: хлопаем дверями, разбиваем ваши тыквы, наклеиваем на окна бумажных чертенят... С чем я еще не сталкивался, так это с энтузиазмом, с которым дети участвовали во всем этом. И даже школа была вовлечена в подготовку к празднику. Еще за две недели до наступления Хэллоуина началась суматоха: учителя писали сценарий вечеринки, родители готовили угощения — пекли печенье, делали торты, закупали яблоки, попкорн и конфеты, — классную комнату украсили полосками черной и оранжевой бумаги, стены оклеили бумажными оранжевыми тыквами и черными котами. Ученики вырезали из картона разные ужасные штуки, которые казались еще ужаснее от того, как они отвратительно были нарисованы, и тоже приклеивали их, куда ни попадя. И главное: все шили костюмы, набор которых, как обычно, был стандартен. Я помню свой разговор с моей матерью на эту тему.

— У нас будет вечеринка в классе на Хэллоуин, и учительница сказала, что мы можем прийти на нее в каком-нибудь костюме. Можно, я приду в костюме хобгоблина?

— Какого еще хобгоблина?
— Ну, обыкновенного хобгоблина.
— Я тебя не понимаю. Что еще за хобгоблин? Это какое-то чудовище, что ли?
— Нет.
— А кто тогда? Привидение? Призрак?
— Нет, не привидение.
— Может, это такой малюсенький вампирчик?
— Мама! Хобгоблины не пьют кровь!
— Может, тогда это что-то типа феи или эльфа?

Я завизжал от восторга! Впервые за эти два месяца я не сдержался и закричал своим настоящим голосом. Она не на шутку испугалась:

— Ради бога, Генри! Ты напугал меня до смерти! От таких воплей даже мертвые воскреснут! Прямо как какой-то банши! Какой тебе еще Хэллоуин?! Обойдешься без него.

Банши! Вот придумала! Банши умеют только стонать и плакать, и никогда не воют и не кричат. Ситуация требовала разрешения, и я начал рыдать, уподобившись близнецам. Мама тут же смягчилась и притянула меня к своему животу.

— Ну, ладно, ладно. Я пошутила. — Она взяла меня за подбородок и заглянула в глаза. — Я просто не знаю, что это еще за хобгоблин такой. Давай лучше ты будешь пиратом. Тебе ведь раньше это нравилось...

Вот так я и пришел в костюме пирата: в старомодных панталонах, рубашке с пышными рукавами, в бандане и с серьгой в ухе, как у Эррола Флинна. Я был единственным пиратом в толпе привидений, ведьм и зомби. Единственным во всей школе, во всем городе, а может, и во всей стране. Я участвовал в праздничном концерте и пел песенку «Пикник плюшевых медведей». Я начал писклявым голосом Генри Дэя, но когда дошел до слов «И если вы войдете в лес ночной порой», я «включил» зычный баритон Фрэнка Де Вола, точно такой же, как на записи. Публика была в шоке. Кто-то открыл рот от удивления, кто-то даже снял с себя маску, чтобы удостовериться, не привиделось ли ему это... Я заметил, что Тесс Водхаус глядела на меня раскрыв глаза, словно она догадалась о чем-то, но боялась признаться в этом даже себе самой.

После праздника, уже в сумерках, отец отвез меня в центр города и разрешил побродить по главной улице среди прочей нечисти. Я не встретил ни одного хобгоблина, хотя один раз мне попыталась перебежать дорогу какая-то странная черная кошка. Я зашипел на нее по-кошачьи, и она, подняв дыбом хвост, сиганула от страха в кусты. Я зловеще усмехнулся: мои магические навыки все еще оставались при мне.

Глава 4

К вечеру вороны слетались на ночлег к голым, корявым дубам. Одна за одной они возвращались к гнездам — черные тени на фоне гаснущего неба. Я еще не оправился от похищения, был испуган, растерян и не доверял ни одной живой душе в этом лесу. Я скучал по дому, но проходили дни и недели, которые запомнились мне лишь строгим распорядком в поведении птиц. Они улетали и возвращались в гнездовье с завораживающим постоянством. К тому моменту, когда деревья сбросили листву и в небо уперлись их голые ветки, вороны стали мне почти родными. Я даже стал с нетерпением ожидать их вечернего возвращения — их грациозные силуэты на фоне зимнего неба стали частью моей новой жизни.

Племя фей и эльфов приняло меня в свою семью, я начал учиться правилам жизни в лесу и вскоре почти проникся любовью к своим новым друзьям. Кроме Крапинки, Игеля, Беки и Луковки их было семеро: три неразлучные девочки — Киви[8] и Бломма[9], веснушчатые блондинки, спокойные и уверенные в себе, и во всем им подражавшая болтушка Чевизори[10], ко-

---

[8] *Kivi* — в переводе с финского «камень».
[9] *Blomma* — в переводе со шведского «цветок».
[10] *Chavi* — в переводе с хинди «изображение».

торой на вид было не более пяти лет. Когда она улыбалась, ее белые молочные зубы сверкали как жемчужины, а когда хохотала, тонкие плечи тряслись. Если ей попадалось что-нибудь смешное или интересное, она начинала бегать, нарезая восьмерки по поляне, как большая летучая мышь.

Мальчиков, кроме нашего лидера Игеля и одиночки Беки, было четверо, и держались они по двое. Раньо и Дзандзаро[11] походили на сыновей бакалейщика-итальянца из нашего городка: кожа — оливковая, волосы — жесткие и курчавые. Они быстро вспыхивали во время ссор, но так же быстро остывали. Двое других — Смолах[12] и Лусхог[13] — вели себя как братья, хотя трудно было бы найти столь непохожих друг на друга созданий. Смолах был выше всех, кроме Беки. На любой задаче он сосредотачивался полностью и выполнял ее отрешенно и серьезно, как дрозд, который тащит из земли червяка. Его друг Лусхог, самый маленький из нас, то и дело убирал со лба непокорную прядь черных, как ночь, волос, похожую на мышиный хвост. Его глаза, голубые, как летнее небо, выдавали яростную преданность своим друзьям, даже если он пытался казаться безразличным.

Игель, самый старший из нас, был предводителем всей этой компании. Он и взял на себя обязанность познакомить меня с правилами жизни в лесу. Научил бить острогой рыбу и лягушек, собирать воду, скопившуюся за ночь в опавших листьях, отличать съедобные грибы от поганок, и тысяче других хитроумных штук,

---

[11] *Ragno* и *Zanzara* — в переводе с итальянского «паук» и «комар».

[12] *Smaoloch* — в переводе с гэльского «дрозд».

[13] *Luchóg* — в переводе с гэльского «мышь».

необходимых для выживания. Но даже самый лучший учитель не может передать опыт, который приобретается годами, поэтому первое время со мной приходилось нянчиться. Меня держали под постоянным присмотром как минимум двое, и лагерь покидать мне не разрешалось. Меня строго предупредили, что если я вдруг увижу людей, мне стоит спрятаться получше.

— Они тебя увидят и решат, что ты — черт, — как-то сказал мне Игель. — Тебя посадят в клетку или, того хуже, бросят в огонь, чтобы проверить свое предположение.

— И ты сгоришь, как лучина, — добавил Раньо.

— И от тебя не останется ничего, кроме струйки дыма, — вставил Дзандзаро, а Чевизори принялась кружиться вокруг костра, разыгрывая всю сцену в лицах.

Когда ударили первые морозы, часть подменышей отправилась «на дело» и оперативно вернулась с охапкой украденных свитеров, курток и обуви. Оставшиеся дожидались их под оленьими шкурами, дрожа от холода.

— Ты самый младший, — сказал Игель, — потому тебе первому выбирать.

Смолах, стоявший над кучей одежды и обуви, кивнул мне. Я заметил, что сам он босой. Порывшись в кучке детских сандалий, парадных туфель, полотняных теннисок и разных башмаков без пары, я выбрал себе шикарные черно-белые ботинки со шнуровкой и дырочками, которые к тому же подходили мне по размеру.

— Нет, эти быстро натрут тебе ноги.

— Ну, тогда вон те, — сказал я, вытащив пару теннисных туфель. — Они тоже подойдут.

— Нет. Не подойдут, — Смолах помотал головой.

Он сам поковырялся в куче и выудил пару самых страшных башмаков, которые я когда-либо видел. Они были коричневого цвета, шнурки их выглядели как свернувшиеся змеи; кожа отчаянно заскрипела, когда он согнул подошвы ботинок. На носках сверкали стальные пластинки.

— Поверь мне, зимой эти башмачки тебе хорошо послужат, да и сносу им не будет.

— Но они ведь мне малы!

— А ты забыл, что теперь можешь носить любой размер? — с лукавой усмешкой он залез в карман штанов и вытащил оттуда пару толстых шерстяных носков. — Я их стырил специально для тебя.

Все так и ахнули.

Мне выделили толстый свитер и непромокаемую куртку с капюшоном. Теперь мне были не страшны даже проливные дожди.

Когда ночи стали длиннее и холоднее, мы сменили травяные подстилки и тростниковые одеяла на шкуры и украденные у людей ковры. Спали все вместе, сбившись в тесный комок. Было уютно, несмотря на зловонное дыхание моих новых товарищей и неприятные запахи от их немытых тел. Возможно, букет сомнительных ароматов порождала смена рациона с изобильного летнего на скудный зимний, но, думаю, причина крылась в другом. Большая часть этих созданий так долго жила в лесу, что, утратив всякую надежду вернуться в человеческое сообщество и к тому же не испытывая подобного желания, вела себя подобно диким животным: они почти никогда не мылись и лишь изредка чистили зубы, ковыряясь в зубах веточкой. Свои гениталии вылизывают даже лисы, но не эльфы. Они, пожалуй, были самыми нечистоплотными обитателями леса.

Зимой вопрос пропитания встал особенно остро. Они вели себя как вороны: проворачивали свои грязные делишки большой компанией и были свободны от всяческих условностей. Я тоже хотел принять участие в общих поисках пищи, но меня всегда оставляли в лагере под неусыпным присмотром Беки (вот кому прозвище шло как нельзя лучше!) и его подружки Луковки, или Дзандзаро с Раньо, которые целыми днями переругивались по пустякам или швыряли камнями в птиц и белок, шаставших возле наших кладовых. Мне было скучно, холодно и хотелось приключений.

Однажды утром Игель решил самолично присматривать за мной. К счастью, компанию ему составил Смолах, который нравился мне больше остальных. Они заварили чай из сушеной коры и дикой мяты, и, глядя на струи холодного дождя, я решился задать вопрос, который давно мучил меня:

— Почему ты не разрешаешь мне выходить из лагеря вместе с другими?

— Боюсь, что ты сбежишь. И попытаешься вернуться туда, откуда мы тебя забрали. Но тебе нельзя этого делать, Энидэй. Ты теперь один из нас. — Игель отхлебнул чаю и уставился в какую-то далекую точку. Выдержав паузу, чтобы его слова дошли до меня, он продолжил: — С другой стороны, ты уже показал себя полноправным членом нашего клана. Ты всегда готов прийти на помощь: собираешь хворост, лущишь желуди и копаешь ямы для туалета, когда тебя попросят. Ты научился смирению и почтению. Я давно наблюдаю за тобой, Энидэй, со временем из тебя выйдет хороший подменыш.

Смолах посмотрел на угасавший костер и что-то сказал Игелю на их секретном языке — больше всего это походило на кашель. Игель задумался, помолчал, а потом что-то ответил, будто пожевал и плюнул. Меня всегда, что тогда, что сейчас, интересовало, как они принимают решения. Меж тем разговор закончился, и Игель вновь погрузился в изучение линии горизонта.

— Сегодня вечером, как только вернутся все остальные, ты, Лусхог и я совершим вылазку, — таинственным шепотом поведал мне Смолах. — Мы покажем тебе окрестности.

— И оденься потеплее, — буркнул Игель. — К вечеру похолодает.

И действительно, не успел он рта закрыть, как дождь превратился в мокрый снег, который повалил стеной, крупными хлопьями. Мы еще сидели у погасшего костра, когда, спасаясь от непогоды, вернулись наши товарищи. Зима часто приходит внезапно в этой части страны, но снегопады редко случаются раньше Рождества. И потому во время этого первого в году снегопада я впервые задумался, какое сегодня число. Уже Рождество? Или только прошел День благодарения, а может, и Хэллоуин еще не отмечали? Я вспомнил о своих родителях, которые, наверное, до сих пор ищут меня в лесу. Или они решили, что я умер. Мне стало их жалко и захотелось подать весточку, что я жив-здоров...

Мама, наверное, открывает сейчас коробки с елочными игрушками, развешивает по дому гирлянды и фонарики... На прошлое Рождество папа взял меня с собой в город выбирать елку, и сейчас ему, наверное, грустно от того, что никто не может ему помочь в этом важном деле... Я скучал даже по своим сестрам. Интересно, они научились уже ходить и разговаривать? А в Санта-Клауса они верят? А про меня вспоминают? Пытаются понять, куда я подевался?..

— Какой сегодня день? — спросил я у Лусхога, когда тот переоделся в сухое.

Он поднял вверх палец, пытаясь поймать ветер. Потом облизал его:

— Похоже на вторник.

— Нет, я имею в виду, какой день года? Какой месяц?

— Я не в курсе. Насколько я помню, такая погода характерна для конца ноября — начала декабря. Но память — сложная вещь, на нее нельзя полагаться, когда говоришь о времени или о погоде.

До Рождества, конечно, еще было далековато. Но я решил следить за временем и не собирался отказываться от праздников, хотя всем остальным было на них наплевать.

— Где бы мне раздобыть бумагу и карандаш?

Лусхог безуспешно пытался стянуть сапоги.

— Зачем тебе?

— Хочу сделать календарь.

— Календарь?! — изумился Лусхог. — Разве для этого нужны карандаш и бумага? Хочешь, я научу тебя определять время по солнцу и различать сезоны? Этого вполне достаточно, чтобы ориентироваться во времени.

— А если мне захочется нарисовать картинку или написать записку кому-нибудь?

Лусхог застегнул молнию на куртке:

— Писать? Кому? Мы уже забыли, как это делается. А некоторые и не знали. Рассказывать куда проще, чем доверять свои мысли каким-то временным носителям, типа листа бумаги. Ни к чему хорошему это не приведет.

— А если я просто люблю рисовать?!

Мы шагали в сторону Смолаха с Игелем, которые что-то горячо обсуждали.

— Рисовать?! Ты чё, художник, что ли? А ты знаешь, что раньше художники сами делали и бумагу, и перья, и краски?! Отличные кисточки получаются из меха или перьев.

— А чернила?

— Берешь уголь, плюешь на него, раз, раздавил, перемешал, вот тебе и чернила. Говорю тебе, они все так и делали, эти художники. А еще можно рисовать на камнях. Я тебя научу. И бумагу я тебе тоже достану. Но не сейчас.

Мы подошли к Игелю. Тот взял меня за плечи и, глядя прямо в глаза, сказал:

— Я доверяю тебе, Энидэй. Слушайся этих двоих.

Мы втроем двинулись в лес, и я обернулся, чтобы помахать на прощание оставшимся. Наши эльфы и феи сидели у костра, тесно прижавшись друг к другу, и снег укрывал их, словно пушистая шуба.

Я впервые покинул лагерь и не чуял ног от радости и воодушевления, но «эти двое» сдерживали мое любопытство. Они позволили мне идти впереди, но только до тех пор, пока я не вспугнул стайку голубей, которые счастливо избежали участи стать нашей добычей. Смолах не стал меня ругать, он просто приложил палец к губам, и я понял намек. Копируя их движения, я начал двигаться как они, и вскоре и мои шаги стали тише, чем шорох падающего снега. Тишина имеет свои достоинства, обостряя чувства, особенно слух.

Как только где-нибудь вдалеке хрустела ветка, Смолах и Лусхог тут же поворачивали свои головы в направлении звука и пытались определить его причину. Они показывали мне то, что обычно скрыто от человеческих глаз: фазан выглядывает из кустов, наблюдая за нами, ворона бесшумно прыгает с ветки на ветку, енот посапывает в своем логове... Перед самым закатом мы вышли к реке. У берега воду уже прихватило льдом, и, прислушавшись, мы услышали, как он похрустывает от мороза. На реке шлепала лапами одинокая утка, а каждая снежинка, соприкасаясь с водой, издавала едва уловимое шипение. Дневной свет угасал, как уголек.

— Слушай, — Смолах задержал дыхание. — Вот, сейчас...

В ту же секунду снег снова сменился дождем, и капли его заколотили по опавшей листве, по камням — все отзывалось по-своему, — и зазвучала вечерняя симфония нашего мира. Мы ушли от реки и спрятались от воды под кронами вековых елей. Каждая иголка была облачена в прозрачный ледяной кожух. Лусхог вытащил из-за пазухи кожаный мешочек, болтавшийся у него шее на кожаном шнурке, достал откуда-то обрывок бумаги и высыпал на него из мешочка немного сухой коричневой травы, похожей на табак. Облизав края бумаги, он ловкими пальцами быстро скрутил папиросу. Затем из какого-то потайного кармана извлек несколько спичек, пересчитал их и засунул обратно, оставив одну. С невероятным изяществом чиркнул спичкой о ноготь и поднес огонек к концу самокрутки. А Смолах, разгребавший снег и сырой опад, за это время докопался до слоя сухой хвои и шишек и перехватил у Лусхога горящую спичку; вскоре разгорелся небольшой костерок, над которым можно было согреть озябшие руки. Лусхог передал самокрутку Смолаху, и тот с наслаждением затянулся, а потом долго-долго держал дым в легких. Когда он, наконец, выдохнул, его лицо озарила блаженная улыбка, будто он услышал очень удачную шутку.

— Давай дадим парню затянуться, — предложил Смолах.

— Я не умею курить, — сказал я осторожно.

— Делай как я, — просвистел Лусхог, сквозь стиснутые зубы, сделав очередную затяжку. — Но только не говори об этом никому. Особенно Игелю, — он передал мне самокрутку.

Я судорожно затянулся и тут же закашлялся. Они добродушно рассмеялись и продолжали похихикивать до тех пор, пока не докурили до самого конца. Казалось, воздух вокруг нас стал плотнее, а сладковатый запах дыма вызвал у меня приятное головокружение и легкую тошноту. Лусхог и Смолах выглядели умиротворенными и довольными. Им удивительным образом удавалось оставаться одновременно настороженными и расслабленными. Мокрый снег прекратился, и в лес, словно старый друг, вернулась тишина.

— Слышал?

— Что? — спросил я.

Лусхог приложил палец к губам: «Сначала пойми, слышишь ли ты это». Я слышал. Звук был очень знакомый, но откуда он мог здесь взяться?

Лусхог вскочил на ноги и подтолкнул приятеля:

— Это машина! Считай, повезло.

— Ты когда-нибудь гонялся за автомобилем? — спросил он меня.

Я помотал головой, думая, что он перепутал меня с собакой. Оба мои товарища схватили меня за руки, и мы помчались сквозь лес с такой бешеной скоростью, какой я и представить себе не мог. Мимо со свистом проносились какие-то темные пятна, в которых смутно угадывались деревья. Из-под ног летели комья грязи со снегом, оставляя пятна на одежде. Когда кустарник стал гуще, они отпустили мои руки, и мы помчались один за другим по узкой тропе. Ветви хлестали меня по лицу, я споткнулся и упал. Поднявшись на ноги, продрогший, мокрый и грязный, я вдруг осознал, что впервые за несколько месяцев оказался один. Меня охватил страх, и я стал изо всех сил прислушиваться к звукам леса и вглядываться в темноту, пытаясь сообразить, куда убежали мои друзья. Почему-то я вдруг сосредоточился на своем лбу и вдруг понял, что знаю, где они. Я отчетливо видел, как они бегут по снегу далеко впереди, так далеко, что обычным зрением их было бы не разглядеть. Я мысленно рассчитал свой маршрут и бросился догонять. Ветви деревьев, которые еще пять минут назад являлись серьезным препятствием, теперь будто исчезли — я огибал их с необыкновенной легкостью, даже не прилагая для этого особенных усилий. Я скользил между деревьями, как воробей, пролетающий между прутьями ограды — он ведь не задумывается над тем, как это сделать, просто в нужный момент складывает крылья.

Я догнал Смолаха и Лусхога в ельнике на краю леса. Прямо перед ними стелилась асфальтовая дорога, на дороге стояла машина, ее фары едва рассеивали туманную мглу впереди. На асфальте блестели какие-то отвалившиеся металлические детали. Через открытую водительскую дверь пробивался слабый свет. Внутри никого не было. Я хотел сразу же броситься туда, но крепкие руки моих товарищей удержали меня. Из темноты в свет фар вынырнула чья-то фигура. Это оказалась стройная девушка в ярко-красном плаще. Одной рукой она держалась за ушибленный лоб, а другой шарила перед собой, словно пробовала на ощупь темноту.

— Она сбила оленя, — сказал печально Лусхог.

Девушка в ужасе подошла к туше, лежащей на обочине, прижала руку ко рту.

— Он умер? — спросил я.

— Нет, — сказал Смолах тихо. — Еще дышит. Но скоро умрет.

— Подождем, пока она уедет, а потом ты сможешь вернуть его к жизни, — прошептал мне на ухо Лусхог.

— Я?!

— А кто же еще? Ты теперь такой же эльф, как и мы, и умеешь делать все то, что умеем и мы.

Эта новость ошеломила меня. Эльф?! Неужели это правда?! Мне захотелось немедленно испытать свои магические способности. Я вырвался из рук державших меня друзей и пошел к оленю. Девушка стояла на середине дороги и оглядывалась по сторонам, видимо надеясь, что появится еще какая-нибудь машина. Она не замечала меня до тех пор, пока я, подобравшись совсем близко, не присел рядом с оленем на корточки, положив руку ему на шею. Бешеный ритм его пульса совпадал с моим. Я взял морду оленя в ладони и легонько подул в его полураскрытый горячий рот. В ту же секунду он открыл глаза, встрепенулся и, больно оттолкнув меня, вскочил на ноги. Мгновение олень пристально смотрел на меня, а потом, прыгнув в сторону, исчез в темноте. Все трое — и я, и олень, и девушка — были потрясены происшедшим. А девушка еще и очень сильно испугалась, потому я улыбнулся ей. В этот момент из темноты раздался яростный шепот моих друзей, призывавших меня вернуться назад.

— Кто ты? — девушка попыталась поплотнее завернуться в свой красный плащ. Может, мне это показалось, но ее голос звучал как-то необычно, словно она говорила под водой. Я опустил глаза, не зная, что ответить. Она подошла так близко, что я смог рассмотреть радужную оболочку ее глаз за стеклами очков. Таких прекрасных глаз я не видел еще ни разу в жизни.

— Пора идти.

Из темноты появилась рука Смолаха, схватила меня за плечо и уволокла обратно в кусты. И я так и остался в неведении, разыгралась сцена с оживлением оленя в реальности или привиделась мне после магической затяжки. Мы наблюдали за девушкой из чащи: она пыталась найти меня, но потом сдалась, села в машину и уехала. В тот момент я еще не знал, что эта девушка была последним человеческим существом, которое я увижу в ближайшие несколько лет. Огни фар еще какое-то время помелькали между деревьев, а потом исчезли навсегда.

Мы возвращались в угрюмом молчании. На полпути Лусхог произнес: «Не рассказывай никому, что произошло. Держись от людей подальше и не забывай, кто ты». Потом мы на ходу придумали объяснение, почему так долго бродили по лесу — наплели про какие-то трясины и полыньи, и нам поверили. Но я никогда не забывал девушку в ярко-красном плаще, и позже, когда вдруг начинал сомневаться, существует ли мир людей или нет, эта встреча на глухом шоссе помогала вспомнить, что это не миф.

Глава 5

Моя жизнь в семье Дэй вошла в нормальное русло. Отец уходил на работу задолго до того, как все мы просыпались, и этот кусочек утра до моего отправления в школу был самым счастливым моментом суток. Мать у плиты помешивает овсянку или что-то жарит к завтраку, близняшки на нетвердых ногах исследуют кухню. Картину эту, как в раме, видно в окне, которое надежно защищает нас от внешнего мира. Много лет назад тут была ферма, и хотя сельским хозяйством с тех пор никто здесь не занимался, во дворе остались признаки былой деятельности. Старый сарай, покрашенный красно-лиловой краской, теперь служил гаражом. Деревянная изгородь, окружавшая владения бывших хозяев, почти развалилась. Поле, прежде дававшее урожаи кукурузы, теперь заросло кустами ежевики, которые отец скашивал раз в год, в октябре. В наших краях Дэи первыми отказались от занятий сельским хозяйством, позднее к ним присоединились и остальные соседи, распродавая свои земли и дома новым застройщикам. Но в мои детские годы это было тихое и уединенное место.

Хитрость взросления заключается в том, что ты помнишь, как взрослеешь. Ментальная составляющая подготовки к превращению в Генри Дэя требовала повышенного внимания к каждой детали его жизни, но с ее помощью я не мог получить доступ к чужим воспоминаниям и усвоить семейную историю — помнить подробности празднования всех дней рождения и прочие мелочи, скрытые от посторонних глаз. Приходилось притворяться. Про некоторые события узнать было легко: мало-помалу картина чужого прошлого начинает проясняться, если ошиваться рядом с кем-нибудь из «родных» достаточно долго. Но проколы все равно неизбежны. К счастью, Дэи жили на отшибе и мало с кем общались.

Незадолго до моего первого Рождества в облике Генри Дэя, днем, когда мать возилась с плачущими близнецами на втором этаже, а я бездельничал у камина, раздался стук во входную дверь. На пороге стоял мужчина, державший в руке фетровую шляпу. От него пахло недавно выкуренной сигарой и маслом для волос, отдававшим каким-то лекарством. Он широко улыбался, как будто был рад встрече со мной, однако я его раньше не видел.

— Генри Дэй, — сказал он. — Не может быть!

Я застыл в дверном проеме, лихорадочно соображая, кто же это такой. Он щелкнул каблуками и слегка поклонился, затем прошел мимо меня в гостиную, украдкой поглядывая наверх, туда, откуда доносился плач близнецов.

— Мама дома? Или я не вовремя?

Обычно днем к нам никто не заходил, разве что жены соседей-фермеров или матери моих одноклассников, проезжавшие мимо по пути из города. Иногда они заскакивали, чтобы выпить чаю и поделиться свежими сплетнями. За все время, что мы следили за

Генри, в доме не появлялось ни одного мужчины, за исключением отца и молочника.

Гость положил шляпу на сервант и повернулся ко мне.

— Давненько мы с тобой не виделись! Пожалуй, со дня рождения твоей мамы. Что-то ты вроде не вырос. Отец тебя не кормит, что ли?

Я смотрел на него и понятия не имел, как мне себя с ним вести.

— Сбегай-ка наверх, скажи матери, что я зашел в гости. Давай-давай, сынок!

— А что сказать, кто пришел?

— Как кто?! Дядя Чарли, есснно.

— Но у меня нет никаких дядей.

Он рассмеялся, потом его брови удивленно приподнялись, а губы сурово сжались:

— Парень, ты что?! — он наклонился и посмотрел мне прямо в глаза. — Ты Генри или кто? Конечно, я не твой родной дядя, а старый знакомый твоей мамы. Друг семьи, можно сказать.

Тут мне на выручку пришла сама мама: она вышла из детской и стала спускаться по лестнице. Едва увидев незнакомца, она воздела руки к небу и бросилась обнимать его. Я воспользовался этим трогательным моментом и незаметно ускользнул из комнаты.

Но настоящий тревожный звоночек прозвенел пару недель спустя. Магические способности сохранялись у меня несколько лет после превращения в Генри, в том числе и острый слух. Я легко мог слышать все, что происходило в любой из комнат нашего дома, и сотни раз оказывался немым свидетелем интимных бесед своих родителей. А в тот раз мне довелось уловить следующий неприятный для меня разговор. Отец и мама вели его, лежа в кровати. Билл Дэй решил поделиться с женой своими подозрениями:

— Ты не замечала ничего странного за Генри в последнее время?

Мама тяжело перевалилась на бок и повернулась к супругу:

— Странного?
— Ходит, поет все время на разные голоса...
— У него прекрасный голос...
— А пальцы?

Я взглянул на свои пальцы. По сравнению с пальцами моих сверстников, они, действительно, были непропорционально длинноваты.

— Наверное, он будет пианистом. Билли, давай отдадим его в музыкальную школу.

— А на ноги?

Я свернулся в клубок и засунул ноги поглубже под одеяло.

— И он за целую зиму не вырос ни на дюйм и не прибавил в весе...

— Ну, ему нужно побольше солнца.

Отец тоже повернулся к ней:
— Он какой-то не такой!
— Билли, прекрати.

В эту ночь я решил стать совсем настоящим ребенком и больше уделять внимания тому, чтобы выглядеть нормальным. Достаточно совершить всего одну ошибку, и все пропало! Я, конечно, не мог укоротить свои пальцы — это привело бы к еще худшим подозрениям, но мне не мешало бы приглядеться к тому, с какой скоростью растут обыкновенные дети, и начать понемножку вытягиваться по ночам. Также я решил попадаться на глаза отцу как можно реже.

Идея заняться музыкой мне понравилась. Хотя бы уже тем, что таким образом я мог снискать еще большее расположение матери. По радио она обычно слушала популярную эстраду, но все ее воскресенья были отданы классике. Бах заставлял меня погружаться в несбыточные мечты, навеянные полузабытым прошлым. Но мне требовалось как-то донести до матери, что я очень хочу заниматься музыкой. Не сообщишь же ей, что я подслушал их разговор! Ответ подсказали близнецы. На Рождество им подарили игрушечное пианино. Размером не больше хлебницы, с клавиатурой всего на две октавы, которую после новогодней вечеринки залили чем-то липким. Я оттер клавиши, сел на пол в детской комнате и сыграл пару мелодий, которые выучил еще в прошлой жизни. Сестренки, как обычно, пришли в восторг и, устроившись рядом со мной на манер индийский йогов, принялись просить еще. И я попытался выжать из этой штуковины максимум. Наша мама, вытиравшая по дому пыль, остановилась в дверях и внимательно слушала мою игру с тряпкой в руках. Краем глаза я следил за ее лицом, и потому бурные аплодисменты в конце пьески не стали для меня сюрпризом.

Между работой над домашним заданием и ужином я подобрал пару мелодий, демонстрируя еще одну грань моего таланта, но маме явно требовалось что-то более убедительное. Мой план был прост и гениален. Пару раз я обмолвился о том, что целая толпа моих одноклассников занимается музыкой (хотя на самом деле их было всего двое). Когда мы всей семьей куда-нибудь ехали на машине, я как бы между прочим начинал постукивать пальцами по приборной доске, словно по клавиатуре, даже рискуя вызвать негодование отца. Когда мы с мамой вместе мыли посуду, я насвистывал что-нибудь из Бетховена или Моцарта. Я ни о чем не просил, но в итоге мама прониклась мыслью о том, что меня ждет будущее великого пианиста, и стала принимать эту мысль за свою собственную. Моя стратегия принесла отменные плоды, и в одно весеннее воскресенье, накануне восьмого дня рождения Генри, родители повезли меня в город, чтобы найти учителя по фортепиано.

Мы попросили соседей приглядеть за близняшками, сели втроем в отцовскую машину, проехали насквозь весь наш городок, где была моя школа, где мы делали покупки и ходили в церковь, и, наконец, вырулили на шоссе, которое вело в один из крупнейших городов штата. В обоих направлениях по нему неслись блестящие автомобили — я никогда в жизни еще не ездил с такой скоростью, а в большом городе вообще не бывал лет сто. Билли сидел за рулем своего *DeSoto* 49-го года, как на любимом диване. Одной рукой он придерживал руль, а другая лежала на спинке сиденья, на котором сидели мы с мамой. Фигурка старого конкистадора, укрепленная на панели за рулем, грозно вращала глазами на поворотах, и мне казалось, будто пластмассовый воин следит за нами.

Окраину города занимали заводы: их высокие трубы изрыгали клубы темного дыма, а внутри корпусов скрывались доменные печи, в недрах которых клокотало невидимое пламя. Внезапный поворот дороги, и вот уже перед нами — устремленные ввысь небоскребы. Увидев их, я невольно задержал дыхание: чем ближе мы к ним подъезжали, тем выше, казалось, они становились; а потом мы оказались на забитой машинами улице. От небоскребов падали темные, глубокие тени. На перекрестке у троллейбуса соскочила дуга, и от проводов посыпались искры. На остановке его дверцы раздвинулись, как меха, и оттуда высыпала толпа людей в демисезонных плащах и шляпах; они сгрудились на небольшом островке посреди моря машин и ждали, пока загорится зеленый свет на светофоре, чтобы перейти через дорогу. В витринах отражения прохожих и машин смешивались с рекламными объявлениями; манекены в женских платьях и мужских костюмах выглядели так естественно, что сначала я подумал, будто это живые люди.

— Не понимаю, зачем мы притащились сюда?! Что, больше нигде нет учителей музыки? Ты же знаешь, я ненавижу большие города. Тут даже припарковаться негде! — возмущался отец.

Мама показала рукой куда-то вперед:

— А вот и местечко нашлось. Повезло как!

Мы вошли в лифт, отец тут же полез в карман за своим «Кэмелом», и как только двери открылись на пятом этаже, сразу зажег сигарету. Мы приехали на несколько минут раньше назначенного времени, и пока родители обсуждали, можно ли войти или нужно подождать, я открыл дверь и вошел первым. Если бы я не знал, что мистер Мартин — обыкновенный человек, подумал бы, что он эльф. Высокий и худой, с лохматой мальчишеской шевелюрой, он был одет в потертый костюм сливового цвета. Этакий повзрослевший Кристофер Робин. Позади него стоял самый прекрасный музыкальный инструмент, который мне доводилось видеть: блестящий рояль глубокого черного света, в клавишах которого, казалось, собралась энергия всего мира. Их безмятежность могла в любую минуту взорваться миллиардом звуков и эмоций. Я был слишком потрясен, чтобы поздороваться.

— Чем могу быть полезен, молодой человек?

— Меня зовут Генри Дэй, и я пришел к вам научиться играть.

— Дорогой юноша, — ответил мистер Мартин со вздохом, — боюсь, это невозможно.

Я подошел к роялю и сел на табуретку перед ним. Вид его клавиш вдруг оживил во мне далекое воспоминание о моем немецком учителе музыки, который, стоя надо мной, постоянно заставлял меня убыстрять темп. Я растопырил пальцы как можно шире, проверяя диапазон, который они могут охватить, и прикоснулся к слоновой кости, из которой были сделаны клавиши. Я не стал играть, но почувствовал, что мистер Мартин, стоя у меня за спиной, внимательно изучает мои руки.

— Вы занимались раньше?

— Когда-то давным-давно...

— Покажите мне «до» второй октавы, мистер Дэй.

Мне не пришлось даже задумываться.

Мама с отцом, вежливо покашливая, вошли в комнату. Мистер Мартин выпрямился и повернулся к ним. Пока они приветствовали друг друга и пожимали руки, я играл гаммы — туда и обратно. Звуки рояля воскрешали в моем сердце партитуры, которые я знал когда-то. В моей голове возник голос — *heissblütig, heissblütig*... Больше страсти! Больше чувства!

— Вы сказали, он не умеет играть.

— Ну, да, — ответила мама. — Он ни разу не видел настоящего инструмента.

— Тогда этот мальчик — феномен.

Чтобы поддержать мистера Мартина в этом мнении, я сыграл *Twinkle, Twinkle, Little Star* так же, как на игрушечном пианино моих сестер. Я специально тыкал в клавиши одним пальцем, будто не видя разницы между инструментом и игрушкой.

— Он всему научился сам, — гордо сказала мама, — у нас есть игрушечное пианино, и он сам научился на нем играть. А еще он замечательно поет!

Я увидел, что отец при этих словах бросил на меня быстрый неприязненный взгляд. Мистер Мартин, слишком изумленный объемами моей мамы, этого не заметил. А мама продолжала превозносить мои таланты. Я же тем временем начал играть Шопена, но специально так перврал мелодию, что даже мистер Мартин не догадался, что это был Шопен.

— Мистер Дэй, миссис Дэй, я беру вашего сына, но должен предупредить, что минимальный срок занятий — восемь недель. По вечерам, в среду и в субботу.

Потом он понизил голос и сообщил цену. Отец нервно закурил и отошел к окну.

— Но для вас, — теперь он обращался только к моей матери, — я готов снизить плату вдвое. Только для вас и только для вашего сына. Я впервые встречаюсь с таким врожденным талантом, так что только для вас и только для него. Но тогда не восемь, а шестнадцать недель. Четыре месяца. Надо посмотреть, как далеко мы сможем продвинуться.

Я сыграл одним пальцем *Happy Birthday*. Отец затушил сигарету и положил руку мне на плечо, намекая, что пора уходить. Затем подошел к матери, взял ее за мясистое предплечье:

— Дорогая, нам пора.

И уже к мистеру Мартину:

— Я позвоню в понедельник. В три тридцать. Нам надо подумать.

Мистер Мартин кивнул, а потом посмотрел мне прямо в глаза:

— У вас дар, молодой человек.

Когда мы ехали домой, я наблюдал, как в зеркале заднего обзора уменьшается и исчезает большой город. Мама трещала без умолку, планируя наше будущее и рисуя перспективы, открывавшиеся передо мной. Билли молча стискивал руль.

— Знаете, что я сделаю?! Я куплю несколько куриц! Помните, мы собирались снова превратить наш дом в ферму? Купим несушек и станем продавать яйца, вот вам и денежки на оплату обучения. Вы только подумайте: каждое утро у нас будут на завтрак свежие яйца! А Генри может на школьном автобусе ездить до автостанции, а там пересаживаться на автобус до города. Билли, тебе же не очень сложно по субботам отвозить его на автостанцию?

— Я могу мыть полы в супермаркете, чтобы оплатить его проезд.

— Билли, но ты же видишь, как Генри хочет учиться музыке! К тому же мистер Мартин говорит, что у него врожденный талант. И этот мистер Мартин, он такой утонченный... Ты видел, какой у него потрясающий рояль?! Он, наверное, полирует его каждый день.

Отец приоткрыл окно и впустил салон немного свежего воздуха.

— Ты слышал, как Генри сыграл *Happy Birthday*? Будто он с рождения знает, как это играть! Я просто в восторге! Деточка наша!

— А как он будет заниматься? Даже я знаю, что на пианино надо играть каждый день! Я готов оплатить эти уроки, но покупать пианино — это уже слишком!

— Пианино есть в школе, — сказал я. — На нем никто не играет. Я попрошу, чтобы мне разрешили.

— А что с домашними заданиями? Ты и так-то едва успеваешь их делать. Я не хочу, чтобы ты стал двоечником и тупицей.

— Девятью девять восемьдесят один. Атомную бомбу в 1945-ом создал Оппенгеймер, чтобы мы победили японцев. Святая Троица — это Бог, Сын и Святой Дух.

— Ладно, Эйнштейн. Занимайся. Но только восемь недель. А дальше посмотрим. Пусть мама пока купит куриц, но ты станешь помогать ей ухаживать за ними. В школе этому не учат, да?

Руфь засияла от счастья и одарила мужа взглядом, полным любви и нежности. Они обменялись хитрыми улыбками, смысл которых ускользнул от меня. Сидя между ними, я впервые не испытывал чувства вины за то, что не был их ребенком. Мы мчались по автостраде, самые счастливые из всех счастливых семей на свете.

Недалеко от нашего дома, когда мы по высокому мосту переезжали реку, я заметил внизу, у самой воды, какое-то движение. К моему ужасу, это были подменыши. Они шли цепочкой по берегу реки среди низкого кустарника, почти неразличимые на его фоне, грациозно и легко, как олени. Мои родители ничего не заметили, но меня бросило сначала в жар, а потом в холод. Я как-то совсем забыл, что они никуда не делись, что они рядом. При мысли, что эти лесные создания способны в одночасье разрушить мою так удачно начинавшуюся жизнь, мне стало так худо, что я даже хотел попросить отца остановиться ненадолго на обочине. Но тут он зажег очередную сигарету и снова открыл окно. Свежий воздух ворвался внутрь, и тошнота прошла, но страх никуда не делся.

Мама сказала:

— А может, мистер Мартин сделает нам скидку? Хотя бы на четыре недели?

— Я позвоню ему в понедельник, и мы все обсудим. Давайте попробуем позаниматься для начала два месяца, вдруг Гарри не понравится...

Я занимался все следующие восемь лет, и это было счастливейшее время моей жизни. Я приходил в школу пораньше и, с позволения учителей, занимался перед началом уроков в школьной столовой, где стояло старенькое пианино. Каждое утро мои руки ощупывали теплые лежанки куриц в поисках яиц или цыплят, и каждый день мои пальцы, бегая по клавишам, становились все искуснее. Поездки в город по средам и субботам окрыляли меня — я окунался в другой увлекательный мир. И еще я стал забывать о своей жизни в лесу, превращаясь в человека искусства и надеясь в скором времени стать настоящим виртуозом.

Глава 6

Записывая эти воспоминания о своем детстве, я, как и всякий человек, вижу все иначе, чем было на самом деле. Память проделывает с нами злую шутку. Мои родители, которые, скорее всего, уже умерли, в моих воспоминаниях по-прежнему живы и молоды. Девушка в красном плаще, которую я встретил всего лишь однажды, более реальна для меня, чем то, что я делал вчера, или то, что ел сегодня на завтрак — чертополох с медом или ягоды бузины. Мои сестры-близняшки — теперь уже взрослые женщины — для меня все еще младенцы, два херувима в кудряшках, пухлые и беспомощные, как новорожденные лисята. Память, которая занимается подгонкой наших ожиданий к реальности, пожалуй, является единственным нашим утешителем, пока безжалостное время выполняет свою неспешную работу.

Моя первая экскурсия по ночному лесу подкосила меня. Я лежал под одеялом, шкурами, куртками, но на следующий день к полудню уже метался в жару. Дзандзаро, притащивший мне горячего чая и какой-то вонючий бульон, приказывал: «Давай пей, пей!» Но я не смог сделать ни глотка. Меня обложили ворохом курток, одеял и шкур, но мне никак не удавалось согреться. С наступлением ночи стало совсем невмоготу, у меня все болело — голова, зубы, кости, мышцы... Сон принес странные кошмары, где все происходило одновременно. Моя семья стоит, взявшись за руки, над свежей, пустой могильной ямой, отец хватает меня за лодыжку и вытаскивает из дупла, где я прячусь, и ставит на землю перед собой, затем берет за ноги моих сестер и поднимает их вверх, они визжат от страха и удовольствия, а мама кричит на него: «Где ты был? Где ты был?!»

Затем я оказываюсь на ночном шоссе, в свете фар старого «Форда», на асфальте лежит олень и еле дышит, я пытаюсь дышать с ним в такт, а девушка в красном плаще со светло-зелеными глазами спрашивает тревожно: «Кто ты такой?» Она приближает ко мне свое лицо, сжимает мои щеки своими ладонями, целует в губы, и я снова превращаюсь в мальчика. В себя. Только не помню своего имени...

Энидэй... Какой-то странный ребенок, похожий на меня... Девочка по имени Крапинка прикасается прохладными губами к моему горячему лбу... За ее спиной — громадный дуб, тысячи ворон, сидящих на его ветвях, взмывают в небо и начинают кружиться в бешеном водовороте... Затем они исчезают за горизонтом, и возвращается тишина, наступает утро... Я бросаюсь в погоню за птицами, бегу с такой скоростью, что лопается кожа и сердце больно бьется о ребра... Останавливаюсь на берегу бурлящей, черной реки... Напрягаю зрение и вижу, что на другом берегу стоят, взявшись за руки, вокруг ямы в земле мои отец, мама, две маленькие сестры, девушка в красном плаще и какой-то мальчик... Они стоят как камни, как деревья на опушке... Если у меня хватит мужества броситься в реку, я смогу доплыть... Но у меня никогда в жизни не хватит на это мужества. Никогда. Мне страшно, ведь однажды вода уже убила меня... И я стою на берегу и зову их голосом, которого они не слышат, на языке, которого никто не знает.

Не знаю, как долго продолжался этот бред. Ночь? Сутки, неделю, год? А может, еще дольше? Когда я пришел в себя и увидел сырое, стальное небо, то почувствовал, что выздоровел, хотя едва мог пошевелить рукой, а внутри все горело и саднило. Мои сиделки — Раньо и Дзандзаро — играли в карты у меня на животе. Это была странная игра, лишенная логики, потому что карт у них было штук сто из разных колод. В руках они держали по целому вееру, а остальные лежали кучкой у меня на животе.

— Пятерка есть? — спросил Раньо.

Дзандзаро задумался, начал чесать затылок.

— Чинкве![14] Чинкве!!! — заорал Раньо, показывая пять пальцев. — Нету? Тогда бери!

Раньо начал тянуть из колоды карты одну за другой, пока ему не попалась «пятерка», которую он с торжествующим видом показал Дзандзаро.

— Ты шулер, Раньо.

— А ты кровопийца.

Я кашлянул, показывая, что пришел в себя.

— Эй, смотри, он проснулся.

Дзандзаро положил влажную ладонь мне на лоб.

— Принести тебе чего-нибудь поесть? Может, чая?

— Парень, ты спал слишком долго. Это все из-за того, что ты пошел гулять с этими ирландскими отморозками. Зря ты с ними связался.

---

[14] *Cinque* — пять (*итал.*)

Я огляделся в поисках своих друзей, но, как обычно днем, в лагере никого не было. Кроме нас троих.

— А какой день сегодня?

Дзандзаро поднял вверх палец, определяя ветер.

— Я бы сказал, что вторник.

— Нет. Я имею в виду, какой день месяца?

— Малыш, я не знаю даже, какой сейчас месяц, не то что день.

— Дело явно идет к весне, — перебил его Раньо. — Дни становятся длиннее.

— Значит, я пропустил Рождество, — огорчился я.

Парни пожали плечами.

— И проморгал Санта-Клауса...

— Кого-кого?

— Как отсюда уйти?

Раньо показал глазами на тропинку между деревьями.

— Как уйти отсюда домой?

Их глаза потухли, они отвернулись от меня и, взявшись за руки, зашагали куда-то прочь. Мне хотелось заплакать, но слез не было. Сильный холодный ветер гнал с запада темные тучи. Забившись под одеяло, один на один со своими горестями, я наблюдал, как остальные подменыши возвращались в лагерь и начинали заниматься хозяйственными делами. На меня обращали внимания не больше, чем на кочку, мимо которой проходят каждый день. Игель занялся костром и, ударив кремнем о камень, высек искру и разжег огонь. Две девочки, Киви и Бломма, отправились в почти пустую кладовую и выкопали из земли наш скудный ужин — замороженную белку, с которой они тут же принялись сдирать шкуру остро наточенным ножом. Крапинка насыпала в старый чайник немного высушенных растений и наполнила его водой. Чевизори на сковороде жарила кедровые орешки. Мальчишки, которые не были заняты приготовлением пищи, переодевались в сухую одежду. Все эти простые вещи делались без спешки и почти без разговоров. Спать обычно все укладывались тоже в полной тишине. Пока белка жарилась на вертеле, ко мне подошел Смолах и очень удивился, обнаружив, что я пришел в сознание.

— Энидэй, тебя можно поздравить с воскрешением?

Он протянул мне руку и помог встать на ноги. Мы обнялись, и он сжал меня так сильно, что кости у меня хрустнули. Придерживая одной рукой за плечи, он подвел меня к костру, где нас встретили с удивлением и радостью. Бека одарил меня апатичной полуулыбкой. Игель — скрестив руки на груди, он что-то вещал с серьезным видом — слегка кивнул на мое приветствие. Потом все набросились на белку и орешки, но, конечно же, эта скудная еда не смогла утолить голод всех собравшихся. Безуспешно попытавшись прожевать жесткое мясо, я отставил свою тарелку в сторону. В пламени костра все лица радостно светились, а измазанные жиром губы делали улыбки в прямом смысле слова сияющими.

После ужина ко мне пододвинулся Лусхог и прошептал на ухо, что приготовил для меня сюрприз. Мы вышли из лагеря, и последние розовые отблески заката освещали нам путь. Между двумя большими камнями лежали четыре маленьких конверта.

— Бери, — сказал он, подняв верхний камень. Я едва успел выхватить письма из-под него, как Лусхог его отпустил. Порывшись в мешочке, висевшем у него на груди, Лусхог выудил оттуда остроотточенный карандаш и застенчиво протянул его мне. — Это тебе для начала. С Рождеством!

— А сегодня Рождество?

Лусхог посмотрел по сторонам, словно проверял, не слышит ли кто нас:

— Ты его не пропустил, так что считай, тебе повезло.

— С Рождеством, — сказал я ему. И начал распечатывать свои подарки. К сожалению, у меня сохранилось только два письма из тех четырех, но потерянные не представляли особенной ценности. Одно было уведомлением об оплате ипотеки, и потом я отдал его Лусхогу, чтобы тот скрутил себе очередную папиросу. Другое оказалось письмом взбешенного читателя в какую-то газету: он последними словами поносил Гарри Трумэна. Листок был исписан с обеих сторон мелким почерком, даже полей не осталось, и потому ни для чего не годился. А вот еще в двух письмах свободного места оказалось куда больше, особенно в одном, написанном крупными буквами с большими пробелами между строчек.

2 февраля 1950
Миленький мой!
Та ночь так много значела для меня што я не могу понять почему ты мне не звонишь и не пишеш после той ночи. Я ничего не понимаю. Ты сказал мне што ты любешь меня и я тебя тоже люблю, но ты не ответил на целых три моих письма и домашний телефон тоже не отвечает и даже телефон на твоей работе тоже. Я обычно не делаю в машине то што мы с тобой делали, но ты же сказал што любешь меня поэтому я это и делала с тобой и ты все время говорил мне што любешь меня

с такой страстью што я поверила тебе. Я хочу штобы ты знал што я не такая и што я не делаю это со всеми.

А я такая которая любит тебя и такая которая ждет што Джентельмен будет вести себя как Джентельмен.

Пожалуста ответь мне а еще лучше позвони по телефону. Я не злюсь а просто не понимаю што происходит, но я сойду с ума если ты мне не ответишь.

Я люблю тебя, разве ты не понимаишь?

Твоя Марта.

Это письмо показалось мне тогда самым высоким проявлением любви, какое я мог себе прдставить. Разобрать почерк было трудно, потому что Марта писала очень неровно, хотя и большими буквами, похожими на печатные. Второе письмо озадачило меня больше, чем первое, зато его обратная сторона вообще была чистая.

2/3/50

Дорогие Мама и Папа,

Невозможно выразить словами всю ту печаль, которую я испытываю, и все то сочувствие, которое я хочу передать вам по поводу ухода дорогой Бабули. Она была очень хорошей женщиной, доброй, и, надеюсь, она сейчас находится в лучшем месте. Я прошу у вас прощения за то, что не смог приехать, просто у меня совсем нет денег на эту поездку. Поэтому все мое сердечное горе я доверяю этому краткому письму.

Невесело кончается зима... И жизнь, увы, не сказка... Особенно после того, как вы потеряли Бабушку, а я, похоже, вообще всё.

Ваш сын.

Узнав об этих письмах, все девчонки в лагере стали просить меня почитать их вслух. Их интересовало не столько содержание самих писем, сколько мое умение читать: похоже, они или никогда этого не делали, или напрочь утратили этот полезный навык. Мы уселись вокруг костра, и я принялся читать «с выражением», хотя и не понимал значения некоторых слов.

— Ну, и что вы думаете об этом Миленьком? — спросила Крапинка, когда я закончил.

— Болван и мерзавец, — отрезала Луковка.

Киви откинула назад прядь своих светлых волос и вздохнула, ее лицо вспыхнуло в отблесках костра:

— Не понимаю, почему этот Миленький не ответил Марте на звонки, но это, конечно, ничто по сравнению с проблемами Вашего Сына.

— Да-да, — Чевизори даже подпрыгнула на месте, — а как было бы хорошо, если бы Ваш Сын и Марта поженились и жили бы вместе долго и счастливо!

— А я надеюсь, что Бабуля все-таки вернется к Маме и Папе, — добавила Бломма.

Разговоры у костра продолжались до глубокой ночи. Головы девочек были забиты романтическими представлениями о человеческом мире. Я не понимал и половины того, о чем они говорили, — вероятно, знали что-то такое, о чем я даже не догадывался. Я думал только об одном: скорее бы они легли спать, чтобы я смог попрактиковаться в правописании. Но девочки балагурили до тех пор, пока от костра не остались одни тусклые угольки, а потом все вместе забрались под шкуры и покрывала и продолжили свои разговоры, обсуждения и предположения о судьбах авторов писем и их адресатов. Мне пришлось отложить свои планы на завтра. Ночь была жутко холодной, и вскоре мы, чтобы согреться, сплелись в огромный клубок. Когда все, наконец, угомонились, я вспомнил, какой сегодня день. «С Рождеством!» — сказал я, но мое поздравление вызвало только раздражение. Фразы типа «Заткнись уже!» и «Спи давай» стали мне ответом. Позже чья-то нога стукнула меня по щеке, чей-то локоть ударил в пах, а чье-то острое колено несколько часов упиралось в ребра. Одна из девочек застонала, когда Бека забрался на нее. Они возились, наверное, полночи, а я лежал, не смыкая глаз, и чистая бумага жгла мою грудь.

Лучи восходящего солнца отразились от покрывала из высоких перистых облаков, окрасив их во все цвета спектра, яркие на востоке и переходящих в нежные пастельные тона на западе. Голые ветви деревьев дробили небо на сотни частей, как в калейдоскопе. Когда солнце взошло окончательно, узоры на облаках побледнели, и вскоре в небе осталось только два цвета: синий и белый. Выбравшись из-под одеял, я убедился в том, что света для моих занятий достаточно, достал письма и карандаш, положил холодный плоский камень на колени и разделил листок с заявлением об ипотеке на четыре части, нарисовав на нем большой крест. Каждая из частей предназначалась для одного рисунка. Карандаш в моей руке казался одновременно и непривычным, и знакомым. В первой части страницы я нарисовал своих родных: мама, папа, две моих сестренки и я сам выстроились в ряд на семейном портрете. Когда я закончил и внимательно рассмотрел свою работу, она показалась мне нелепой, и я расстроился. В другой части страницы я изобразил лесную дорогу с машиной, девушкой и оленем, а также Смолаха и Лусхога, прятавшихся в кустах. Свет фар я обозначил двумя прямыми, которые выходили из фар машины и упирались в край листа. Олень получился похожим на собаку, и если бы у меня была стирательная резинка, я бы его перерисовал. В третьей части я поместил рождественскую елку, красиво украшенную гирляндами, и на полу перед ней кучу подарков. На последнем кусочке я нарисовал тонущего мальчика. Связанный по рукам и ногам, он был ниже волнистой линии, означавшей поверхность воды.

Когда я днем показал свои рисунки Смолаху, тот схватил меня за руку и потащил далеко в заросли. Осмотревшись по сторонам, он убедился, что за нами никто не подсматривает; затем аккуратно сложил лист вчетверо и вернул его мне.

— Ты поосторожнее со своими рисунками!

— А в чем дело-то?

— Ты поймешь, в чем дело, если их увидит Игель! Энидэй, пойми, наконец, что он запрещает любые контакты с тем миром, и эта женщина...

— В красном плаще?

— Он боится, что нас обнаружат, — Смолах снова взял у меня сложенный вчетверо лист с рисунками и запихнул его в мой карман. — Некоторые вещи лучше держать при себе, — сказал он, подмигнул мне и ушел, насвистывая.

Тогда я взялся за чистописание. Это оказалось более трудным делом, чем рисование. От усердия у меня сводило пальцы. Буква К почему-то все время пыталась вывернуться наизнанку, З — запутывалась сама в себе, а Н норовила превратиться в И. Я совершал множество ошибок, которые сейчас, спустя много лет, забавляют меня, а тогда доводили до отчаяния. Но еще хуже, чем с алфавитом, обстояли дела с написанием целых слов. Я уж не говорю о пунктуации. Меня раздражал мой недостаточный словарный запас и неумение правильно пользоваться различными частями речи, особенно прилагательными и наречиями. Слова, которые должны были бы ясно выражать мои мысли и стройно стоять на бумаге, на самом деле говорили совсем не то, что я хотел сказать, а выглядели и того хуже — словно покосившийся забор. Тем не менее я упорно продолжал трудиться, описывая корявыми буквами и корявыми словами все, что происходило со мной в последние месяцы. К полудню обе стороны листа были испещрены повествованием о моих приключениях, а также смутными воспоминаниями о моей жизни до похищения. Я уже почти забыл свое настоящее имя, имена своих сестер, свою комнату, свою школу, свои книги, свои мечты о том, кем собирался стать, когда вырасту. Я надеялся, что когда-нибудь все это вернется, но без писем, которые мне подарил Лусхог, я бы пропал. Втиснув последнее слово на последнем свободном клочке листка, я пошел искать приятеля. Бумага закончилась, и теперь мне остро требовалось еще.

Глава 7

В десять лет я начал выступать перед публикой. В качестве благодарности нашим учительницам-монахиням, которые позволяли мне репетировать в школьной столовой, я согласился сыграть на рождественском концерте, в самом его начале. Пока дети наряжались в эльфов и волхвов, их родители под мою музыку родители занимали свои места. Вместе с моим учителем, мистером Мартином, мы подготовили программу, в которой были Бах, Штраус и Бетховен, а заканчивалась она одной из «Шести маленьких фортепианных пьес» Арнольда Шёнберга, скончавшегося годом ранее. Мы вставили в программу эту экспрессионистскую пьесу, абсолютно незнакомую нашей аудитории, и в память выдающегося композитора, и чтобы продемонстрировать публике мой широкий музыкальный диапазон. За день до концерта, после занятий я отыграл тридцатиминутную программу перед монахинями[15], которые то и дело, не одобряя наш выбор, хмурились из-под своих накидок.

— Замечательно, Генри, — сказала мать-настоятельница, она же директриса нашей школы, предводительница этой банды ворон, — очень необычно. Но вот последняя песня...

---

[15] Генри учится в католической школе, где преподают монахини.

— Пьеса Шёнберга?

— Да-да. Очень интересная, — она оглядела сестер, подбирая слова. — А ты можешь сыграть что-нибудь другое?

— Другое, матушка?

— Что-нибудь более подходящее.

— Подходящее, матушка?

— Что-нибудь знакомое публике.

— Я не уверен, что понимаю вас.

— Ты знаешь какие-нибудь *рождественские* песни? Гимны? «Тихую ночь»[16], например. Или «Вести ангельской внемли»[17]... По-моему, это Мендельсон. Если ты играешь Бетховена, то и Мендельсона сможешь сыграть.

— Вы имеете в виду рождественские гимны?

— Не только гимны. Можно и песни. Ты мог бы сыграть «Колокольчики звенят» или «Белое Рождество»[18]?

---

[16] «Тихая ночь» (нем. *Stille Nacht, heilige Nacht*, «Тихая ночь, святая ночь») — рождественский христианский гимн, создан в 1818 году. Одно из самых известных и широко распространенных по всему миру рождественских песнопений.

[17] Вести ангельской внемли (англ. *Hark! The Herald Angels Sing*) — одна из наиболее популярных рождественских песен. Автором песни является Чарльз Уэсли, младший брат богослова Джона Уэсли и автор более чем 5000 гимнов; он включил её в сборник *Hymns and Sacred Poems* в 1739 году. Музыка для текста была сочинена в 1840 году Феликсом Мендельсоном как часть кантаты *Festgesang* для мужского хора с оркестром.

[18] *Jingle Bells* — одна из самых известных американских песен. Была написана ко дню благодарения Джеймсом Лордом Пьерпонтом (1822—1893). *White Christmas* (рус. «Белое Рождество») — американская эстрадная рождественская песня, написанная Ирвингом Берлином и впервые исполненная Бингом Кросби в 1941 году. Запись *White Christmas* Кросби стала одной из самых популярных песен XX века.

— Это из фильма «Праздничная гостиница»[19], — добавила одна из монашек, — с Бингом Кросби, Фредом Астером и Марджори Рейнольдс. О, ты еще маловат.

— Кто-нибудь уже видел «Колокола Святой Марии»[20]? — спросила у своих подружек учительница третьего класса. — Как он там смотрится?

— Мне понравился «Город мальчиков»[21] с Микки Руни.

Взмахнув четками, настоятельница прервала эту беседу:

— Так ты мог бы сыграть рождественские песни?

Удрученный, я вернулся домой и принялся разучивать всю эту ерунду, про которую они говорили, используя вырезанную отцом из картона клавиатуру. На следующий день я сократил нашу программу примерно наполовину и добавил несколько рождественских песен. Пьесу Шёнберга я оставил, хотя и так было понятно, что никто ее не оценит. Рождественские песенки вызвали бурю аплодисментов. «Кретины», — пробубнил я себе под нос. И, когда вышел кланяться, сначала овации не вызвали у меня ничего, кроме отвращения. Но потом, вглядевшись в восторженную толпу, я различил лица моих родных и соседей, которые светились счастьем и благодарностью. Они испытывали искреннее восхищение от узнавания знакомых с детства мелодий. Воистину, нет подарка лучше, чем ожидаемый. Чем дольше длились

---

[19] *Holiday Inn* — американский фильм 1942 года с Бингом Кросби в главной роли.

[20] *The Bells of St. Mary's* — американский фильм 1945 года с Бингом Кросби и Ингрид Бергман в главных ролях.

[21] *Boys Town* — американский фильм 1938 года.

аплодисменты, тем приятнее мне становилось, и тем сильнее кружилась голова. Отец аплодировал стоя. На его физиономии светилась радостная улыбка. От осознания своего успеха я чуть не упал в обморок. Мне захотелось большего.

Особенно сильно меня радовало то, что мой музыкальный талант имел человеческую природу. В лесу нет пианино. По мере того как мои магические способности сходили на нет, росло мое мастерство как музыканта. Я все больше удалялся от тех, в чьих сетях пробыл почти сто лет, и единственное, чего мне хотелось, чтобы они оставили меня в покое. После первого выступления я словно разделился на две части. Я продолжал трудиться под началом мистера Мартина, совершенствуясь в исполнении классики, и научился то греметь по клавишам, как Тор молотом, то заставлял инструмент вздыхать и плакать. Но в то же время, расширяя репертуар в угоду публике, я разучивал модные мелодии и песенки, звучавшие по радио, которые обожала моя мама. Мне нравилось и то, и другое, и «Хорошо темперированный клавир», и какой-нибудь шлягер вроде «Сердце и душа»[22]. Все это прекрасно уживалось во мне, а популярные песни позволяли к тому же еще иметь и кое-какой заработок, потому что я стал играть на танцах и вечеринках. Мистер Мартин сначала возмущался «бастардизацией» моего таланта, но я рассказал ему слезливую историю о необходимости доставать где-то деньги на оплату его же уроков, и он угомонился. И даже на четверть снизил плату за обучение. На деньги, заработанные

---

[22] *Heart and Soul* — популярная песня, записанная в 1938 году оркестром Ларри Клинтона с вокалом Би Вейна.

на этих вечеринках, а также на доходы от маминого «куриного бизнеса» мы смогли купить подержанное пианино, которое стало подарком мне на двенадцатилетие.

— Что это такое? — спросил отец, вернувшись с работы в тот день, когда пианино установили в нашей гостиной. Его волшебный механизм находился внутри замечательного корпуса из розового дерева.

— Это пианино! — торжественно произнесла мама.
— Я вижу, что это пианино. Откуда оно взялось?
— Привезли грузчики.

Он вытащил сигарету, прикурил.

— Руфи, я знаю, что его привезли грузчики. Зачем они его привезли?
— Чтобы Генри мог заниматься.
— Мы не можем себе это позволить.
— Мы сами купили его. Я и Генри.
— На деньги, которые я заработал на танцах, — добавил я.
— И еще на «куриные» деньги.
— Вы его купили?
— Мистер Мартин нам посоветовал. На день рождения Генри.
— Ладно. С днем рождения, сынок, — буркнул он и вышел из комнаты.

Я играл, едва выдавалась свободная минутка. В течение нескольких лет я проводил за клавишами по нескольку часов в день, неизменно приходя в восторг от гармонии, которую рождали ноты. Музыка уносила меня, словно река, погружая мое сознание в такие глубины, где, казалось, не существует никаких других звуков, кроме тех, которые я сам извлекал при помощи этого магического инструмента. За лето я удлинил ноги на целый дюйм, чтобы лучше доставать до педалей пианино. Мистер Мартин удивлялся тому, как я научился раздвигать пальцы. Их подушечки стали мягкими и чувствительными. Гаммы из-под них текли рекой. Плечи ссутулились.

Чем больше увеличивалось мое мастерство, тем больше я осознавал важность музыкальной фразировки в повседневной жизни. Хитрость заключается в том, чтобы заставить людей прислушиваться к слабым долям, не к самим звукам, а к паузам между ними. Если правильно использовать фразировку, можно играть или говорить все что угодно, и тебя будут слушать. Музыка научила меня этому.

Отец терпеть не мог этих занятий, возможно из-за того, что осознал, какого мастерства я достиг. Едва я начинал играть, как он тут же выходил из комнаты и закрывался где-нибудь в самом дальнем углу дома или находил какой-нибудь предлог, чтобы выйти на улицу. Несколько недель спустя после того, как мы с мамой купили пианино, отец принес домой телевизор, первый телевизор в моей жизни. А еще через неделю к нам зашел мастер, который установил на крыше антенну. Теперь все вечера отец проводил у телеэкрана за просмотром какого-нибудь комедийного сериала, вроде «Ставки на жизнь»[23] или «Шоу Джеки Глисона», приказав мне «не шуметь». Но все чаще и чаще по вечерам он куда-нибудь уезжал.

— Пойду, прокачусь, — обычно говорил он в таких случаях, уже надев шляпу.

— Надеюсь, ты не будешь пить?

— Разве что пропущу стаканчик с парнями.

---

[23] Сериал *You Bet Your Life*.

— Не задерживайся слишком поздно.

Возвращался отец обычно глубоко за полночь, шатаясь, что-то бормотал или напевал себе под нос, чертыхался, когда наступал в темноте на какую-нибудь игрушку близнецов или ударялся ногой о пианино. Если позволяла погода, все выходные он проводил на улице: красил дом, менял ставни или чинил курятник, лишь бы не слышать моей игры. С Мэри и Элизабет он, наоборот, был полон нежности, качал их на коленях, завязывал им волосы в хвостики, играл в кукольные чаепития и восхищался их примитивными рисунками или домиками, сложенными из палочек. Ко мне же он относился более чем холодно, и, хотя я не могу читать мысли, подозреваю, что это было связано с моим увлечением музыкой. Возможно, он считал, что музыка развращает меня и убивает во мне ребенка. Все его разговоры со мной сводились либо к указаниям, что мне надо сделать по дому, либо к упрекам за плохие, по его мнению, оценки в школе.

В одно из воскресений отец, как обычно, забрал меня на троллейбусной остановке после занятий с мистером Мартином и по пути домой попытался «поговорить». По радио передавали футбольный матч между «Нотр-Дам Файтинг Айриш» и «Нэйви». Одна из команд провела красивый гол.

— Вот это да! Ты слышал?!

Я смотрел в окно, правой рукой отбивая на подлокотнике, как на клавишах, новую мелодию.

— Что, тебя даже футбол не захватывает?

— Не знаю. Наверно, есть маленько.

— Ну хоть какой-нибудь спорт тебе нравится? Бейсбол? Волейбол? Хочешь, сходим на охоту как-нибудь?

Я не стал отвечать. Даже сама мысль о том, чтобы остаться наедине с Билли Дэем и его заряженным ружьем, приводила меня в ужас. В лесу его бесы могли вырваться наружу. Несколько миль мы проехали молча.

— Как вообще можно целыми днями и ночами бренчать на пианино?!

— Я люблю музыку, и у меня неплохо получается «бренчать».

— Да-да... Но скажи честно, неужели тебя совсем ничего больше не интересует, кроме музыки? Разве тебе не хочется заняться чем-нибудь другим, хотя бы ради разнообразия?

Если бы он был моим настоящим отцом, я был бы в нем бесконечно разочарован. Приземленнейший человечек без высокой мечты, без страсти к жизни... Я был благодарен судьбе за то, что мы с ним не родные. Машина шла через лес, и на лобовое стекло легла плотная тень. Глядя на свое отражение в нем, я узнавал в своем лице черты лица отца Генри, но сыном его я был только внешне. Неожиданно в отражении появилось лицо моего настоящего отца. Я даже будто услышал его голос: «*Ich erkenne dich! Duwillstnurmeinen Sohn!*»[24] Его глаза сердито сверкнули за стеклами очков, но видение быстро исчезло. Я почувствовал, что Билли Дэй краем глаза наблюдает за мной, пытаясь понять, как такое могло произойти? Как его угораздило родить такого сына?

— По-моему, мне начинают нравиться девочки, — нарушил я молчание.

Он улыбнулся, взъерошил мне волосы. Закурил свой «Кэмел», а это был явный признак того, что мой

---

[24] Я тебя узнал! Тебе нужен только мой сын! (*нем.*)

ответ удовлетворил его. Тема моей мужественности больше никогда не поднималась.

Но правду я Билли не сказал. Девочки были повсюду, они просто витали в воздухе. Я наблюдал за ними в школе, глазел на них в церкви, играл для них на вечеринках и концертах. Как только они появляются в твоей жизни, все сразу меняется. Я влюблялся по десять раз на дню: женщина в возрасте, под тридцать, в сером пальто, часто вижу ее на углу; рыжеволосая библиотекарша, которая по вторникам приходит к нам покупать яйца; девчонки с завязанными на головах хвостиками, прыгающие через скакалку; девочки с очаровательным иностранным акцентом; девочки в беленьких, коротеньких носочках и юбочках-колокольчиках... Тесс Водхаус, которая стесняется своих брекетов, когда улыбается... Блондинка из журнала с карикатурами... Сид Чарисс, Полетт Годдар, Мерилин Монро... Завитые локоны... Шарм, которым они очаровывают сердца. Одних заводит их внутренний гироскоп. Другие скользят по жизни, как на коньках. Одни замучены жизнью, и это сразу читается в их глазах, другие чаруют мелодией своего беззаботного смеха. Как они меняются, меняя одежду... Рыжеволосые, блондинки, брюнетки...

Мне нравились все.

Женщины, которые флиртуют с тобой: «А где это мы купили такие длинные реснички? — У молочника».

Девушки, слишком робкие, чтобы заговорить с тобой...

Но самые лучшие — те, что любят музыку. Почти на каждом выступлении я замечал в зале девушек, которые действительно приходили слушать. Одни не сводили с меня глаз и ужасно этим нервировали, другие, полностью погрузившиеся в музыку, сидели с закрытыми глазами и задранными вверх подбородками. Остальная публика обычно ковырялась ногтями в зубах или мизинцами в ушах, потрескивала костяшками пальцев, зевала, не закрывая рта, рассматривала других девочек (или мальчиков) или ежеминутно поглядывала на часы. По окончании концерта часть зрителей неизменно подходила пожать мне руку, сказать пару ободряющих слов или просто постоять рядом. Эта заключительная часть вечера нравилась мне больше всего — я обожал получать комплименты и мог бесконечно отвечать на вопросы к восторгу этих женщин и девушек.

К сожалению, таких выступлений было мало, к тому же чем старше я становился, тем меньше народа собирали мои концерты классической музыки. Восхищение вызывал вундеркинд, едва достающий ногами до педалей рояля, но мрачноватый подросток публику интересует гораздо меньше. Честно говоря, я уже был по горло сыт всеми этими Ганонами и Черни, а также пресными и безжизненными этюдами Шопена, которыми год за годом меня изводил мой учитель. Изменяя себя каждую ночь, я однажды заметил, что мои магические способности пропали окончательно, словно их убили бушующие во мне гормоны. Буквально в одночасье желание оставаться мальчиком и любимым сыном пропало — теперь я хотел стать мужчиной.

Классе в восьмом или девятом, в перерывах между самокопанием и угрюмыми перебранками с матерью, я вдруг сообразил, каким образом можно совместить любовь к музыке и влечение к девушкам. Я решил создать собственную группу.

Глава 8

— У меня кое-что для тебя есть.

В последние дни зимы мы оказались в заточении. Снежная буря и холод сделали вылазки невозможными. Мы проводили дни и ночи под горой шкур и одеял в полудреме из-за холода и голода. Но однажды Крапинка встала надо мной, пряча что-то за спиной. Легкий ветерок бросил ей на лицо прядь черных длинных волос, и она смахнула ее нетерпеливым жестом, как занавеску.

— Вставай, засоня, посмотри, что я нашла.

Я поднялся, кутаясь в оленью шкуру. Она протянула мне конверт, очень белый в ее грязных, потрескавшихся руках. Я взял его и рассеянно вытащил оттуда сложенную вдвое праздничную открытку с нарисованным на лицевой стороне большим красным сердцем. А потом уронил конверт. Крапинка быстро наклонилась и подняла его.

— Смотри, Энидэй, — она покрутила конверт. — Если его аккуратно разорвать, у тебя получится отличный лист бумаги: с одной стороны он совсем чистый, а с другой — только адрес и штамп. — Она взяла у меня открытку. — А на ней вообще можно писать сразу на трех сторонах.

Крапинка запрыгала на месте то ли от радости, то ли от холода. Я едва не утратил дар речи. Обычно она держалась отстраненно и избегала общества прочих членов нашей шайки.

— Да пожалуйста. Хотя ты мог бы быть и полюбезнее. Я проделала длинный путь по снегу, чтобы принести тебе это, пока вы все тут дрыхли.

— Как же мне тебя отблагодарить?

— Согрей меня.

Она шагнула ко мне, и я распахнул оленью шкуру, а она обняла меня, и я окончательно проснулся из-за ее ледяного прикосновения. Потом мы посюсюкали немножко под грудой одеял, а потом крепко уснули. Когда следующим утром я проснулся, моя голова лежала на ее груди. Крапинка одной рукой обнимала меня, а в другой держала открытку. Она проснулась одновременно со мной, открыла свои изумрудные глаза и пожелала мне доброго утра. А потом попросила, чтобы я прочел, что написано на открытке:

> Но если о тебе при этом вспоминаю —
> Всем горестям конец: я счастье обретаю.
> *Шекспир, 30-й сонет[25].*

На конверте не было ни подписи, ни адреса, и если там и было что-то еще написано, оно расплылось.

— Как ты думаешь, что это значит?

— Не знаю, — ответил я ей. — Шекспир какой-то...

Имя показалось мне смутно знакомым.

— Он забывает о всех своих бедах, когда вспоминает о нем... или о ней.

---

[25] В переводе Н.В. Гербеля.

Солнце взошло над верхушками елей, согревая наш мирный лагерь. Появились первые признаки оттепели: шапки намокшего снега шумно падали с веток, начинали таять сосульки. Мне хотелось остаться одному, наедине с конвертом и открыткой, карандаш будто жег меня сквозь карман.

— О чем ты хочешь написать?

— Я хочу сделать календарь, но не знаю, как. Какое сегодня число?

— Такое же, как и вчера.

— Тебе разве не интересно, какой сегодня день?

Крапинка нырнула в свое пальто, велев мне сделать то же самое, и повела меня на вершину скалы, которая была частью горного массива, круто поднимавшегося на северо-западе. Когда мы добрались до места, ноги у меня заболели, дыхание сбилось. Но она встала там, топнула ногой и велела мне замереть и слушать. Стояли мы долго. Вокруг нас не было ничего, кроме заснеженных вершин.

— Что я должен услышать?

— Сосредоточься, — сказала она.

Я попытался, но не уловил ничего, кроме далекого крика поползня и шороха веток под порывами ветра. Я пожал плечами.

— Старайся лучше.

Я навострил уши — от усердия у меня даже голова заболела. И услышал спокойное дыхание Крапинки, стук ее сердца и какую-то далекую вибрацию, похожую на скрежет напильника. Поразмыслил над ней и вдруг понял, что это такое:

— Машины, — сказал я ей. — Много машин.

— Да, — сказала она и усмехнулась. — Много машин. Утренний поток.

Я все еще не понимал, к чему она клонит.

— Люди едут на работу. В город. Школьные автобусы везут детей в школу. Если утром много машин, значит это будний день, а не воскресенье. По воскресеньям утром всегда тихо.

Она подняла палец вверх, облизала его:

— По-моему, сегодня понедельник.

— Я уже видел этот трюк. Как вы это делаете? Как угадываете день?

— В воскресенье мало машин, и заводы тоже не работают, поэтому в воскресенье мало дыма. Мы просто пробуем воздух на вкус. По вкусу сегодня понедельник. В пятницу вечером воздух пропитан выхлопами машин и дымом заводов, — она снова лизнула палец. — Ну точно понедельник. А теперь дай мне еще раз посмотреть на это письмо.

Я вытащил конверт с «валентинкой», и она стала внимательно изучать его, рассматривая едва видимый почтовый штемпель и адрес.

— Ты помнишь, какого числа Валентинов день?

— Четырнадцатого февраля, — ответил я с гордостью, словно стоял у доски на уроке математики и правильно решил задачу. На мгновение перед моим внутренним взором возникло изображение женщины, одетой во что-то черно-белое, которая писала мелом на доске.

— Точно. А вот это видишь? — она показала на буквы и цифры, которые хоть и с трудом, но можно было разобрать в центре штемпеля: «Понедельник, 13 февраля». — Это день и час, когда Шекспир отправил письмо. В этот день на него поставили штамп.

— Значит, сегодня Валентинов день?!

— Нет, Энидэй. Мало просто прочесть буквы, нужно понять, что они означают. Дедукция. Как может сегодня быть Валентинов день, если уже понедельник?! Как можно найти письмо раньше, чем его потеряли? Если я нашла его вчера, а сегодня понедельник, как это может быть Валентинов день?

Я окончательно запутался.

— Тринадцатое февраля было в прошлый понедельник. Если бы это письмо пролежало на улице больше недели, оно бы не сохранилось так хорошо. Я нашла его вчера и сразу принесла тебе. Вчера машин почти не было, значит, вчера было воскресенье. Так что сейчас — следующий понедельник.

Она посмотрела на меня: понимаю ли я, о чем она говорит. Я не понимал.

— Все просто. Сегодня понедельник, двадцатое февраля 1950 года. Можешь делать календарь.

Она протянула руку за моим карандашом, который я с удовольствием ей уступил. На обратной стороне открытки она нарисовала семь квадратиков, обозначив их буквами — п, в, с, ч, п, с, в, — по числу дней недели, затем написала с одной стороны названия месяцев, а с другой — цифры от 1 до 31. Когда она писала цифры, то спрашивала меня о том, сколько в каком месяце дней, одновременно напевая популярную песенку-напоминалку, чтобы помочь мне правильно вспомнить. Правда, мы совсем забыли о високосных годах, поэтому мой календарь через два десятка лет отстал на несколько дней.

В дальнейшем Крапинка еще не раз находила простые решения сложных, казалось бы, проблем. Похоже, больше никто не обладал настолько творческим воображением. В моменты своих озарений она смотрела мне прямо в глаза, и голос у нее начинал дрожать.

Прядь волос упала ей на лицо. Крапинка собрала всю гриву — кожа на ее руках была грубой и красной — и откинула ее назад, все время улыбаясь под моим пристальным взглядом. «Если понадобится что-нибудь, зови», — она повернулась и пошла вдоль хребта в сторону от лагеря, петляя между деревьями, оставив меня наедине с календарем. Я смотрел ей вслед, пока она не скрылась в лесу. Когда Крапинка исчезла, единственное, о чем я мог думать: «Я знаю, какой сегодня день. 20 февраля, 1950 года». Я потерял так много времени.

Далеко внизу под вонючими одеялами и шкурами спали остальные. Прислушиваясь к далекому шуму машин, я представил себе, что могу вернуться к людям, что одна из этих машин могла бы остановиться и отвезти меня домой. Водитель заметил бы мальчика, стоящего на краю дороги, и, съехав на обочину, остановился бы рядом со мной. За рулем сидела бы женщина в красном плаще, которая спасла бы меня. Я попытался бы не испугать ее, как в прошлый раз. Она бы наклонилась ко мне, откинув упавшие на лицо волосы, и спросила бы: «Кто ты такой?» Я вспомнил бы лица своих родителей и маленькой сестры и рассказал бы этой девушке со светло-зелеными глазами, где я жил и как найти мой дом. Она предложила бы мне сесть в ее машину. Сидя рядом с ней, я рассказал бы ей все, что со мной случилось, и она, положив руку мне на затылок, сказала бы, что все будет хорошо. А когда машина остановилась бы перед моим домом, я выскочил бы из нее и увидел, как мама развешивает белье на веревке, а рядом с ней ковыляет моя маленькая сестра в желтом платье, протягивая к ней руки. «Я нашла вашего мальчика», — сказала бы девушка в красном плаще, а из красной пожарной машины вылез бы мой отец: «Мы так долго тебя искали!» А потом, после жареной курицы и печенья, мы пошли бы в лес и спасли всех моих друзей — Смолаха, Лусхога и Крапинку, — и они бы стали жить вместе с нами, ходить в школу и спать в теплых, мягких постелях. Все это пронеслось перед моим мысленным взором, пока я вслушивался в шумы цивилизации. Я стал пристально вглядываться в то место, откуда они доносились, но не смог ничего разглядеть. Я слушал изо всех сил, но больше ничего не уловил. Я попытался что-нибудь вспомнить, но из памяти пропало даже мое собственное имя.

Я развернул открытку и снова прочел, что написал этот Шекспир: «Но если о тебе при этом вспоминаю...» Мальчишки и девчонки, которые спали сейчас в нашей норе, были моими друзьями. Я вытащил карандаш и стал записывать все, что произошло со мной. Много лет прошло между «тогда» и «сейчас», и я еще не раз возвращался к этим записям, но тот момент, когда я сидел на вершине скалы с самодельным календарем в руках, кажется мне самым важным. Я писал до тех пор, пока не заледенели пальцы. Тогда я спустился вниз — наши оленьи шкуры манили меня, обещая тепло и сон.

Прошло не так много времени после «валентинки», которую принесла Крапинка, как я получил новый подарок. Лусхог притащил его из очередной пиратской вылазки и торжественно извлек из мешка, точь-в-точь Санта-Клаус под рождественской елкой:

«А вот это — тебе! Настоящее сокровище. Предел желаний! Места сколько угодно. Чудо из чудес, к тому же — сухое. Бумага».

Он вручил мне переплетенную черную тетрадь, из тех, которыми пользуются школьники, с разлинованными страницами — чтобы строчки выходили ровными. На первой странице было написано название школы и — большими буквами: «Тетрадь для упражнений». На задней обложке, очерченное прямоугольником, выделялось предупреждение: «В случае ядерной атаки закройте шторы, ложитесь на пол под парту, обхватите голову руками и не паникуйте». Внутри, на обороте обложки, владелец тетради написал свое имя: Томас Макиннс. Страницы были испещрены его неразборчивыми каракулями, нацарапанными ржаво-коричневыми чернилами. Насколько мне удалось понять, тетрадь заполняло начало какого-то рассказа, который на последней странице прерывался словами: «Продолжение следует». Я много раз пытался читать это произведение, но его сюжет неизменно ускользал от меня. Но это не имело значения: неведомый литератор, по какой-то, известной ему одному причине, писал только на одной стороне листа, оставляя другую чистой! Это была несомненная удача. Я перевернул 88-страничную тетрадь вверх тормашками и стал писать на чистых страницах в направлении, противоположном рассказу Макиннса, назвав свое антисочинение: «Записки натуралиста, живущего в глухом лесу, дополненные зарисовками». Дневник лучших лет моей жизни.

Календарь позволял мне следить за временем, которое без него протекало бы совершенно незаметно. Я годами лелеял надежду, что за мной придут и спасут, но никто не приходил. Я начал принимать жизнь такой, как она есть, отчаяние то наваливалось на меня, то вдруг таяло, как тени облаков. Все эти годы были наполнены счастьем, которое дарили мне мои друзья, я взрослел умом, но внешне оставался все тем же мальчишкой.

В середине марта в наши края начала возвращаться жизнь: снегопады прекратились, начал таять лед, из земли полезла зелень, над ней зажужжали всяческие жучки, прилетели птицы, появились рыбы и лягушки. Весна вернула нам жизненную энергию, а удлинившийся световой день подарил возможность совершать более длительные вылазки. Мы выбросили провонявшие за зиму шкуры и одеяла, сняли куртки и обувь. В первый день мая вдевятером мы отправились к реке, чтобы помыться и смыть паразитов, поселившихся в волосах. Бломма стащила кусок мыла из туалета на автозаправке, и мы измылили его до размера горошины, отскабливая грязь. А потом лежали на галечном берегу, розовые, голые, чистые и благоуханные.

Вдруг появились одуванчики, а за ними — стрелки дикого лука. Наша Луковичка расцвела. Она тоннами пожирала и вершки, и корешки, ее губы и зубы стали ярко-зелеными, от нее за сотню метров несло луком, но она была счастлива. Смолах и Лусхог варили из одуванчиков вино. Мой дневник превратился в своеобразное учебное пособие по ягодологии: в июне появилась земляника, потом черника, за ней — крыжовник, бузина и так далее... На краю леса, рядом с нашей скалой, мы с Крапинкой обнаружили заросли малины и провели в ее колючих кустах много незабываемых часов под жарким июльским солнцем. Ежевика созрела последней, и когда она появилась, я загрустил, потому что это означало, что лето кончилось.

Среди нас было несколько любителей насекомых, но даже они разделялись на группы по вкусовым предпочтениям и методам ловли. Так Раньо ел только мух, которых вытаскивал из паутины. Бека жрал все, что ползало, летало, извивалось или прыгало: колония термитов в гнилом бревне, куча слизняков в болоте или червивый труп какого-нибудь животного — ему нравилось все. Неподвижно сидя возле костра, он ловил ртом ночных бабочек, когда те пролетали рядом с его лицом. Чевизори тоже любила насекомых, но она никогда не ела их сырыми. Иногда я тоже присоединялся к ней, и мы ели высушенных на солнце жуков и личинок, напоминавших по вкусу бекон. А вот сверчки мне не нравились, лапки их застревали в зубах. Не мог я есть и муравьев, особенно живых — они кусали язык, горло и пищевод, пока не дохли в желудке.

До того как я оказался в лесу, я ни разу не убивал живое существо. Но нам приходилось охотиться, ведь без белка в рационе мы просто не выжили бы. Мы охотились на белок, кротов и мышей, ловили рыбу и птиц, а вот птичьи яйца ели редко, слишком уж хлопотно их воровать из гнезд. Добычей побольше — такой, например, как мертвый олень — мы тоже не брезговали. Хотя я и не очень люблю падаль. В конце лета и в начале осени мы часто жарили что-нибудь на вертеле. Что может быть вкуснее мяса кролика, приготовленного под звездным небом! Но, как сказала бы Крапинка, когда хочется есть, тут не до романтики.

Когда я вспоминаю первые четыре года жизни в лесу, мне почему-то прежде всего приходит на ум такой эпизод. Мы с Крапинкой ушли далеко от лагеря, и она показала мне место, где в дупле старого кизила дикие пчелы устроили свой улей.

— Полезай туда, Энидэй, — сказала она, — и ты найдешь там сладчайший на свете нектар.

Я подчинился и, стараясь не обращать внимания на жужжание пчел, вскарабкался по стволу к дуплу. Сверху я видел запрокинутое лицо Крапинки и горящие нетерпением глаза.

— Давай-давай! — подбадривала она меня снизу. — Осторожней. Не зли их.

Первый укус я почти не заметил, второй и третий оказались более болезненными, но я был настроен решительно. Я знал, как пахнет мед, и уловил его аромат задолго до того, как добрался до дупла.

Когда я свалился на землю — лицо и руки, сжимавшие полные медом соты, жутко опухли от укусов, — Крапинка посмотрела на меня с восхищением и тревогой. Мы побежали прочь от этих злобных тварей и, наконец, отвязались от них на склоне холма, залитого солнцем. Лежа в высокой траве, мы принялись есть соты, целиком, с медом и личинками, и вскоре наши руки, лица и даже тела стали липкими и сладкими. Опьянев от наслаждения, мы набивали желудки этим лакомством, а потом, объевшись, нежились в сладкой истоме. Когда мы закончили с сотами, Крапинка стала слизывать мед с моего лица и рук, улыбаясь всякий раз, когда я вздрагивал от прикосновения ее языка к пчелиным укусам на моем теле. Слизнув последнюю капельку с моей руки, она повернула ее и поцеловала в ладонь.

— Ты такой идиот, Энидэй, — сказала она, но ее глаза говорили что-то совершенно другое. А ее улыбка сверкнула как молния, распоровшая летнее небо.

Глава 9

— Послушай вот это, — сказал мой друг Оскар и осторожно опустил иглу на пластинку. Сорокапятка[26] затрещала, зашипела, а потом возникла мелодия. Четырехчастный ду-воп[27] в стиле *The Penguins* или *The Crows*... Он присел на кровать, прислонился к стене, прикрыл глаза и весь превратился в слух. Сначала вступил тенор, а потом — басы. Оскар смаковал новый джазовый рифф Майлза Дэвиса или Дэвида Брубека и наслаждался контрапунктом, пытаясь отследить фортепьяно, едва слышное за духовыми. Почти все свободное от уроков время мы проводили в его комнате, слушая пластинки из его более чем эклектичной коллекции, до одури анализируя и обсуждая тонкости композиции. Бескорыстная страсть Оскара к музыке заставляла меня стыдиться своих амбиций. В школе он получил прозвище Белый Негр — настолько он выделялся из общей массы своей крутизной и погруженностью в собственные мысли, явно недоступные простым смертным. Оскар был до того ненормальный, что я, по сравнению с ним, мог считаться образцовым членом общества. Он был на год

---

[26] Тип пластинки на 45 оборотов в минуту.
[27] Жанр музыки, где часть инструментов исполняется вокалом.

старше меня, но с удовольствием принял меня в свои друзья. Отец считал его сумасшедшим, типа Марлона Брандо, а мать, наоборот, в нем души не чаяла. Оскар стал первым человеком, которому я рассказал о своей идее создать группу.

Оскар был со мной с самого начала, с самой первой моей группы *The Henry Day Five*. Потом были *The Henry Day Four*, *The Four Horsemen*, *Henry and the Daylights*, *The Daydreamers* и, наконец, просто *Henry Day*. К сожалению, все эти группы существовали всего по несколько месяцев: наш первый барабанщик закончил школу, и его забрали служить во флот; гитарист переехал в Девенпорт в Айове, потому что туда перевели его отца; но большинство парней отсеивалось на стадии репетиций. И только Оскар оставался со мной. Этому способствовали два обстоятельства: он потрясающе импровизировал на любом духовом инструменте, и у него был новенький красно-белый шевроле *Bel Air* 54-го года. Мы играли где придется: от танцев до свадеб, иногда даже в ночных клубах. Чаще всего — на слух, без нот, без репетиций, на чистой импровизации. Мы могли играть любую музыку, для любой аудитории.

Однажды после особенно удачного концерта, где мы играли джаз, Оскар повез нас домой: орало радио, парни все были в отличном настроении... Той летней ночью, после того как он всех развез по домам, мы остались с ним вдвоем и припарковались возле дома моих родителей. Ночные бабочки устроили безумные танцы в свете фар, а ритмичная песня сверчка подчеркивала тишину. Звезды усеяли высокое небо. Мы вышли из машины и сели на капот, глядя в темноту и мечтая о том, чтобы эта ночь не кончалась.

— Чувак, мы просто отпад, — сказал он. — Мы их всех сделали. Ты видел того парня, когда мы сыграли *Hey Now*, у него был такой вид, как будто он в жизни ничего подобного не слышал.

— Я сам в ауте, чувак.

— Но ты крут, ты нереально крут.

— Да и ты тоже неплох, — я забрался повыше на капот, чтобы не съезжать. Мои ноги не доставали до земли, и я качал ими в такт музыке, звучавшей в моей голове. Оскар вынул из-за уха сигарету и прикурил, щелкнув зажигалкой, потом затянулся и стал выпускать в ночное небо кольца дыма.

— Где ты научился играть, Дэй? Я имею в виду, что ты еще почти ребенок. Сколько тебе, пятнадцать?

— Практика, чувак, практика.

Он оторвался от созерцания звезд и перевел взгляд на меня:

— Можно практиковаться сколько угодно, но никакая практика не даст души твоей музыке.

— Я уже несколько лет беру уроки. В городе. У парня по имени Мартин, который играет в филармонии. Классика и все такое... Помогает.

— Я врубаюсь, — он протянул мне сигарету, и я сделал глубокую затяжку, хотя и знал, что он смешивает табак с марихуаной.

— Но иногда мне кажется, что я разрываюсь на две части. Мама и отец хотят, чтобы я продолжал обучение у мистера Мартина. Играл с симфоническим оркестром.

— Типа Либераче, — захихикал он.

— Заткнись.

— Феерично...

— Заткнись, — я толкнул его кулаком в плечо.

— Полегче, чувак, — он потер плечо рукой. — Ты этого можешь достичь, конечно. Ты играешь так, как будто ты из другого мира. Словно ты родился для этого.

Может, это марихуана сделала свое дело, или подействовало все вместе — атмосфера этой волшебной летней ночи, послеконцертный кайф и то, что Оскар был первым моим настоящим другом. Или мне просто хотелось хоть кому-нибудь рассказать правду о себе...

— Я хочу признаться тебе, Оскар. Я вовсе не Генри Дэй. Я хобгоблин, который прожил в лесу почти сотню лет.

Он прыснул так, что дым пошел носом. Когда он откашлялся, я продолжил:

— Серьезно, чувак, мы украли настоящего Генри Дэя, а меня подсунули вместо него. Мы поменялись с ним местами, но никто об этом не знает. Теперь я живу его жизнью, а он, надеюсь, моей. Очень-очень давно я был кем-то другим, пока не стал подменышем. Я родился в Германии или в каком-то другом месте, где говорят по-немецки. Не помню всего точно, просто какие-то обрывки воспоминаний... И я учился там играть на пианино, тогда, давно, пока не появились подменыши и не украли меня. А сейчас я вернулся к людям, но почти ничего не помню из своего прошлого, наполовину я Генри Дэй, а наполовину — тот, кем был раньше. Возможно, этот тот, кем я был когда-то, уже умел отлично играть, это единственное объяснение.

— Ну, ты и гонишь, чувак! А где же тогда настоящий Генри?

— Где-то в лесу. Если не умер. Такое иногда случается... Скорее всего, он живет среди эльфов, фей и хобгоблинов, как я раньше.

— То есть он сейчас может наблюдать за нами из кустов? — Оскар спрыгнул с капота и зашептал театральным голосом: — Генри, ты где?

— Заткнись, чувак. Он и правда может сейчас стоять там. Но они боятся людей, я это точно знаю.

— Кто?

— Подменыши. Вот почему их невозможно увидеть.

— Почему они нас боятся? Ведь вроде это мы должны бояться их.

— Да, должны, чувак. Но люди перестали верить в волшебные сказки.

— Если настоящий Генри Дэй сейчас прячется в лесу и наблюдает за нами, то в один прекрасный день он захочет вернуть себе свою жизнь, подкрадется и утащит тебя обратно в лес.

Он протянул руку и схватил меня за лодыжку.

Я заорал от неожиданности, а он завалился на капот и сквозь смех произнес:

— Чувак, тебе надо меньше смотреть фильмы ужасов.

— Блин, это правда, — я ударил его по руке.

— Похоже, ты обкурился, чувак...

Сначала я хотел ударить его еще раз, но потом понял, насколько невероятной должна выглядеть моя история, и посмеялся вместе с ним. Позже Оскар никогда не вспоминал об этом разговоре, решив, скорее всего, что я просто молол чушь, обкурившись. Он уехал, похихикивая, а я, после того как сказал правду, почувствовал себя опустошенным. Мое перевоплощение в Генри Дэя было настолько успешным, что никому бы и в голову не пришло поверить. В конце концов поверил даже мой отец, прирожденный скептик. Или спрятал свои сомнения где-то далеко в глубине души.

На первом этаже нашего дома царили темнота и молчание, как в пещере. Наверху все мирно спали. Я включил в кухне свет и налил стакан воды. Ночные бабочки тут же полетели на свет и стали колотиться о москитную сетку, затягивавшую кухонное окно. Шорох их крыльев звучал зловеще и жутко. Я выключил свет, и бабочки улетели. В наступившей темноте я с тревогой приглядывался к скользившим по стенам теням, прислушивался к шуму леса, но, к счастью, ничего опасного не заметил. Я прокрался наверх, чтобы взглянуть на близняшек.

Пока они были совсем маленькими, я постоянно опасался, что их могут украсть хобгоблины и в нашем доме поселятся двое подменышей. Я прекрасно знал все их методы, трюки и уловки, и мне было хорошо известно, что они иногда воруют детей из одной и той же семьи и дважды, и даже трижды. Был случай в конце XVIII века, когда в семье неких Черчей семерых детей заменили на подменышей, одного за другим, и всех в семилетнем возрасте, так что настоящих людей в этом доме не осталось — только двое бедных родителей, окруженные выводком полузверюшек. Мои сестры тоже входили в эту группу риска, и я внимательно наблюдал за малейшими изменениями в их внешности и поведении — внезапная оживленность или, наоборот, уход в себя — все это признаки подмены.

Я предупредил сестер, чтобы они держались подальше от леса и темных углов.

— Ядовитые змеи, медведи и дикие коты бродят вокруг нашего дома, — говорил я им. — Никогда не разговаривайте с незнакомцами. Зачем играть на улице, когда и внутри столько интересного? Например, телевизор.

— Но я люблю приключения, — отвечала Элизабет.

— Как мы найдем дорогу домой, если никогда не будем выходить из него? — хитро прищурившись, спросила Мэри.

— А вы когда-нибудь видели полосатого гремучника[28]? А медноголового щитомордника или водяную мокасиновую змею? Один укус, и вы парализованы. Конечности чернеют, и все — смерть. А думаете, легко убежать от медведя? Они даже по деревьям лазают лучше кошек. Они могут схватить вас за ногу и сожрать целиком. Вы когда-нибудь видели бешеного енота, с пеной у рта?

— Не видела и не хочу видеть, — отвечала Элизабет.

— Как мы сможем избежать опасности, если мы не будем знать, как эта опасность выглядит? — снова подначила меня Мэри.

— Все они там, снаружи. Можно, например, пойти в лес на прогулку, провалиться в какую-нибудь яму и сломать ногу. И никто никогда тебя больше не найдет. А еще можно попасть в снежную бурю, которая заметет все дороги, и тебя отыщут только на следующее утро, когда ты превратишься в холодную ледышку.

— Хватит уже! — в один голос заорали тогда сестрички и помчались к телевизору смотреть *Howdy Doody*. Тем не менее я знал, что когда меня нет дома, они игнорируют все мои предупреждения. Я видел их

---

[28] Ядовитая змея из семейства гадюковых.

с травяными пятнами на коленях, веточками, запутавшимися в волосах, с лягушатами в карманах. Видел клеща на одежде и слышал запах опасности.

Но той ночью они спали как овечки, а рядом, в соседней комнате мирно посапывали родители. Мой отец пробормотал во сне мое имя, но я, конечно же, не отозвался. В доме стояло тревожное спокойствие. Я только что раскрыл свою самую темную тайну, и мне это сошло с рук. Так что я отправился спать, пытаясь не думать о неприятностях, которые наверняка где-то поджидают меня.

Говорят, что первая любовь не забывается никогда, но я вынужден признать, что не помню даже имени той девушки, и вообще ничего, кроме того, что она стала первой, кого мне довелось увидеть обнаженной. Для удобства повествования я назову ее Салли. Возможно, именно так ее и звали. После моей исповеди Оскару я возобновил занятия с мистером Мартином. Она тоже у него училась. В конце учебного года она уехала, а когда вернулась, так переменилась, что стала для меня идолом, объектом желаний, навязчивой идеей. Я желал ее молча, но она сама выбрала меня. И я тут же с благодарностью принял ее любовь.

Я наблюдал за ней издалека уже несколько месяцев, когда она набралась смелости и заговорила со мной во время отчетного зимнего концерта. Мы стояли за кулисами в концертных костюмах и ожидали каждый своего выхода на сцену.

Где ты научился так играть? — прошептала Салли во время одного тоскливо-медленного менуэта, который исполнял кто-то из младших учеников.

— Здесь. Я имею в виду, у мистера Мартина.

— Ты играешь так, словно ты из какого-то другого мира.

Она улыбнулась, а я вышел на сцену окрыленный, как никогда. Последовали недели и месяцы, в течение которых мы медленно узнавали друг друга. Она бродила по студии, слушая, как я долблю одну и ту же пьесу снова и снова, а мистер Мартин ворчал над ухом: «Адажио, адажио». По субботам мы умудрялись вместе обедать. Поедая бутерброды, завернутые в вощеную бумагу, мы болтали о только что закончившихся уроках. У меня всегда в кармане лежала лишняя пара долларов, гонорар за выступления, поэтому мы могли позволить себе кино или мороженое. Наши разговоры вращались вокруг обычных для пятнадцатилетних подростков тем: школа, друзья, невыносимые родители и, в нашем случае, музыка. Вернее, о музыке говорил один я: композиторы, пластинки, мистер Мартин, сходство джаза и классики, разные мои теории о природе звука. Чаще всего наши беседы превращались в мои монологи. Я не знал, как привлечь ее внимание чем-нибудь, кроме разговора. А она была просто терпеливым человеком.

Как только потеплело, мы включили в маршрут наших прогулок городской парк, куда один я старался не ходить, так как это место напоминало мне лес. Но сейчас цвели нарциссы, и парк выглядел очень романтично. Еще одной приметой весны был включенный фонтан, и мы часами сидели, глядя на его струи. Я не знал, как сделать то, чего мне так хотелось, как сказать ей об этом, не догадывался даже, какими словами об этом говорить... Салли сама завела разговор.

— Генри, — сказала она, и ее голос вдруг стал на октаву выше. — Генри, мы с тобой постоянно ходим, обедаем вместе, смотрим кино, едим мороженое, пьем лимонад, и так уже три месяца. Все это время я задаю себе вопрос: я тебе нравлюсь?

— Конечно, нравишься.

— А если нравлюсь, почему ты ни разу не попытался взять меня за руку?

Я взял ее за руку и удивился тому, какая потная была у нее ладонь.

— И ты ни разу не попытался меня поцеловать...

Тут я впервые посмотрел ей в глаза. Вид у нее был такой, будто она решала сейчас главные вопросы мироздания. Я совсем не умел целоваться, и потому быстро чмокнул ее куда придется. Как я теперь жалею об этом первом поцелуе... Стоило растянуть мгновение, запомнить его, насладиться им в полной мере, а я... Она провела пальцами по моим волосам, что вызвало во мне какую-то странную реакцию, я повторил ее жест и тоже прикоснулся рукой к ее волосам, но что надо делать дальше, не сообразил. Хорошо, что она предложила пойти на трамвайную остановку, не то мы так и просидели бы еще час-другой, тупо глядя друг на друга. По дороге домой я попытался разобраться в своих чувствах. Когда в своей человеческой жизни я кого-то «любил», это всегда касалось только членов моей семьи, а не посторонних людей. «Любовь» по отношению к близким — это совсем не то, что любовь к женщине. К любви к женщине всегда примешивается желание ею обладать. Я, изнемогая и считая дни, дожидался субботы.

К счастью, она опять сама проявила инициативу. Однажды, когда мы сидели на темном балконе кинотеатра, она взяла мою руку и положила ее себе на грудь, и от моего прикосновения ее тело затрепетало.

Она была из тех, кто предлагал себя без остатка. Ей нравилось покусывать уши, гладить мою ногу. Мы все меньше разговаривали, когда оказывались вместе, я не мог понять, о чем она думает, и думает ли вообще.

Неудивительно, что я по уши влюбился в эту девушку, как бы ее ни звали, и когда однажды она предложила мне сказаться больным и пропустить занятие у мистера Мартина, с радостью согласился.

Мы сели в трамвай и поехали к дому, где жила ее семья, в Саут-Сайде. От остановки нужно было подниматься на холм, и пока мы шли, я ужасно вспотел под жарким солнцем, а Салли, давно привычная к таким прогулкам, шагала чуть впереди и смеялась надо мной, потому что я не мог ее догнать. Ее дом прилепился к самому верху живописной скалы. Она заверила меня, что родители не появятся до завтрашнего утра, они уехали в другой город.

— Ну вот, наконец, мы одни. Хочешь лимонада?

Выглядело это так, будто она была в кухонном фартуке, а я сидел с сигарой в кресле. Она принесла стаканы и села на диван. Я выпил свой одним глотком и перебрался на стул. Мы сидели и чего-то ждали. У меня в голове трещали цикады.

— Почему ты не сядешь рядом со мной, Генри?

Я, словно щенок, высунувший язык и виляющий хвостом, сел рядом. Наши пальцы переплелись. Я улыбался. Она тоже. Долгий поцелуй — интересно, как долго может длиться поцелуй? Моя рука легла на ее голый живот под блузкой, пробудив во мне первобытные инстинкты. Рука двинулась дальше, но тут она схватила меня за запястье:

— Генри, Генри, это уже слишком, — задыхаясь, сказала она и закрылась вздрагивавшими руками.

Я отодвинулся и надулся. Дразнится или капризничает?

Салли разделась так быстро, что я не понял, как это произошло. Она будто нажала на какую-то кнопку, и все исчезло — блузка, лифчик, юбка, носки и трусики. Раздеваясь, она бесстыдно смотрела мне лицо и улыбалась блаженной улыбкой. В ту минуту я в самом деле любил ее. К тому времени я, конечно, уже видел обнаженных женщин на картинах в музее, журналы с Бетти Пейдж[29] и французские открытки, но картинки не дышат, и фотография все же одно, а жизнь другое. Часть меня тянулась к Салли — мне отчаянно хотелось коснуться ее кожи, — но это было так просто, что другая моя часть сопротивлялась. Я шагнул вперед.

— Нет, нет, нет. Стой. Я показала тебе себя. Теперь ты.

Я никогда не раздевался перед кем-то, и мне стало стыдно. Но трудно отказать, когда тебе предлагает это сделать голая девушка, стоящая перед тобой. Я начал раздеваться, а она пристально смотрела на меня. Я уже добрался до трусов, когда мой взгляд упал на маленький треугольник волос на ее лобке, — у меня таких не было. Решив, что это отличительная черта женщин, я спустил трусы, и тут у нее на лице появилось выражение ужаса и разочарования. Она ахнула и прикрыла рукой рот. Я проследил ее взгляд и тоже посмотрел туда, куда смотрела она. На то, что болталось у меня между ног.

— Господи, Генри, — сказала она. — Ты еще маленький мальчик.

---

[29] Американская фотомодель, секс-символ второй половины 1950-х.

Я быстро прикрылся.

— В жизни такого не видела.

Я сердито начал собирать с пола одежду.

— Прости, но ты совсем как мой восьмилетний двоюродный брат, — Салли тоже принялась поднимать с пола свои шмотки. — Генри, не злись.

Но я злился. Не столько на нее, сколько на себя. Как я мог забыть?! Во всем остальном я выглядел как пятнадцатилетний подросток, но пренебрег одной из самых важных частей тела. Пока я униженно одевался, я думал о боли и страданиях последних нескольких лет. О молочных зубах, которые я сам вырывал изо рта, о костях, мышцах и коже, которые вытягивал каждую ночь, чтобы выглядеть соответственно возрасту. И совершенно забыл о половом созревании. Она умоляла меня остаться, извинялась за то, что посмеялась надо мной, в какой-то момент даже сказала, что размер не имеет значения и что это на самом деле очень даже мило, но мне все равно было стыдно. Больше я никогда не разговаривал с ней, только холодно здоровался при встрече. Она исчезла из моей жизни, будто ее украли. Интересно, простила ли она меня и смогла ли забыть тот день?

Несколько недель кропотливой работы над увеличением длины привели к неожиданным результатам. Те грязные вещи, которыми я занимался наедине с самим собой, теперь стало делать намного интереснее, я обнаружил, что представляя себе Салли или какие-нибудь другие возбуждающие вещи, можно приблизить развязку. А думая о неприятном — о лесе, бейсболе или арпеджио, — я мог оттянуть или вообще отказаться от финала. А вот о другом результате даже рассказывать как-то неловко. Возможно, из-за того, что моя кровать была слишком скрипучей, это стало раздражать отца, и однажды ночью он ворвался в мою комнату, поймав меня, так сказать, с поличным, хотя я и был накрыт одеялом. Он закатил глаза.

— Генри, чем ты занимаешься?

Я остановился. Можно было бы сказать ему правду, но вряд ли он не догадывался.

— Не думай, что я этого не знаю.

«*Чего, этого?*» — хотелось мне спросить.

— Ты ослепнешь и оглохнешь, если будешь заниматься этим.

Я закрыл глаза.

Он вышел из моей комнаты, а я свернулся калачиком и уткнулся лицом в прохладную подушку. Мои магические способности уменьшались с каждым днем. Острота слуха и зрения и быстрота ног — все это практически исчезло, и моя способность менять внешность тоже ослабевала. Все больше и больше я становился человеком. Да, мне этого ужасно хотелось, но одновременно не доставляло радости. Я еще глубже зарылся в подушку и с головой накрылся одеялом. Полночи я ворочался, стараясь устроиться поудобнее, терзаемый тяжкими думами. «А что если мне не удастся добиться нужного результата? Неужели я буду обречен на вечное одиночество?!» Я чувствовал себя застрявшим в детстве, обреченным жить под неусыпным контролем чужих родителей, каждый день ощущая на себе их подозрительные взгляды. В лесу мне приходилось торопить время, ожидая своей очереди вернуться к людям, но там годы летели как дни. А тут дни тянулись как годы. А ночи вообще казались бесконечными.

Несколько часов спустя я проснулся в поту и отбросил одеяло. Подойдя к окну, чтобы впустить в комнату свежий воздух, я взглянул на лужайку перед домом и в тусклом свете начинающегося утра заметил красный огонек сигареты и темную фигуру отца, который напряженно вглядывался в темноту леса, будто высматривая там мелькавшую между деревьями тень. Затем он перевел взгляд на мое окно и увидел, что я наблюдаю за ним, но ни утром, ни когда-либо позже он ни словом не обмолвился об этом происшествии.

Глава 10

Полная луна, висевшая точно за головой Игеля, напомнила мне изображения святых в нашей приходской церкви. Рядом с ним стоял Лусхог. Оба в плотных куртках, тяжелых ботинках и с рюкзаками. Они явно куда-то собрались.

— Энидэй, вставай и одевайся. Идешь с нами, — сказал Игель.

— С вами? — Я попытался прогнать сон. — Но рано же еще.

— Скоро рассвет, так что поторопись, — посоветовал Лусхог.

Мы пошли по тайным тропам через лес, прыгая, как кролики, и продираясь сквозь кусты ежевики, словно медведи, быстро и без остановок. Тучи то и дело закрывали луну, и окрестности то сияли в ее лучах, то погружались во мрак. Тропа несколько раз пересекла автомобильную дорогу — наши башмаки громко стучали по асфальту. Мы пронеслись через луг, потом через кукурузное поле, где сухие стебли и листья громко шелестели, когда мы пробирались между рядами, мимо амбара, который торчал громадой на фоне темного неба, и мимо фермерского дома, казавшегося желтым в неверном свете луны. Корова в стойле, завидев нас, мотнула головой. Залаяла собака. Игель нашел канаву, шедшую параллельно дороге, и мы укрылись в ней. Небеса из черных превратились в темно-фиолетовые. Раздался шум мотора, и вдалеке показался грузовик, развозивший молоко.

— Слишком поздно вышли, — вздохнул Игель. — Теперь надо поосторожнее. Энидэй, сейчас проверим, стал ли ты одним из нас.

Приглядевшись, я заметил, что грузовик останавливается на окраине городка возле невзрачного домика. Рядом стоял небольшой магазинчик с бензозаправкой. Молочник, одетый во все белое, вылез из кабины, занес в боковую дверь ящик молока и вернулся к машине с пустыми бутылками, которые позвякивали о металлические ячейки. Увлеченный созерцанием этой сцены, я едва не упустил момент, когда мои друзья небольшими перебежками бросились вперед. Я догнал их только в десяти ярдах от заправки: они сидели, спрятавшись в дренажной трубе, о чем-то шептались и на что-то мне показывали. В утренних сумерках я разглядел объект их желаний. Белая кофейная чашка на заправочной колонке светилась, будто маяк.

— Тащи ее сюда, — приказал Игель. — И чтоб тебя не заметили.

Всходило солнце, разгоняя ночные тени, и все вокруг было видно как на ладони. Задание казалось простым — перебежать через газон и тротуар, взять чашку и вернуться назад, в наше убежище. Но я испугался.

— Сними обувь, — посоветовал Игель. — Тогда тебя никто не услышит.

Я скинул башмаки, побежал к колонке, на которой неслись ввысь лошади с красными крыльями, схватил чашку и повернулся, намереваясь рвануть назад, но тут вдруг раздался какой-то непонятный звук. Я замер на месте. Звякнуло стекло о стекло. Я представил себе, что владелец автозаправки, наклоняясь за бутылкой молока, заметил меня и теперь собирается поймать. Но тревога оказалась ложной. Скрипнула москитная сетка, и дверь со стуком захлопнулась. Я проглотил комок в горле и подбежал к приятелям, торжествующе держа перед собой кофейную чашку.

— Отлично сработано, считай, повезло...

— Пока ты там копался, — насмешливо заметил Игель, — я надыбал молока.

Бутылка была уже открыта. Не взбалтывая полудюймовый слой сливок, лежащий сверху, Игель налил мне первому, и вскоре мы, как трое пьяниц, распили полгаллона божественного напитка, произнося тосты в честь поднимавшегося светила. От холодного молока живот у меня вспучило, захотелось спать, и мы продремали в канаве все утро.

К полудню мы проснулись и переместились еще ближе к городу, скрываясь в тени деревьев и замирая всякий раз при малейшем намеке на человека. Останавливались мы только в безлюдных местах. Однажды забрались на высокий каменный забор и нарвали целые охапки груш. Воровать было так приятно, и мы набрали гораздо больше, чем могли съесть. В итоге нам пришлось побросать фрукты обратно через забор и оставить гнить на солнце. С бельевой веревки мы стащили несколько чистых рубашек, а я даже взял белый свитер для Крапинки. Лусхог положил в карман один непарный носок.

— Традиция, — произнес он многозначительно и улыбнулся как Чеширский Кот. — «Тайна пропавшего носка».

Когда солнце повернуло за полдень, на улице показались дети, возвращавшиеся из школы, а еще через пару часов на больших автомобилях начали приезжать с работы их родители. Мы дождались вечера: в окнах зажглись, а потом стали гаснуть огни, послышались пожелания спокойной ночи, и дома стали исчезать в темноте, как лопающиеся пузыри. Горящие в ночи лампы выдавали романтиков, сидящих над книжками, или холостяков, грустящих в одиночестве. Игель, словно боевой генерал, долго изучал обстановку, прежде чем позволил нам выйти на улицу.

Много лет прошло с тех пор, как я смотрел в витрину магазина игрушек и трогал рукой кирпичную стену. Город стал мне чужим, хотя каждый его угол будил во мне ассоциации и воспоминания. У ворот католической церкви я словно слышал церковный хор, который пел на латыни. Возле дверей парикмахерской чувствовал запах одеколона и слышал щелканье ножниц. Почтовый ящик на углу напомнил мне, как я бросал туда «валентинки» и рождественские открытки. У дверей школы видел радостную толпу детей, с криками выбегавших на улицу после уроков. Но сам я изменился: улицы раздражали меня своей прямотой, здания — неестественностью, окна — прямыми углами. Мне казалось, что я угодил в лабиринт. Особенно раздражали дорожные знаки, рекламные плакаты и предостерегающие надписи — «Стоп», «Ешь здесь», «Стирка и сушка», «Установите цветной телевизор» — они больше не содержали в себе какой-то тайны, а просто раздражали своей тупостью. Наконец мы пришли куда и направлялись.

Лусхог пролез в едва заметную щель, куда и обыкновенная мышь не протиснулась бы. Мы с Игелем остались ждать снаружи. Наконец тихонечко щелкнул замок, и Лусхог, с видом завзятого мажордома, торжественно впустил нас в магазин. При этом он широко улыбнулся, а Игель радостно взъерошил себе волосы. Мы прошествовали мимо «Овалтино» и «Боско», упакованных в блестящие обертки, мимо полок с консервированными фруктами, овощами, мясом, рыбой — я останавливался через каждые два шага, не в состоянии налюбоваться всей этой красотой, но Игель шипел на меня: «Вперед, вперед!» Наконец они присели на каких-то мешках, и Игель надрезал упаковку своим острым ногтем. Он сунул палец внутрь, потом лизнул его.

— Тьфу! Мука.

Взял другой мешок, повторил процедуру.

— Черт! Сахар!

— Когда-нибудь ты отравишься, — ухмыльнулся Лусхог.

— Прошу прощения, — перебил я их, — но я умею читать. Скажите мне, что вы ищете?

Лусхог уставился на меня, словно я задал самый нелепый вопрос, который он когда-либо слышал:

— Соль, чувак, соль!

Я посмотрел на нижние полки, где обычно лежала соль, и сразу же обнаружил пакеты с изображением девочки под зонтиком. Дождь лился на нее и превращался в соль. «Сыплется даже в дождь»[30], — прочитал я рекламный слоган. Парни ничего не поняли. Мы набили рюкзаки солью до отказа и пошли к выходу. Двигаться с такой тяжестью было гораздо труднее, так

---

[30] Слоган американской компании «Мортон солт», впервые в мире добавившей в соль антикомкователь — карбонат магния.

что мы добрались до нашего лагеря только на рассвете. Соль, как я понял позднее, требовалась для заготовки мяса и рыбы, но в тот момент мне казалось, что мы вернулись из кругосветной экспедиции и наши трюмы нагружены золотым песком.

Когда Крапинка увидела свитер, глаза у нее округлились от радости и удивления. Она скинула с себя потрепанную кофту, которую проносила, не снимая, несколько месяцев, сунула в рукава руки, и они скользнули туда, будто два угря. Я смутился, заметив мелькнувший передо мной кусочек ее голой кожи, и отвел глаза. Она села на одеяло, скрестив ноги, и велела мне сесть рядом.

— Расскажи, о Великий Охотник, о своих подвигах в Старом Мире. Расскажи о всех трудностях и невзгодах. В общем, рассказывай.

— Да тут особенно нечего рассказывать. Сходили в магазин за солью. Я видел свою школу и церковь, а еще мы стырили бутылку молока, — я засунул руку в карман и протянул ей мягкую, спелую грушу: — И вот я еще это принес.

Она положила ее рядом с собой.

— Расскажи еще что-нибудь. Что еще ты там видел? Что почувствовал?

— Я там будто одновременно что-то вспоминал и забывал. Под фонарем у меня появлялась тень, иногда сразу несколько теней, но как только выйдешь из круга, они сразу исчезали.

— Тени ты видел и раньше. Чем ярче свет, тем резче тени.

— Странный это свет, и все линии и углы из-за него резкие. Угол дома казался острым, как лезвие ножа. Понятно, что не настолько, а все равно страшновато.

— Это просто игры твоего воображения. Запиши это все в своей тетрадке, — Крапинка разгладила подол нового свитера. — Кстати о книгах: библиотеку видел?

— Библиотеку?

— Место, где хранятся книги. Энидэй, ты что, никогда не бывал в библиотеке?

— Я забыл.

Но за разговором в памяти всплыли стопки книг, потертые корешки, шиканье библиотекарши, безмолвные мужчины, склонившиеся над столом, женщины, погруженные в чтение. Меня водила туда мама. Моя мама.

— О, что-то такое вспоминаю вроде бы. Мне там давали какие-то книги, и я должен был потом приносить их обратно, когда прочитаю. Там еще были разные бумажки, на которых я писал свое имя.

— Вспомнил.

— Но я же не мог писать «Энидэй». Я писал какое-то другое имя...

Она взяла грушу, осмотрела со всех сторон:

— Дай мне ножик, Энидэй, я с тобой поделюсь. А потом, если будешь себя хорошо вести, покажу тебе библиотеку.

Обычно мои друзья отправлялись в путь перед рассветом, но в тот раз вышли ровно в полдень. Мы, Лусхог, Крапинка и я, шагали не спеша, наслаждаясь прогулкой, чтобы попасть в город в сумерках. У шоссе нам пришлось долго ждать перерыва в плотном потоке машин, чтобы перебежать на другую сторону. Я внимательно присматривался к каждой машине: вдруг за рулем окажется та самая женщина в красном плаще? Но наша канава была слишком далеко от дороги, и, конечно же, я ничего не увидел.

На заправке двое мальчишек гоняли на велосипедах, освещенные закатными лучами солнца. Их мать выглянула из дверей и позвала на ужин, но я не успел разглядеть ее лицо. По команде Лусхога мы пошли через дорогу. Но вдруг на полпути на асфальте он остановился, навострил уши и посмотрел куда-то на запад. Я ничего не услышал, но меня будто током ударило, так отчетливо я ощутил опасность, приближавшуюся к нам со скоростью летней грозы. Мы задержались там на мгновение, но и этого было достаточно. Из темноты на нас бросились две собаки. Крапинка схватила меня за руку и закричала:

— Беги!

Я видел оскаленные зубы, разинутые пасти, из которых неслись лай и рычанье. Собака побольше, молодая овчарка, рванула за Лусхогом, который дал стрекача в сторону города. Мы с Крапинкой побежали к лесу, и вторая, гончая, бросилась за нами. Когда мы добежали до деревьев, она поддала мне так, что я опомнился, только уже забравшись на платан футов на шесть от земли. Крапинка остановилась, повернулась лицом к собаке, которая бросилась на нее, отступила на шаг в сторону, схватила эту зверюгу за шиворот и отшвырнула в кусты. Собака взвизгнула, упала, ломая ветки, и в смятении заскулила от боли. Оглянулась на Крапинку, кое-как поднялась на лапы и, поджав хвост, заковыляла прочь.

Вернувшись к дороге, мы увидели Лусхога, который шел к нам через поле, а рядом, как старый приятель, бежал пес. Они остановились перед нами одновременно, как по команде, и пес завилял хвостом и лизнул Лусхогу руку.

— Крапинка, ты помнишь последнего подменыша? Немецкого мальчика.

— Не надо...

— Он к нам пришел со своим чертовым псом. Я уж думал, этот меня сожрет, и тут вдруг вспомнил ту старую колыбельную, которую он пел.

— *Guten Abend*?

Люкхог запел:

— *Guten Abend, gut' Nacht, mit Rosen bedacht..* — и пес заскулил. Лусхог погладил его за ухом. — Похоже, музыка в самом деле «Утешит прожорливого зверя».

— Душу, — сказала Крапинка. — Там «Утешит музыка мятущуюся душу»[31].

— Только ему об этом не говори, — расхохотался Лусхог. —*Auf Wiedersehen, Schatzi*[32]. Иди домой.

Пес убежал прочь.

— Кошмар какой! — выдохнул я.

С показной беззаботностью Лусхог свернул самокрутку:

— Могло быть и хуже. Если бы тут оказались еще и люди.

— Если встретим кого-нибудь, притворись немым, — проинструктировала меня Крапинка. — Они подумают, что мы просто дети, и скажут нам, чтобы мы шли по домам. Говорить буду я, а ты опусти голову и молчи.

---

[31] Строка из трагедии Уильяма Конгрива «Невеста в трауре», 1697 (*William Congreve, The Mourning Bride*).
Music hath charms to soothe the savage breast
Express joy or sorrow, but you'd rather wallow in your averageness
Decked in lavish dress, but lyrically can't pass the test
Who laughs the best when this culture dies a tragic death...
[32] До свидания, золотко (*нем.*).

Я огляделся по сторонам в смутной надежде кого-нибудь встретить, но улицы уже опустели. Люди в своих домах ужинали, купали детей, готовились ко сну. Из некоторых окон лилось какое-то неземное голубоватое свечение. Здание библиотеки стояло в центре усаженного деревьями квартала. Крапинка двигалась с такой уверенностью, словно приходила сюда много раз. Проблема закрытых дверей также была с легкостью решена. Лусхог обвел нас вокруг здания и показал на зазор между строительными блоками.

— Боюсь, мне туда не пролезть. Голова слишком большая.

— А вот Мышь пролезет, — весело сказала Крапинка. — Смотри и учись!

Так я узнал секрет размягчения костей. Смысл процесса заключался в том, чтобы мыслить, как мышь, одновременно используя природную собственную гибкость всего тела.

— Поначалу, конечно, будет больно, малыш, но так бывает с большинством приятных вещей. На самом деле все очень просто. Главное — вера в себя. И практика.

Лусхог исчез в трещине. Крапинка последовала за ним, сделав глубокий выдох. Протискиваться через этот узкий проход было так больно, что я даже передать не могу. Ссадины на висках заживали потом несколько недель. И еще после того, как полностью размягчишь кости, нужно не забывать держать все мышцы в напряжении, иначе велик риск потерять руку или ногу. Но Лусхог оказался прав — со временем изменять размеры тела стало легче.

Мы оказались в подвальном помещении. Внутри было темно и страшно, но когда Крапинка зажгла свечку, стало немного комфортнее. Кто-то попытался придать помещению домашний вид: связанный вручную половичок, чайные кружки с забавными рисунками, некое подобие дивана, сложенного из старых одеял. Лусхог снова начал набивать самокрутку, но Крапинка шикнула на него, и он, ворча, протиснулся через щель наружу.

— Ну, как тебе, Энидэй? Немного грубовато, но все-таки какой-никакой, а уют...

— Здорово!

— Ты еще не видел самого главного, — Крапинка подошла к дальней стене, потянула за какую-то ручку, и сверху спустилась лестница. Она полезла наверх, а я остался стоять, ожидая, когда же она вернется. Но тут раздался ее голос:

— Ты идешь, или как?

И я поднялся вслед за ней в библиотеку. Мягкий свет пробивался из подвала в главный зал, но я никак не мог сделать первого шага — сердце мое вырывалось из груди — ряд за рядом, полка за полкой, от пола до потолка, целый город книг. Крапинка дернула меня за руку:

— Ну, с чего начнем?

Глава 11

Все закончилось вполне логично. Не только из-за того, что я уже научился всему, чему мог научить мистер Мартин, и мне до смерти надоели все эти гаммы, пьесы, дисциплина и прочая тоска. Главная причина заключалась в том, что хоть я и был хорошим пианистом, наверное, даже очень хорошим пианистом, но я не был великим пианистом. Несомненно, в городе и, наверное, даже во всем штате никто лучше меня не играл. Но что дальше? Мне не хватало страсти, всепоглощающего огня, чтобы стать пианистом мирового класса. Альтернатива же казалась ужасной. Стать второсортным исполнителем и закончить как мистер Мартин, давая уроки? Уж лучше играть в борделе. Когда мне исполнилось шестнадцать, я начал придумывать способ, как бросить занятия и не разбить при этом сердце матери.

Однажды утром за завтраком я решился:

— Мам, я не думаю, что могу научиться еще чему-нибудь.

— В смысле? — спросила она, взбивая яйцо.

— В смысле музыки. Я достиг своего потолка.

Мама вылила на горячую сковороду взбитые яйца, и они зашипели, соприкоснувшись с раскаленным маслом и металлом. Она поставила передо мной тарелку с яичницей, положила тост, и я начал молча есть. Налив себе кофе, она села напротив и сказала:

— Генри, помнишь тот день, когда ты убежал из дома?

Я не помнил, но кивнул, продолжая жевать.

— День был ясный и ужасно жаркий. Я пошла принять душ, чтобы охладиться немного. А тебя попросила присмотреть за Мэри и Элизабет, а ты убежал в лес. Помнишь?

Хотелось бы мне знать, как я мог это помнить! Но, допив апельсиновый сок, я кивнул.

— Когда я вышла из душа, — мама на несколько секунд замолчала, — тебя нигде не было, — ее глаза наполнились слезами. — Вечером мы позвонили в полицию и пожарным, и вместе с ними искали тебя всю ночь, — она устремила взгляд куда-то вдаль, сквозь меня.

— Можно еще омлета, мам?

Она показала ложкой в сторону плиты, и я пошел накладывать себе сам.

— Чем темнее становилось, тем сильнее я за тебя боялась. Кто знает, кто там водится в этой чаще. Я знала одну женщину из Донегала, у которой в лесу украли ребенка. Она расстелила покрывало в тени большого дерева на поляне, посадила там малыша и пошла собирать чернику. А когда вернулась, его не было. И ничего, никаких следов. Она так и не нашла его. От ее дитяти осталось только углубление на покрывале, в том месте, где он лежал.

Я поперчил омлет и принялся за еду.

— Я думала, что ты заблудился и теперь ищешь свою мамочку, а я ничем не могла помочь тебе и только молила Бога, чтобы он вернул тебя мне. Когда они нашли тебя, у нас словно появился второй шанс. Если ты бросишь занятия, ты откажешься от этого шанса, от этого божественного подарка. Ты должен использовать врученный тебе Богом дар.

— Опаздываю в школу, — я вытер тарелку куском хлеба, съел его, поцеловал маму в макушку и вышел из дома, жалея, что разговор пошел не в то русло.

Приближалась пора зимнего отчетного концерта, а меня просто воротило от одного вида пианино. Но мне не хотелось разочаровать своих родителей, потому я делал вид, что все в порядке. В день концерта мы приехали заранее, и я, оставив наше семейство в холле концертного зала, отправился за кулисы. Там царила обычная в таких случаях суматоха. В боковых проходах толклись ученики, настраиваясь мысленно на выступление и отрабатывая технику на любой ровной поверхности. Мистер Мартин сновал среди нас, считая по головам, подбадривая тех, кто боялся сцены, и тех, кто что-то забыл, и тех, кому не хотелось играть.

— Ты мой лучший ученик, — сказал он, подойдя ко мне, — лучший из всех, кого я когда-либо учил. Единственный настоящий пианист из всей этой компании. Заставь их рыдать, Генри! — и с этими словами прицепил мне на лацкан пиджака красную гвоздику.

Мое выступление должно было стать финальным аккордом концерта, так мне удалось в тишине покурить отцовский «Кэмел», который я утром стащил у него из пачки. Я вышел на улицу, стояла морозная зимняя ночь. Посреди аллеи я заметил крысу. Она тоже увидела меня и остановилась. Я оскалил зубы и угрожающе зашипел, но она не испугалась. В былые времена эти твари бежали от меня без оглядки.

В эту морозную ночь я почувствовал себя совсем человеком, и меня грела мысль о тепле концертного зала. Сегодня я даю прощальный концерт, и пусть он будет таким, чтобы его запомнили надолго. Я был молниеносным, как хлыст, я был мощным, и плавным, и точным. Публика поднялась с мест и начала аплодировать, когда еще не затих последний аккорд. Завороженные слушатели были преисполнены такого благоговения, что я на мгновение даже забыл о своей ненависти к урокам. Первым за кулисами меня встретил мистер Мартин — со слезами радости он пискнул: «Браво!», а за ним стали подходить другие ученики: одни и не пытались скрыть свою зависть, другие горячо поздравляли меня, грациозно маскируя обиду от того, что я затмил их выступления. Потом появились родители, знакомые, родственники, соседи и просто любители музыки, и вскоре вокруг каждого выступавшего образовалась группа почитателей. Конечно же, вокруг меня толпилось больше всего народу, и потому я не сразу заметил женщину, которая держала в руках красный плащ.

Моя мать оттирала влажным носовым платком отпечаток губной помады с моей щеки, когда она подошла к нам. Ей было под сорок, но выглядела она прекрасно: темно-каштановые волосы, умное лицо. Но пристальный взгляд светло-зеленых глаз встревожил меня. Она внимательно изучала мое лицо, словно пыталась разгадать какую-то тайну. Мне стало не по себе.

— Извините, — произнесла она, — это вы Эндрю Дэй?

— Генри Дэй, — поправил я ее.

— Точно. Генри. Вы отлично играете.

— Спасибо, — я повернулся к своим родителям, которые уже собирались уходить.

Возможно, мой профиль или движение, с которым я отвернулся от нее, что-то соединили в ее голове, она глубоко вздохнула и поднесла пальцы к губам:

— Это же ты! Ты — тот самый мальчик.

Я недоуменно покосился на нее и улыбнулся.

— Мы виделись с тобой той ночью, в лесу. На дороге. С оленем, — она говорила очень быстро и возбужденно. — Ты что, не помнишь? Ты там был еще с двумя мальчиками. Восемь или девять лет назад. Ты, конечно, подрос, и все такое, но ты — это точно был ты! Я тогда сильно ударилась головой, когда сбила оленя, и сначала подумала, что ты мне мерещишься. Я много раз вспоминала о тебе.

— Не понимаю, о чем вы говорите, мэм, — я шагнул в сторону, собираясь уйти, но она вцепилась в мою руку.

— Это ты! Ты вышел из леса...

Я заорал так, что все замолчали. Любой бы заорал на моем месте, но я-то заорал *нечеловеческим* голосом! Я думал, что уже утратил и эту способность, но нет. На помощь пришла мама.

— Оставьте моего сына, — резко сказала она. — Зачем вы схватили его?

— Слушайте, леди, — сказал я. — Я вас не знаю.

В разговор вступил мой отец:

— Что тут происходит?

Глаза женщины вспыхнули гневом:

— Я видела вашего сына. Однажды ночью я ехала по лесной дороге и сбила оленя. Я не знала, что делать дальше, и вышла из машины, чтобы оглядеться...

Она перевела взгляд с отца на меня:

— Из леса вышел этот мальчик. Ему тогда было лет семь или восемь. Ваш сын. И он удивил меня еще больше, чем тот сбитый олень. Возник ниоткуда, подошел к лежавшему на обочине зверю и стал дуть ему в морду. Потом положил руку на голову, и олень очнулся. Вскочил на ноги и убежал. Это была самая невероятная вещь, которую я видела в жизни.

Я понял, что она описывала реальное происшествие. Но я никогда с ней не встречался. Я знал, что иногда некоторые подменыши оживляют животных, но сам этими глупостями никогда не занимался.

— Я очень хорошо рассмотрела этого мальчика в свете фар. Гораздо лучше, чем двух его друзей, которые стояли в темноте. Это был ты. Кто ты такой на самом деле?

— Мы незнакомы.

Моя мать явно разозлилась, и голос ее прозвучал сурово:

— Это не мог быть Генри. Послушайте, однажды он и правда сбежал из дома, но после того случая я глаз с него не спускала. Он никак не мог оказаться в лесу ночью.

Из голоса женщины исчезла агрессивность, но она цеплялась за последние доводы своего разума:

— Он посмотрел на меня, а когда я спросила, как его имя, убежал. И с тех пор я...

Мой отец официальным тоном, который он довольно редко использовал, произнес:

— Извините, но вы, скорее всего, ошибаетесь. На свете много похожих людей. Возможно, вы видели кого-то, кто немного напоминает моего сына. Мне жаль, что так вышло.

Женщина заглянула в его глаза, надеясь найти там понимание, но в них было лишь вежливое сочувствие. Отец взял красный плащ из ее рук и изящно подал его. Она сунула руки в рукава и вышла, не сказав больше ни слова и даже не оглянувшись.

— Ну, что вы скажете? — спросила моя мать. — Что за бред! По-моему, она просто сумасшедшая.

Краем глаза я заметил, что отец изучающе смотрит на меня, и мне это не понравилось.

— Может, поедем уже отсюда?

Когда мы выехали из города, я решил объявить о своем решении:

— Я сюда больше не вернусь. Никаких концертов, никаких репетиций, никаких уроков, никаких сумасшедших с их дурацкими историями. Я ухожу.

Сначала мне показалось, что отец сейчас даст по тормозам и съедет на обочину, но он зажег сигарету и позволил матери первой начать разговор.

— Генри, ты прекрасно знаешь, что я думаю по этому поводу...

— Ты слышал, что сказала та леди? — встряла Мэри. — Она думала, что ты жил в лесу.

— А ты ведь даже зайти туда боишься, — присоединилась Элизабет.

— Это твои мысли, мам, а не мои.

Отец неотрывно смотрел на белую полосу на дороге.

— Ты чувствительный мальчик, — продолжала мама, — но ты же не позволишь какой-то женщине с ее дурацкой историей разрушить твое будущее. Неужели можно выбросить восемь лет учебы псу под хвост из-за какой-то глупой сказки?!

— Это не из-за нее. Просто мне все надоело.
— Билл, почему ты молчишь?
— Пап, я устал от всего этого. Занятия, занятия, занятия... У меня пропадают все субботы. В конце концов, это же моя жизнь.

Отец глубоко вздохнул и забарабанил пальцами по рулю. Это был сигнал для остальных членов семьи, что разговор закончен. Дальнейший путь мы проехали в полном молчании. Ночью я слышал, как мои родители разговаривают на повышенных тонах, но так как острота моего слуха сильно снизилась, почти ничего не разобрал. Время от времени до меня доносились только отцовское «черт возьми» да всхлипывания матери. Около полуночи отец, хлопнув дверью, вышел из дома, и вскоре послышался шум отъезжавшей машины. Я спустился, чтобы посмотреть, как там мама, и застал ее в кухне. На столе перед ней стояла открытая коробка из-под обуви.

— Генри, уже поздно, — она перевязала стопку писем лентой и положила их в коробку. — Эти письма твой отец писал мне раз в неделю, когда был в Северной Африке.

Я знал семейную историю наизусть, но она опять завела эту шарманку. Им было по девятнадцать, отец ушел на войну, а она, беременная, жила со своими родителями. И там же родился Генри, потому что отец еще не вернулся с фронта.

Мне сейчас было почти столько же, сколько ей тогда. Но если считать годы, проведенные мной в лесу, я годился ей в дедушки. Но она, в свои тридцать пять, рассуждала как старуха.

— Когда ты молод, тебе кажется, что жизнь прекрасна, потому что чувства твои остры. Когда все хорошо, ты будто паришь, словно птица, а когда случаются неудачи, тебе кажется, что мир рушится, но потом опять все становится хорошо. Я уже далеко не девочка, но еще не забыла, что значит быть молодым. Конечно же, это твоя жизнь, и ты вправе делать с ней все, что захочешь. Я надеялась, что ты станешь знаменитым пианистом, но ведь ты можешь стать и кем-то другим. Раз у тебя больше не лежит душа, что уж тут поделаешь... Я понимаю.

— Хочешь, я налью тебе чаю, мам?
— Было бы неплохо.

Две недели спустя, как раз перед самым Рождеством, мы с Оскаром поехали отмечать обретенную мной свободу. После случая с Салли вопрос о взаимоотношениях с женщинами стоял передо мной довольно остро, поэтому я отнесся к нашему предприятию не без опасений. Когда я жил в лесу, лишь один из тех уродов был способен к таким взаимоотношениям. Его украли в довольно приличном возрасте, и у него уже начался период полового созревания. Он не давал прохода ни одной девчонке из нашего племени. Остальные просто физически не могли вступать в половую связь.

Но в эту ночь я собирался заняться сексом несмотря ни на что. Мы с Оскаром выпили из горла для храбрости бутылку дешевого вина и отправились туда, где девушки делали это за деньги. Я попытался сказать, что еще девственник, но всем на это было наплевать. Все произошло даже быстрее, чем я думал. У нее была невероятно белая кожа, на голове — корона платиновых волос, и правило — никаких поцелуев. Когда она поняла, что я ничего не умею, она просто положила меня на кровать, села сверху и сделала все сама. Мне осталось только одеться, заплатить ей и пожелать счастливого Рождества.

Когда настало утро с подарками под елкой и родственниками в пижамах, я почувствовал, что стою на пороге новой жизни. Мама и сестры не заметили перемены во мне, потому что хлопотали по дому, но отец явно что-то заподозрил. Когда ночью я вернулся домой, в гостиной стоял запах его «Кэмела», словно он поджидал моего возвращения и ушел в спальню, как только услышал шум машины Оскара. Весь день отец шатался по дому, как медведь, который почуял на своей территории другого самца. Косые взгляды исподлобья, ворчание, нарочитая грубость и затаенная неприязнь — полтора года до окончания школы, до отъезда в колледж, я жил в этой атмосфере. Мы старались избегать друг друга, редко разговаривали, он относился ко мне как к чужаку.

Я вспоминаю лишь два случая, когда он отрывался от своих мыслей и пытался поговорить со мной, и оба раза были тревожными для меня. Несколько месяцев спустя после того зимнего концерта он вновь завел разговор о женщине в красном плаще. Мы с ним сносили курятник, так как мама решила завязать с куриным бизнесом, ведь платить за мои занятия у мистера Мартина не требовалось. Отец задавал вопросы в перерывах между выдиранием гвоздей и отрыванием досок.

— Ты помнишь ту женщину с рассказом о ребенке и олене? — спросил он, отдирая очередную доску от каркаса. — Что ты об этом думаешь? Она говорила правду?

— Звучит невероятно, но мне кажется, такое могло случиться. По крайней мере, говорила она очень убежденно.

Криво усмехнувшись, он потянул плоскогубцами за шляпку ржавый гвоздь.

— То есть ты считаешь, что все это произошло на самом деле? А как ты тогда объяснишь, что она видела тебя?

— Я не говорил, что это было на самом деле. Я сказал, что она уверена в том, что с ней приключилась такая странная история. Но даже если предположить, что нечто подобное действительно с ней случилось, уверяю тебя, меня там не было.

— Может быть, был кто-то похожий на тебя? — он с силой налег на кусок стены, и она рухнула. Остался голый каркас, темный на фоне неба.

— Не исключено, — сказал я. — Я напомнил ей кого-то, кого она видела. Ты же сам говорил, что у каждого человека есть в этом мире двойник. Вот она и встретила моего двойника.

Отец посмотрел на остов бывшего курятника.

— Еще пара ударов, и дело сделано.

Он толкнул опору, сарай рухнул, мы погрузили доски в грузовик, и он уехал.

Второй эпизод случился примерно год спустя. Голос отца разбудил меня на рассвете, я пошел на звук и остановился у задней двери. Густой туман стелился над поляной, посреди которой по пояс в мокрой траве спиной ко мне и лицом к лесу стоял мой отец и звал меня по имени. В чащу вел темный след. Отец стоял с таким видом, будто спугнул дикое животное. Но я никого не видел. Когда я приблизился, в воздухе таяло, как диминуэндо, несколько раз повторенное слово «Генри». Потом он упал на колени, обхватил голову руками и тихо заплакал. Я незаметно вернулся в дом, а когда он вошел, притворился, будто читаю спортивные новости. Он подошел ко мне вплотную и в упор стал разглядывать мои длинные пальцы, державшие чашку с кофе. Мокрый пояс его халата волочился за ним по полу, как цепь за собакой. Промокший, взъерошенный и небритый, он казался намного старше своих лет, хотя, возможно, я просто раньше не замечал, что он стареет. Его руки дрожали, когда он вытащил из кармана халата пачку своего «Кэмела». Достал сигарету, попытался прикурить, но она, похоже, совсем отсырела. Тогда он скомкал всю пачку и бросил ее в мусорное ведро. Я налил ему кофе, но он посмотрел на него так, словно я предложил ему яду.

— Пап, у тебя все нормально? Ты выглядишь как-то странно.

— Ты...

Он наставил на меня указательный палец, словно хотел выстрелить в меня из пистолета. Но больше ничего не сказал. Это «ты» висело в воздухе все утро, и с тех пор он никогда не называл меня Генри.

Глава 12

Мы пошли в церковь, чтобы наворовать свечей. Даже среди ночи ее здание на Мейн-стрит, из стекла и камня, казалось значительным. Выстроена она была в форме креста, и потому, откуда к ней ни подходи, с любой стороны тебя встречала христианская символика. Десяток ступеней, огромные деревянные двери, оконные витражи с библейскими мотивами, отражавшие лунный свет, фронтоны, где прятались ангелы. Церковь напоминала огромный корабль, который нависал над нами и грозил раздавить по мере нашего приближения.

Мы со Смолахом и Крапинкой прокрались через кладбище, прилегавшее к восточному приделу, и пробрались внутрь через заднюю дверь, которую священники всегда держали открытой. Заключенное между длинными рядами скамей и сводчатым потолком пространство, казалось, имело немалую плотность и солидный вес. Правда, когда наши глаза привыкли к темноте, стало немного уютнее: и стены оказались поближе, и аркады — поменьше. Мы разошлись: Смолах и Крапинка направились в ризницу справа от алтаря, чтобы набрать толстых свечей, а я начал осматривать левую нишу в поисках тонких свечек. На кованой подставке в стеклянных плошках стояли рядами, как солдаты, десятки свечей. Ящик для пожертвований, когда я постучал по его металлическому брюху, отозвался бряканьем монет; рядом валялись спички. Я взял одну, чиркнул о шероховатую плиту — вспыхнул крохотный огонек — и тут же пожалел об этом, потому что в его неверном свете заметил прямо над собой женщину. И она смотрела на меня. Мне стало страшно. Я быстро задул спичку и спрятался под скамью.

Однако страх прошел так же быстро, как и возник. Сейчас я вспоминаю об этом случае с удивлением: как много я почувствовал, пережил и вспомнил за то мгновение, пока горела спичка. Под пристальным взглядом искусно расписанной статуи я вспомнил все: и девушку в красном плаще, и моих одноклассников, и знакомых горожан, которых встречал на улицах, в магазине, в этой церкви, и Рождество, Пасху, Хэллоуин, и то, как как меня похитили, и как я тонул, а еще — Деву Марию, сестер, отца, мать... Я даже вспомнил, кто я такой на самом деле, и мгновенно, как только погасла спичка, забыл. Я будто видел все это в глазах изваяния, но когда свет исчез, стал таким же, каким был минуту назад. Я рассовывал свечки по карманам и чувствовал себя виноватым.

Неожиданно открылась главная дверь, и кто-то вошел. Мы бросились наружу через боковой вход и помчались зигзагами среди могил. Как ни странно, но на кладбище, где лежали мертвецы, не было и вполовину так страшно, как в церкви. Я задержался у одного из надгробий, чтобы прочитать имя, выбитое на свежем могильном камне, но мои друзья уже перемахнули через забор, и я помчался за ними. Оказавшись в библиотеке, мы, наконец, перевели дух. В нашем убежище было тихо и уютно. Мы зажгли свечи, и стало еще лучше. Смолах тут же свернулся калачиком в темном углу и задремал, а мы с Крапинкой уселись, прижавшись друг к дружке и принялись за любимое дело.

С той поры, как Крапинка показала мне это тайное место, я полюбил приходить сюда. Сначала я перечитывал то, что мне было знакомо: «Сказки братьев Гримм», «Сказки матушки Гусыни», а также книжки-картинки про Майка Маллигана и Гомера Прайса. Когда я читал их, мне казалось, будто я что-то вспоминаю о своем прошлом. Хотя на самом деле я все дальше уходил от него. Глядя на когда-то знакомые мне иллюстрации, я пытался вспомнить голос матери и не мог. После нескольких таких попыток я бросил это бесполезное занятие и переключился на более серьезные вещи. Крапинка помогала мне. Благодаря ей я полюбил «Зов предков» и «Белый Клык», рассказы о приключениях и опасностях. Она объясняла мне значение незнакомых слов и растолковывала места, которые я не понимал. Ее начитанность и уверенность, с которой она ориентировалась в авторах и названиях, придавала мне смелости, и я с головой нырял в море литературы. Без нее я, наверное, как и Смолах, остановился бы на комиксах про Спида Картера и Майти Мауса. Или еще того хуже, вообще бы разучился читать.

Уютно устроившись в нашем логове, мы читали каждый свое. Она держала на коленях увесистый том Шекспира, которого недавно открыла для себя, а я был где-то в середине «Последнего из могикан». Пламя свечей плавно подрагивало, а мы время от времени отрывались от чтения, чтобы поделиться друг с другом впечатлениями.

— Крапинка, послушай вот это: «Несколько мгновений эти дети леса стояли неподвижно, показывая пальцами на полуразвалившееся здание, и о чем-то говорили на своем, понятном только им языке».

— Просто будто про нас.

Я показал ей обложку. Золотые буквы на зеленой коже. Мы снова углубились в чтение, а примерно через час она меня окликнула.

— Послушай вот это, Энидэй. Это «Гамлет». Тут вот сейчас появились двое его приятелей. Розенкранц и Гильденстерн. Гамлет их приветствует: «Как поживаете, друзья?» Розенкранц отвечает: «Как дети, позабывшие себя». А Гильденстерн добавляет: «Довольствуемся малым и не ждем, когда удача руку нам подаст».[33]

— Он хочет сказать, что они несчастны?

Она рассмеялась:

— Нет-нет. Это значит, что не нужно гнаться за большим счастьем, если у тебя уже есть маленькое.

Я не понял половины того, что она говорит, но на всякий случай тоже рассмеялся. А потом попытался найти то место, на котором прервался, чтобы вернуться к Ункасу и Соколиному Глазу.

Когда забрезжило утро и мы стали собираться в обратный путь, я сказал Крапинке, что мне очень понравился тот кусок про счастье из «Гамлета».

— Запиши его, — посоветовала она. — Когда встречаешь в книге что-то любопытное, записывай и всегда

---

[33] Перевод Д. Ржанникова.

держи при себе. Тогда сможешь перечитывать, когда захочешь.

Я достал карандаш, вытащил из книжного каталога одну карточку и приготовился записывать:

— Как там они сказали?

— Розенкранц и Гильденстерн: «Как дети, позабывшие себя».

— Последние из могикан.

— Типа нас, — улыбнулась она и пошла расталкивать храпевшего в углу Смолаха.

Время от времени мы таскали книги из библиотеки, потому что нет ничего приятнее, чем, проснувшись в теплой постели холодным зимним утром, открыть любимую книгу и погрузиться в негу чтения. Я провел множество часов в такой блаженной полудреме. Однажды научившись читать, я не представлял себе жизнь без книги. Мои безразличные к этому роду искусства приятели не разделяли моего энтузиазма. Они, конечно, с удовольствием слушали занятные истории в моем исполнении, но книги, если в них не было картинок, их не интересовали.

Когда очередная наша экспедиция ходила в город на промысел, мы часто возвращались с целой кипой журналов вроде *Life*, *Time* или *Look*, а потом рассаживались в тени старого дуба и часами рассматривали фотографии. Мне запомнились эти веселые летние дни — голые ноги, колени, плечи, локти — все вперемешку, каждый старается занять место поудобнее, чтобы лучше видеть картинки; хохот, толкотня... Новости и жизнь знаменитостей моих друзей нисколько не интересовали. Кеннеди и Хрущев, Мерилин

Монро и Микки Мантл[34] привлекали их только тогда, когда были запечатлены в каких-нибудь смешных позах; зато фотографии детей, природы, экзотических животных и сценки из жизни далеких стран вызывали всеобщую радость. Мальчик верхом на слоне — вот это была сенсация! Разговоры об этом снимке не прекращались несколько дней.

— Энидэй, — с мольбой в голосе, бывало, произносила Луковка, — прочитай нам, что там написано про этого дядьку с его малышкой!

На фото светлоглазая девочка стоит в детской кроватке и смотрит на своего улыбающегося отца. Я прочитал им подпись: «Минутка радости. Сенатор Кеннеди восхищается своей младшей дочерью, Кэролайн, в их доме в Джорджтауне».

Когда я попытался перевернуть страницу, Бломма положила на нее ладонь:

— Постой. Я хочу еще посмотреть на ребеночка.

— А я — на его папу, — добавила Чевизори.

Их в самом деле интересовало все, что касалось жизни в том, другом мире, особенно на безопасном расстоянии, какое давало фотография: рождение, детство, взросление, любовь, старость, смерть, бесконечное продолжение этого цикла, так отличающееся от нашего неумолимого безвременья. Постоянно меняющаяся жизнь людей очаровывала нас. Несмотря на наши многочисленные обязанности, над лагерем постоянно висела скука. Мы просто позволяли времени проходить мимо.

Киви и Бломма могли целыми днями расчесывать друг другу волосы, заплетать и расплетать косички,

---

[34] Известный в 1950-е годы американский бейсболист.

играть в украденных из магазина кукол или делать своих из веток и тряпочек. Киви, например, обожала исполнять роль матери и качать «детишек» на руках или в колыбели, сделанной из забытой кем-то на пикнике корзины. Однажды Киви и Бломма сидели на берегу ручья и купали кукол. Я подошел к ним и спросил:

— Почему вы так любите возиться с этими игрушками?

Киви даже не подняла головы, но мне показалось, что на глаза у нее навернулись слезы.

— Мы практикуемся, — ответила Бломма. — Когда придет наша очередь возвращаться к людям, мы должны быть готовы стать матерями.

— А почему ты тогда грустишь, Киви?

— Я очень устала ждать.

Это и в самом деле утомляло.

Мы взрослели, но не физически. Мы не росли. Те, кто прожил в лесу несколько десятилетий, страдал больше других. Они старались хоть чем-нибудь занять себя, чтобы ожидание стало менее монотонным. Создавали проблемы и решали их, тратя на это кучу времени, или затевали абсолютно бесполезные предприятия. Игель, например, стоявший первым в очереди на подмену, последние лет десять рыл подземные ходы и укрытия на случай, если нас обнаружат. А Бека, который был за ним следующим, постоянно норовил затащить в кусты зазевавшуюся девчонку.

Раньо и Дзандзаро пытались вырастить виноград, чтобы потом сделать из него домашнее вино. Климат и почва для виноделия совершенно не подходили, а если у них что-то и вырастало, то и эти чахлые кустики пожирали гусеницы и прочие вредители. Летом приятели убивали на винограднике почти все свое время, а в итоге получали лишь одну-две кислые грозди. Осенью они уничтожали свою делянку, проклиная все на свете, но каждую весну снова принимались за дело. Когда в очередной, шестой или седьмой раз, они принялись вскапывать землю под виноградник, я спросил их, почему они так упорствуют. Дзандзаро перестал копать и, опершись на старую, ржавую лопату с потрескавшейся от времени ручкой, сказал:

— Когда мы были людьми, каждый вечер на ужин родители наливали нам по стакану вина. Я просто хочу снова почувствовать этот вкус.

— Но вы же можете просто украсть пару бутылок в магазине.

— Мой отец выращивал виноград, и его отец тоже выращивал виноград, и дед, и прадед, все они выращивали виноград, — парнишка вытер вспотевший лоб выпачканной в земле рукой. — Когда-нибудь и мы вырастим виноград. Ты скоро тоже научишься терпению.

Больше всего времени я проводил с Лусхогом и Смолахом. Они научили меня разжигать костры под проливным дождем, ставить силки на птиц и ловить на бегу зайцев. Но лучшие моменты жизни были связаны с Крапинкой. И, конечно же, я обожал свои дни рождения.

Я продолжал вести календарь и своим днем рождения выбрал 23 апреля — день, когда родился Шекспир. В десятый год моего пребывания в лесу этот день пришелся на субботу, и Крапинка предложила мне провести ночь вместе в библиотеке. Когда мы забрались внутрь, я обнаружил, что наше привычное убежище сказочно преобразилось. Дюжина маленьких свечек наполняла комнату теплым янтарным светом, похожим на свет костра под звездным небом. Рядом с трещиной в стене, через которую мы обычно пролезали сюда, лежала открытка с ее поздравлением, которую она сама для меня сделала. Паутина в углах была убрана, старые одеяла и ковры, на которых мы лежали во время чтения, Крапинка почистила и привела в приличный вид. На маленьком столике меня ждало царское угощение — хлеб и сыр, которые Крапинка накрыла тарелкой, чтобы их не сожрали крысы. Потом она разлила по чашкам горячий чай.

— Потрясающе.

В этот странный вечер я не раз отрывался от своего чтения и смотрел на Крапинку. Колеблющееся пламя свечей каждую секунду чудесно преображало ее лицо, время от времени она привычным движением отбрасывала прядь волос, падавшую ей на глаза. Ее присутствие волновало меня, я прерывался почти после каждого абзаца, чтобы снова взглянуть на нее. Под утро я проснулся в ее объятиях, и больше всего на свете желал, чтобы этот миг не прекращался никогда. Но почти все наши свечи уже догорели, а это означало, что нам надо отправляться в обратный путь.

— Крапинка, проснись.

Она что-то пробормотала во сне и прижалась ко мне еще плотнее. Но я высвободился из ее объятий и вылез из-под одеяла.

— Нам надо идти. Светает.
— Забирайся обратно.

Я начал быстро одеваться:

— Если мы сейчас не уйдем, то потом, днем, не выберемся отсюда!

Она приподнялась на локте:

— Мы можем остаться здесь на весь день. Сегодня воскресенье. Выходной. Библиотека закрыта. Никто не придет. А ночью отправимся домой.

Я заколебался, но перспектива быть пойманными людьми слишком пугала.

— Это опасно. А вдруг кто-нибудь зайдет? Полицейский. Или сторож.

Она рухнула на подушку:

— Доверься мне.

— Ну, так ты идешь? — спросил я ее, уже стоя у выхода.

— Энидэй, иногда ты ведешь себя как ребенок. Беги, если хочешь.

Проскальзывая через щель, я подумал, что, возможно, совершаю ошибку, оставляя там Крапинку. Но она проводила вне лагеря в одиночестве множество дней. Желания — вернуться или уйти — разрывали меня пополам, и, пытаясь решить, какому же из них нужно следовать, я внезапно понял, что заблудился. Каждый новый поворот дороги приводил меня в незнакомое места. Я брел по предрассветному городу, а мои мысли крутились вокруг прошедшей ночи. Чего Крапинка хотела на самом деле? Неужели чего-то взрослого? Мне бы тоже хотелось стать настоящим мужчиной, а не торчать вечно в этом маленьком, немощном тельце.

Наконец я вошел в лес, и вскоре мой путь преградил ручей; я решил идти по его течению. Мало-помалу я стал узнавать окрестности. Казалось, я когда-то очень хорошо знал эти места, но потом позабыл. Ручей привел меня к какому-то дому, стоявшему на окраине леса. Дом тоже показался мне странно знакомым — он словно застрял где-то между сном и явью. Мне даже почудилось, что на крыльцо вышла моя мама и позвала меня к ужину. Я вышел из леса и сделал несколько шагов к крыльцу. За мной на мокрой от росы траве оставались глубокие темные следы. Внезапно дверь дома распахнулась, и из нее вышел человек, одетый в синий ночной халат. Явно нервничая, он попытался прикурить сигарету, шагнул вперед и чертыхнулся, испуганный холодом и влажностью сырой травы.

Я застыл на месте, как вкопанный, сдерживая дыхание, но он все еще не видел меня, хотя между нами было не больше тридцати шагов. Он стоял на одном краю небольшой лужайки, а я на другом. Потом он поднял глаза, и сигарета выпала из его пальцев. Он шагнул ко мне. Его брови сдвинулись. Редкие волосы заплясали на утреннем ветерке. Губы дрогнули — он сказал:

— Ген-три? Ген-три?

Я слышал его слова, но не понял их значения.

— Ада ды? А у Шелли — адады, дзынн ног?

От этих звуков у меня заболели перепонки, и я пожалел, что не остался с Крапинкой. Человек опустился на колени и раскинул руки, словно хотел, чтобы я подошел к нему. Но я опасался, что он подманит меня к себе, а потом убьет, и потому развернулся и бросился наутек. Он страшно зарычал мне вслед, но я уже был далеко. Его голос еще долго разносился по лесу, но потом он замолчал, а я спокойно добрался до дома.

Глава 13

Телефон в дальнем конце холла звонил как сумасшедший. А мы с однокурсницей приятно проводили время в моей общежитской комнате всю ночь напролет. Через минуту телефон умолк, но почти сразу раздался стук в дверь. Он так напугал мою подружку, что она чуть не свалилась с меня.

— В чем дело? Я занят!

— Генри Дэй, — голос с той стороны двери испуганно дрогнул. — Звонит твоя мама.

— Скажите ей, что меня нет.

— Лучше бы тебе подойти, — голос прозвучал более настойчиво.

Я натянул штаны, свитер и вышел в коридор. «Мог бы сказать, что я умер», — бросил парню за дверью.

Но умер не я. А отец. Из сбивчивых объяснений матери я понял, что он попал в автомобильную катастрофу. И только приехав домой, узнал, что же произошло на самом деле: отец выстрелил себе в голову, не доехав четырех кварталов до моего колледжа, в своей машине. Никаких записок, никаких объяснений. Только мое имя и номер комнаты, написанные на обратной стороне его визитки, засунутой в пачку «Кэмела» рядом с последней невыкуренной сигаретой.

Несколько дней перед похоронами я размышлял над причинами его самоубийства. После того ужасного утра, когда он встретил кого-то или что-то рядом с нашим домом, он стал беспробудно пить. Он давно медленно себя убивал, но стреляться-то зачем? Я понимал, что тут дело не в алкоголе, но тогда в чем? Даже если у него возникли подозрения на мой счет, он вряд ли мог найти им подтверждение. Я слишком хорошо замаскировал все концы, и придраться было не к чему. Да, он, конечно, что-то чувствовал и страдал от этого, но жалости к нему я не ощущал: одной пулей он убил не только себя, но и мою мать, и двух моих сестер. Я знал, что никогда ему этого не прощу.

Моя мать вынесла на себе всю тяжесть приготовления к похоронам. Она сняла все сбережения за долгие годы, чтобы убедить священника отпеть мужа в церкви, несмотря на самоубийство. Она держалась молодцом, чего нельзя было сказать о моих четырнадцатилетних сестрах. Они шли за гробом, рыдая в голос. Я же не проронил ни слезинки. Во-первых, он не являлся моим настоящим отцом, а во-вторых, его смерть в середине учебного года была более чем неуместна. Тем не менее меня поразило то огромное количество людей, которые приехали из разных концов штата, чтобы проводить отца в последний путь.

Траурная процессия двигалась от морга к церкви по главной улице, как и было заведено. Мы с матерью и сестрами шли за сверкающим на солнце катафалком, а за нами тянулась толпа из нескольких сотен человек.

— Кто все эти люди? — спросил я у матери.

Она подняла голову и произнесла чистым, спокойным голосом:

— У твоего отца было много друзей. По армии, по работе. Он был хорошим человеком, очень многим помогал. Ты всегда видел только верхушку айсберга.

Гроб опустили в яму и стали забрасывать землей. Мать стояла, торжественная в своем трауре, как солдат на посту. В кустах пищали дрозды и малиновки. Глядя на нее, я испытывал ненависть к отцу за то, что он сделал с ней, с моими сестрами и со мной. По дороге с кладбища мы не сказали о нем ни слова.

Наш старый дом встретил нас скорбной тишиной. В гостиной уже были накрыты столы с угощениями и выпивкой. Стали собираться друзья и знакомые отца. Его коллеги в строгих костюмах по очереди подходили к матери, вручали ей конверты с деньгами и неловко обнимали ее. Из Филадельфии прилетел тот самый «друг семьи» Чарли — на похороны он не успел. Когда я взял у него шляпу, он посмотрел на меня как на чужого. Пришло несколько однополчан отца. Их никто не знал, и они уединились в углу, тихо выпивая и сокрушаясь о «старом добром Билли».

Я быстро устал от всего этого, налил себе рома с колой и вышел на крыльцо. Из дома раздавались голоса, которые по мере увеличения количества выпитого становились все громче. Вот уже послышались и редкие смешки, напоминавшие о том, что незаменимых на этом свете нет. День клонился к закату, слабый ветерок колыхал траву на лужайке перед домом, я ослабил галстук и закурил «Кэмел».

Она подошла совершенно бесшумно и встала рядом со мной. Ее присутствие выдал легкий аромат жасмина — духи или туалетная вода. Мы мельком взглянули друг на друга, а потом просто стали смотреть на заходящее за лесом солнце. На Тесс Водхаус было черное платье, как у миссис Кеннеди, и оно ей очень шло. Любая другая девушка нашего возраста наверняка бы заговорила первой, но Тесс предоставила мне право решать, когда начать разговор.

— Спасибо, что пришла. Мы последний раз виделись, наверное, лет семь назад?

— Мне очень жаль, Генри.

Я выбросил сигарету в траву и глотнул из стакана.

— Я была на том концерте, когда женщина в красном плаще устроила скандал. Помнишь, как поджентльменски твой отец отшил ее? Вот мой непременно стал бы с ней препираться, а мать и вообще могла бы и в нос дать. В тот раз я просто восхищалась твоим отцом.

Я, конечно же, помнил тот вечер, но Тесс, кажется, тогда не видел или не заметил. Да и все последующие годы я почти не вспоминал о ней. Для меня она оставалась все той же маленькой девочкой, какой я ее впервые увидел во втором классе. Я поставил стакан на перила веранды и жестом предложил ей ближайший стул. Она грациозно опустилась на него; наши колени почти соприкасались, я смотрел на нее и не верил своим глазам. Мы не виделись после окончания начальной школы. Потом я учился в городе, а ее отправили куда-то далеко в католическое учебное заведение. Я потерял ее из виду. А теперь она — красивая молодая женщина.

— Ты все еще играешь? — спросила Тесс. — Я слышала, что ты учишься в колледже. Изучаешь музыку?

— Композицию, — ответил я. — Сочиняю для оркестра и камерную музыку. Выступать давно бросил. Не люблю сцену. А ты?

— Я училась на медсестру, а сейчас хочу стать социальным работником. Как получится.

— Получится что?

Она посмотрела в сторону гостиной.

— Как получится со свадьбой. Что скажет мой жених.

— Звучит не очень радостно.

Она придвинулась ко мне почти вплотную и прошептала:

— Не хочу замуж.

— И почему же? — произнес я в ответ таким же театральным шепотом, подыгрывая ей.

Ее глаза просияли:

— Я столько всего еще хочу сделать. Помогать людям. Путешествовать. Влюбиться по-настоящему.

Ее жених выглянул на веранду. Когда он увидел Тесс, лицо его засияло, как медный таз, потом он перевел взгляд на меня и изобразил на роже бесконечную радость от новой встречи со мной. Я порылся в памяти — такого персонажа в ней не было. Но его появление встревожило меня — казалось, я натолкнулся на кого-то из какой-то другой жизни или даже из другого времени. Тесс вскочила и взяла жениха под руку. Он протянул мне свою лапу и терпеливо подождал, пока я удосужился ее пожать.

— Брайан Унгерланд, — произнес он. — Сожалею о вашей утрате.

Я пробормотал слова благодарности и отвернулся, продолжив наблюдение за закатом. Но голос Тесс вернул меня к реальности:

— Желаю успехов в изучении композиции, Генри, — произнесла она, задержавшись в дверях. — Жаль, что наша встреча произошла при таких скорбных обстоятельствах.

— Надеюсь, у тебя все будет так, как тебе хочется, Тесс, — отозвался я, и она улыбнулась в ответ.

Когда гости разошлись, моя мать тоже вышла на крыльцо. Мэри и Элизабет в кухне гремели посудой. Над лесом кружила стая ворон.

— Не знаю, как жить дальше, Генри, — пробормотала мать, садясь в кресло-качалку.

Я налил себе еще рому и добавил в него колы. Не дождавшись ответа, она глубоко вздохнула:

— На первое время нам хватит сбережений. Дом почти выкуплен. Но что потом? Я, конечно, попытаюсь найти работу, но...

— Близнецы помогут, если что...

— Девочки? Да они годятся разве на то, чтобы стакан воды поднести.

Я залпом выпил и зажег сигарету.

— Генри, ты должен остаться и помочь мне встать на ноги. Я надеюсь на тебя.

— Могу остаться еще на неделю.

Она подошла ко мне и схватила меня за руки:

— Генри, ты мне нужен. Останься хотя бы на несколько месяцев, чтобы мы смогли уладить денежные дела. А потом вернешься в колледж и продолжишь учебу.

— Мама, сейчас середина семестра.

— Я знаю. Знаю. Но ты ведь останешься со своей мамочкой и поможешь ей в трудную минуту?! — Она ждала моего согласия, и мне пришлось кивнуть. — Ну вот и умница.

Остаться пришлось не на месяцы, на годы! Мое пребывание дома затянулось на несколько лет. Отец не оставил никаких средств, и мне нечем было оплачивать колледж. А мать целиком сосредоточилась на моих сестрах, которые еще учились в школе. Мне пришлось искать работу. Мой друг, Оскар Лав, вернувшийся после службы во флоте, приобрел заброшенный магазинчик на Линнеан-стрит и превратил его в уютный бар со сценой, на которой мы установили музыкальное оборудование и колонки. Я привез туда свое пианино, мы пригласили парочку знакомых музыкантов и создали группу. Джимми Каммингс играл на барабанах, а Джордж Нолл — на басе и гитаре. Мы назвали себя *The Coverboys*, потому что играли в основном кавер-версии популярных песен других музыкантов. Я или изображал Джина Питни или Фрэнка Валли на сцене, или обслуживал посетителей в баре. Музыкальные вечера позволили мне приносить в семью хотя бы какие-то деньги. Иногда заглядывали старые друзья и горячо приветствовали мое возвращение на сцену, но я ненавидел эти выступления. Несколько раз заходила Тесс со своим женихом или подругами, пробуждая во мне смутные мечты.

— Ты загадочный человек, Генри, — сказала она мне как-то раз во время одного из таких визитов, — не такой, как все.

Я пожал плечами и сыграл первую фразу из *Strangers in the Night*. Она рассмеялась и закатила глаза.

— Я серьезно. Ты всегда стоишь в стороне. Или паришь над всеми.

— Для вас, леди, я готов спуститься на землю.

— Да ну тебя! Правда-правда, ты как будто не от мира сего.

Подошел ее жених, и они ушли. В тот раз она исчезла надолго, и я заскучал. Она была единственным светлым пятном в той моей жизни, ради нее стоило вернуться в эту дыру. Каждый вечер, шагая из бара домой, я размышлял о том, насколько серьезны отношения Тесс с парнем с таким знакомо-незнакомым лицом, и всерьез намеревался отбить ее.

Домой я приходил около трех часов ночи. Мать и сестры уже спали глубоким сном, и я в одиночестве поглощал на кухне холодный ужин. Однажды что-то мелькнуло за окном, во дворе. Мне показалось, что это была чья-то всклокоченная голова. Я взял свою тарелку и перешел в гостиную. Сел в кресло отца, включил телевизор и стал смотреть программу для полуночников. Показывали детектив «Трстий человек» с Орсоном Уэллсом и Джозефом Коттеном. На эпизоде, когда Коттен обнаруживает Уэллса, исчезающего в темноте дверного проема, я уснул, но вскоре проснулся, весь в поту. Мне приснилось, что я опять живу в лесу среди нелюдей.

Глава 14

Немного не дойдя до дома, я заметил, что Крапинка тоже идет туда. Значит, она не осталась в библиотеке. Она двигалась параллельно моему маршруту, и я решил перехватить ее до того, как она доберется до нашего лагеря, чтобы извиниться за то, что не остался с ней, и рассказать о моей встрече с человеком, пока подробности не стерлись из памяти. Крапинка разозлилась бы, но ради ее сочувствия я готов был стерпеть любую вспышку гнева. Но, видимо, она тоже заметила меня, потому что неожиданно перешла на бег. Если бы я не замешкался с самого начала, я, наверное, догнал бы ее, а теперь не успевал. Второпях я споткнулся о ветку и упал носом в грязь, а когда поднялся, Крапинка уже стояла посреди поляны и что-то рассказывала Беке.

— Она не хочет разговаривать с тобой, — сказал, осклабившись, этот жабеныш, когда я вошел в лагерь. Несколько старожилов — Игель, Раньо, Дзандзаро и Бломма — встали рядом с ним, образовав стену передо мной.

— Мне нужно с ней поговорить.

Луковка и Киви присоединились к остальным. Киви стала справа от меня, а Луковка слева, на ее лице появилась хищная ухмылка. Хобгоблины, озлобленные по непонятной причине, окружили меня со всех сторон. Игель шагнул ко мне и ткнул пальцем в грудь.

— Ты не оправдал нашего доверия.
— О чем это ты?
— Она видела тебя, Энидэй. Видела тебя с тем человеком. Вместо того чтобы избегать контактов с людьми, ты встречался с одним из них.

Игель повалил меня на землю и начал запихивать мне в рот опавшие листья. Опомнившись, я сбросил его с себя и вскочил на ноги, но тут же оказался окруженным своими бывшими друзьями, которые выкрикивали мне в лицо свои обвинения. Мне стало страшно.

— Ты понимаешь, что ты всех нас мог подставить?
— Надо преподать ему урок!
— Нас могли обнаружить!
— Надо дать ему хорошенько, чтоб запомнил!
— Они могут поймать нас и посадить в клетки!
— Бей его!

Первый удар нанес не Игель, а кто-то сзади. Кто-то дал кулаком мне по почкам, и я выгнулся от боли. Игель ударил меня в солнечное сплетение, и я сложился в другую сторону. А потом они набросились на меня все разом, как стая диких собак. Удары сыпались со всех сторон. Кто-то царапал мне лицо ногтями, кто-то пытался драть волосы, кто-то впился зубами в плечо. Меня душили и били ногами. Сквозь пелену я едва различал их лица, искаженные злобой. Кто-то прыгнул мне на грудь, собираясь переломать ребра. Силы покинули меня.

Боль была повсюду. Когда, наконец, экзекуция закончилась, Бека наступил каблуком сапога на мои пальцы, а Игель пнул носком тяжелого ботинка.

— Не смей никогда больше разговаривать с людьми.

Я остался лежать посреди поляны; солнце пробивалось сквозь ветви, лаская мое истерзанное тело. Я не чувствовал ничего кроме боли, пальцы распухли, глаза заплыли, на мне не осталось живого места. Я попытался встать, но не смог. Лежа в луже крови, дерьма, мочи и блевотины, я потерял сознание.

Я удивился, почувствовав холодную влагу у себя на губах, попытался открыть глаза и сквозь щелки век разглядел лицо Крапинки, склонившееся надо мной. Она вытирала кровь с моего лица, а за ее спиной смущенно стояли Смолах и Лусхог.

— Энидэй, прости меня. Я не могла предвидеть, что получится вот так...

— Блин, чувак, ну вообще жесть, — произнес Смолах. — Я тоже не ожидал такого.

Из-за его спины выглянула Чевизори:

— Я в этом участия не принимала.

— Тебе не нужно было уходить от меня, Энидэй. Нужно было довериться мне.

Я кое-как приподнялся на локте и посмотрел на своих утешителей:

— Почему вы их не остановили?

— Я не принимала в этом участия, — повторила Чевизори.

Лусхог ответил за всех:

— Таков закон. Ты должен, наконец, понять, что нельзя вступать в контакт с людьми. Если бы тебя поймали, последствия были бы ужасны для всех нас.

— Я хочу уйти от вас.

Никто не смотрел мне в глаза. Чевизори что-то бормотала себе под нос, остальные молчали.

— Крапинка, по-моему, это был мой отец. И он звал меня. И это был мой дом. И я жил там когда-то давно.

— Какая разница, кто это был, — отрезал Смолах. — Папа, мама, брат, сестра, тетин дядя. Мы твоя семья.

Я сплюнул сгусток крови.

— Семья не станет так избивать. Чего бы там ни случилось.

Чевизори склонилась надо мной и крикнула мне в самое ухо:

— Я тебя пальцем не тронула!

— Мы просто действовали по правилам, — сказала Крапинка.

— Я не хочу больше здесь оставаться. Я возвращаюсь к своей настоящей семье.

— Не получится, — вздохнула Крапинка. — Ты исчез десять лет назад. Ты выглядишь как восьмилетний ребенок, хотя на самом деле тебе уже восемнадцать. Мы застряли во времени.

— Ты для них теперь как привидение, — добавил Лусхог.

— Я хочу домой.

Крапинка посмотрела на меня в упор:

— Послушай, есть только три способа выбраться отсюда, но возвращения домой в списке нет.

— Точно, — подтвердил Смолах. Он сел на поваленное дерево и начал загибать пальцы, перечисляя: — Первый способ. Так как ты не можешь постареть, а значит, умереть от старости, ты можешь погибнуть в результате какого-нибудь несчастного случая. Один из наших однажды вышел прогуляться в один из морозных дней, и вздумалось ему спрыгнуть с моста на берег реки, но он не рассчитал своих сил, упал на лед, пробил его и утонул.

— Вот тебе и несчастный случай, — вставил Лусхог. — А еще тебя могут сожрать. Сюда иногда забредают волки и пумы.

— Способ номер два, — продолжал Смолах. — Уйти от нас и жить в одиночестве. Но это невыгодно ни тебе, ни нам. Мы нужны друг другу.

— К тому же жить в одиночестве очень грустно, — вздохнула Чевизори.

— Грустно-то грустно, — произнесла Крапинка, — но ощущать себя одиноким можно и в компании двенадцати друзей.

— Если выберешь этот способ, — сказал Лусхог, — я тебе не завидую. Вот представь, провалился ты в какую-нибудь яму и не можешь вылези. И что делать?

Потом снова заговорил Смолах:

— Те, кто выбирает одиночество, обычно очень быстро погибают. В метель можно заблудиться или замерзнуть. Или уснешь, а во сне тебя укусит каракурт.

— Да и где ты найдешь место лучше, чем это? — спросил Лусхог.

— Как подумаю, что осталась бы одна, мне сразу плохо становится, — закатила глаза Чевизори.

Крапинка посмотрела куда-то вдаль:

— Есть и третий способ — украсть человеческого детеныша и занять его место.

— Не так все просто, — произнес Смолах, — сначала надо найти подходящего ребенка, разузнать все о нем. И в слежке участвуем все мы.

— Это должен быть очень несчастный ребенок, — добавила Чевизори.

Смолах бросил на нее сердитый взгляд:

— Не перебивай. Кто-то изучает его привычки, кто-то учится копировать голос, другие выясняют подробности его жизни, стараются все узнать о родителях, братьях, сестрах, родственниках, знакомых.

— А я стараюсь держаться подальше от собак. Собаки очень подозрительные, — опять встряла Чевизори.

Смолах глубоко вздохнул, но на этот раз ничего ей не сказал.

— Нужно узнать о ребенке все, чтобы потом люди поверили, что ты — это он.

— А я вот хотел бы найти семью с кучей детей, — мечтательно начал Лусхог, аккуратно сворачивая самокрутку, — и выбрать кого-нибудь из середки, за такими обычно особенно не присматривают, так что даже если немножко облажаешься, никто и не заметит. Например, шестого сынишку из тринадцати или четвертого из семи. Правда, таких больших семей сейчас почти нет.

— Я так хочу снова стать чьей-то дочкой! — вздохнула Чевизори.

— Как только находится подходящий вариант, — продолжал Смолах, — мы крадем этого ребенка, надо только выбрать момент, чтобы он или она оказались одни. В России однажды нескольких подменышей застали в тот самый момент, когда они собирались украсть малыша. Крестьяне схватили их и сожгли на костре.

— Думаю, гореть на костре не очень приятно, — глубокомысленно произнес Лусхог, выдохнув дым из ноздрей. Похоже, что его смесь уже начала действовать, потому что он разразился длинной речью: — Я вам рассказывал уже о той девчонке-подменыше, которая сдуру или еще с чего там еще залезла в комнату к ребенку, которого мы собирались украсть на следующий день, и начала перевоплощаться. И вот она перевоплощается, перево... площается, пере... во... в общем, переделывает себя по полной программе... И тут раздаются шаги на лестнице. И она, бац, лезет в шкаф. А это родители пришли. Они смотрят, дочки нигде нет, стали ее искать, открывают шкаф, а она там сидит и перево... делывается, в общем. — Он затянулся еще раз. — Но она уже к этому времени успела переделаться кое-как — считай, повезло, — и сидит, на них смотрит. Они ей говорят, ты чего тут сидишь, выходи. Она вышла, а тут их настоящая дочка в комнату заходит. Родители оторопели. «И кто из вас настоящая?» — спрашивают. Настоящая говорит: я, мол, настоящая, а наша как заверещит нечеловеческим голосом — голос она еще не успела переделать: «Я! Я!» У родителей волосы дыбом, а она — прыг в окно со второго этажа! А нам начинай все заново. Вот такая история.

Смолах снисходительно поглядывал на друга, пока тот нес всю эту чушь, но потом посерьезнел:
— Конечно же, при подмене не обойтись без волшебства. Как ты знаешь, мы связываем украденного ребенка и бросаем его в воду.

— Типа крещения, — вставил Лусхог.
— Нет, это магия, — возразила Чевизори.
— После этого он становится одним из нас, — продолжал Смолах. — А ты теперь можешь выбирать один из этих трех путей, но ради первых двух я бы тебе своих башмаков не дал, как говорится.

Чевизори нарисовала на земле круг большим пальцем ноги:

— А вы помните того немецкого мальчика, который поменялся с Энидэем? Он еще умел играть на пианино...

Крапинка, зашипев, бросилась на Чевизори, схватила ее за волосы и повалила на землю. Села сверху и начала тузить кулаками прямо по физиономии. Чевизори заорала, как ненормальная, но Крапинка продолжала свое. Когда она остановилась, перед нами были две Крапинки, похожие друг на друга, как близнецы.

— Сделай как было, — заныла Чевизори.
— Сделай как было, — передразнила ее Крапинка.

Я не верил своим глазам.

— Тебя это тоже ждет, — сказал Смолах, показывая на Чевизори. — Так происходит перевоплощение. Вернуться в прошлое, увы, тебе не удастся. Вернуться к людям можно. Но только когда придет твоя очередь.

— Какая еще очередь?! Я хочу вернуться домой сейчас.

— Не, чувак, так нельзя, — очнулся Лусхог, — надо ждать очереди. Такой порядок. Один ребенок на одного подменыша.

— Боюсь, Энидэй, ты в этой очереди последний, — заметил Смолах. — Наберись терпения и жди.

Лусхог со Смолахем завели Чевизори в кусты и принялись колдовать над ее лицом. Оттуда раздалось похихикивание всех троих и нарочитые вопли: «Сделайте, чтоб было красиво», «О, смотри, получается, как в том журнале!» и «Ты что, хочешь сделать из нее Одри Хэпберн?!» Наконец они закончили, и Чевизори выпорхнула на поляну еще прекраснее, чем прежде.

Весь остаток дня Крапинка была несказанно добра ко мне и всячески пыталась загладить свою вину. Ее заботливость напомнила мне мою мать. Но помнил ли я ту на самом деле? Наверное, уже нет. А этот мужчина? Я на самом деле видел своего отца, или мне только показалось? Кажется, он узнал меня... Ночью я записал в дневнике все три способа, о которых рассказал Смолах, в надежде поразмыслить над ними в будущем. Когда все уснули, Крапинка села рядом со мной:

— Я так виновата перед тобой...

— Уже почти все прошло, — сказал я, едва сдерживаясь, чтобы не застонать от боли.

— Послушай, наша жизнь здесь не так уж и плоха. Мы не стареем. Нам не надо содержать семью, воспитывать детей, искать работу... Никакой седины и больных зубов. Нам не нужны костыли и инвалидные кресла.

— Дети, которые никогда не вырастут.

— Мы счастливы немногим, что дает Фортуна...

Ее слова повисли в тишине.

— Это был мой отец? — спросил я после долгого молчания.

— Не могу сказать. Позволь прошлому остаться в прошлом. Пусть листья облетят.

Она ласково посмотрела на меня.

— Тебе нужно поспать.

— Я не могу уснуть, у меня в голове черт-те что творится.

Она прижала палец к моим губам:

— Слушай.

Ничего. Там были только я и она.

— Я ничего не слышу.

Но она, наверное, слышала какой-то далекий звук, а взгляд был обращен внутрь, будто там скрывался источник этого звука.

Глава 15

После возвращения домой из колледжа жизнь моя будто остановилась, вечера превратились в унылый кошмар. Я, если не стучал по клавишам, стоял за стойкой «У Оскара», обслуживал толпу, одержимую своими демонами. Я привык к постоянным клиентам, когда появился один странный парень и заказал шот виски. Он придвинул к себе стакан и уставился на него. Я отошел к другому клиенту, налил пива, нарезал лимон, вернулся, а виски в стакане не убыло ни на дюйм. Незнакомец очень походил на пикси: чистенький, трезвый, в дешевом костюме и при галстуке; насколько я мог судить, он так и просидел, не поднимая рук с колен...

— Что-то не так, мистер? Вы не пьете.

— Нальешь за счет заведения, если я сдвину стакан, не прикасаясь?

— Что значит сдвину? Куда?

— А куда надо, чтобы ты поверил?

— Все равно, — он меня зацепил. — Сдвинь с места, и, считай, договорились.

Он подал мне руку, мы скрепили сделку, и стакан перед ним вдруг поехал влево дюймов на пять и остановился.

— Том Макиннс.

— Генри Дэй, — представился я в ответ. — Сюда многие приходят показывать фокусы за бесплатную выпивку, но такое вижу в первый раз!

— Волшебник не раскрывает своих секретов. За этот я заплачу, — сказал он, показывая на виски, и положил доллар на стойку. — Вы мне должны еще один. Только, пожалуйста, в новый стакан, мистер Дэй.

Он залпом выпил то, что я ему налил, а первый шот поставил перед собой. Весь вечер он показывал этот трюк посетителям и пил за их счет, но к самому первому стакану так и не прикоснулся. Около одиннадцати он встал и пошел, а виски остался на стойке.

— Эй, Мак, твоя выпивка! — крикнул я.

— Не трогай, — сказал он, надевая плащ. — Лучше вылей.

Я поднес стакан к носу и понюхал.

— Свинец[35], — он помахал перед моими глазами увесистым магнитом, который непонятно как все это время прятал в рукаве.

Я пригляделся и увидел на дне рюмки металлические опилки.

— Мастерство не пропьешь, — усмехнулся он и вышел за дверь.

Макиннс был нашим постоянным клиентом в течение нескольких лет и появлялся у нас раз четыре-пять в неделю. И у него находились все новые и новые

---

[35] Свинец, как и висмут, олово, медь, серебро, золото намагничиваются очень слабо, но они не притягиваются магнитом, а, наоборот, очень слабо отталкиваются от него и называются поэтому диамагнитными («диа» по-гречески значит «поперек»).

трюки, чтобы раскручивать посетителей на выпивку. Иногда это была обычная загадка, иногда сложная математическая игра, иногда — фокусы с картами или другими предметами. Удовольствие он получал не от дармовой выпивки, а от процесса одурачивания своих жертв. В те дни, когда выступали *The Coverboys*, он устраивался поближе к дверям, и как только начинала звучать «неправильная», по его мнению, песня, сразу вставал и уходил. Когда в 63-м или в 64-м мы стали играть каверы «Битлов», я заметил, что он исчезает при первых же звуках *Do You Want to Know a Secret*. Но если он не уходил, то в перерывах между сетами любил разговаривать с парнями, особенно с Джимми Каммингсом, самым простоватым из всех нас. Что касается выпивки, Макиннсу в ней не было равных. Он мог выпить подряд двадцать порций и не опьянеть. Оскар как-то спросил его об этой удивительной способности.

— Все дело в голове, — загадочно произнес Макиннс.

— И все-таки?

— Честно говоря, даже не знаю. С одной стороны, это дар, а с другой — проклятье. Скажу только, для того чтобы пить так много, недостаточно просто хотеть пить.

— И что же тебя заставляет пить, старый ты верблюд? — засмеялся Каммингс.

— Невероятная наглость нынешней молодежи. Но это не для публикации, — Макиннс улыбнулся.

— Мак, ты профессор?

— Антропологии, — произнес он по слогам. — «Мифология и теология как культурологические дисциплины».

Подошел Каммингс:

— Профессор, помедленнее, пожалуйста. Я не успеваю записывать.

— Я изучал влияние мифов и суеверий на формирование общественных и личных связей. В частности меня интересовала пренатальная и перинатальная психология. Я даже начал писать книгу о старинных практиках, которые еще сохранились кое-где на Британских островах, в Скандинавии и Германии.

— Значит, ты бухаешь из-за женщины? — вернул разговор в прежнее русло Оскар.

— Я был бы благодарен Господу, если бы из-за женщины. — Макиннс огляделся по сторонам и, увидев неподалеку несколько девушек, понизил голос: — С женщинами у меня все в порядке. Дело в голове, парни. Голова у меня думает беспрерывно. Я пью, чтобы не думать. Все насущные требования вчерашнего дня, завтрашнего дня суть лишь гора трупов. Смерть, рождение, снова смерть, а что между ними? Вот в чем вопрос.

Оскар пожевал спичку.

— Есть ли жизнь до жизни?

— Ты про реинкарнацию? — спросил Каммингс.

— Есть люди, которые помнят все, что было с ними до рождения. Если их ввести в состояние гипноза, они могут рассказать о том, что с ними произошло в прошлых жизнях. Они говорят о событиях столетней давности так, словно все это случилось вчера или даже происходит сейчас.

— Гипноз? — заинтересовался я.

— Ну, да, как это делал Месмер. Сны наяву... Трансцендентальный транс...

— Ну, да, знаем мы этот транс, — усмехнулся Оскар. — Еще один из твоих фокусов.

— Я несколько раз присутствовал при таких сеансах. Люди рассказывают совершенно невероятные вещи, в которые невозможно поверить, но они описывают то, что видят, с такими подробностями, что поколеблется любой скептик. Нас окружает волшебный и невероятный мир, который мы не осознаем в обычном нашем состоянии, но под гипнозом становимся способны воспринимать его.

Каммингс вскочил с места:

— Хочу сеанс гипноза!

— Закроется бар, и можно устроить, — кивнул Макиннс.

Часа в два ночи посетители начали расходиться, и Макиннс попросил Оскара уменьшить свет, а меня и Джорджа умолкнуть.

Он сел напротив Джимми и попросил его закрыть глаза.

Потом Макиннс заговорил с ним тихим, спокойным голосом, произнося что-то типа: «Тебе хорошо, тебе легко, ты паришь в вышине, ты легче пуха...» Не только Джимми, но и мы все чуть не воспарили... Потом Макиннс проверил, подействовал ли на Джимми гипноз:

— Положи правую руку на стол. Она очень тяжелая. Тяжелее наковальни. Никто не сможет сдвинуть ее с места, даже ты сам.

Джимми попытался сдвинуть свою руку, но у него не получилось. Макиннс показал нам знаками, мол, давайте, попробуйте и вы... Мы навалились все скопом, но у нас ничего не вышло. Рука лежала на столе, как приклеенная.

Макиннс, убедившись, что все работает, приступил к основной части эксперимента:

— Кто твой любимый музыкант, Джимми?

— Луи Армстронг.

Мы прыснули в кулаки. Обычно Каммингс говорил, что это Чарли Уоттс, барабанщик *Stones*, и вдруг такое признание — Сачмо![36]

— Хорошо. Сейчас я дотронусь до твоих век, потом ты откроешь глаза и станешь Луи Армстронгом.

Джимми был обыкновенным белым парнем, но когда Макиннс коснулся его век, Джимми открыл глаза, в них загорелся тот самый армстронговский огонек, который ни с чем не спутаешь. Даже его губы стали какими-то выпукло-негритянскими, а лицо озарила знаменитая армстронговская улыбка. Все знают, что Джимми не умеет петь, но тут он раскрыл рот и запел абсолютно армстронговским голосом: «*I'll Be Glad When You're Dead, You Rascal You*», а потом приложил большой палец правой руки к губам, а остальными стал играть на воображаемой трубе, выдав совершенно умопомрачительный джазовый пассаж. Обычно Каммингс во время концерта прячется за своими барабанами, а тут он даже вскочил на стол, чтобы продолжить, но поскользнулся на луже пива и грохнулся наземь.

Макиннс тут же подскочил к нему:

— Когда я досчитаю до трех и щелкну пальцами, ты проснешься отдохнувшим и посвежевшим. Но когда кто-нибудь произнесет при тебе, Джимми, слово «Сачмо», ты запоешь голосом Луи Армстронга. Запомнил?

---

[36] Прозвище Луи Армстронга.

— Ага, — вяло произнес Джимми.

— Отлично! А теперь ты забудешь все, что произошло сейчас. Я щелкну пальцами, и ты проснешься, отдохнувший и посвежевший.

Улыбка сползла с лица Джимми, он заморгал и обвел всех нас непонимающим взглядом. После нескольких наводящих вопросов стало ясно, что он действительно ничего не помнит.

— А это помнишь? — спросил Оскар. — Сачмо.

— *Hello, Dolly*! — запел Каммингс хриплым голосом, но, испугавшись самого себя, зажал себе рот двумя руками.

— Мистер Джим Каммингс, самый крутой человек на Земле! — рассмеялся Джордж.

Еще несколько дней мы прикалывались над Каммингсом, в самые неподходящие моменты выкрикивая волшебное слово, пока оно не перестало действовать. Но события того вечера крепко засели у меня в голове. Я долго приставал к Макиннсу с расспросами о том, как работает гипноз, но тот ограничился только одной фразой: «Подсознание выходит на первый план и освобождает скрытые наклонности и воспоминания». Этого было мало, и в ближайшие выходные я отправился в библиотеку, чтобы изучить вопрос поглубже. От храмов сна Древнего Египта до Месмера и Фрейда, во все времена природа гипноза вызывала споры среди ученых и философов. Единого мнения не было. Наконец я нашел то, что искал. В «Международном журнале клинического и экспериментального гипноза» я обнаружил следующий текст: «Пациент сам контролирует, насколько глубоко он хочет и может погрузиться в свое подсознание». Я вырвал из книги страницу с этой фразой, засунул ее в свой кошелек и при каждом удобном случае доставал оттуда, чтобы еще раз прочесть эти слова. В итоге я затвердил их наизусть, как мантру.

Уверив себя, что я способен контролировать свое подсознание, я, наконец, обратился к Макиннсу с просьбой загипнотизировать меня. Если он действительно знает путь к забытым мирам, то сумеет мне помочь вспомнить, кто я такой и откуда пришел. А если откроется, что я родился в Германии сто с лишним лет назад, над этим просто все посмеются. Многие под гипнозом «вспоминают», что в прошлых жизнях они были кто Клеопатрой, кто Шекспиром, кто Чингисханом.

А вот если я под гипнозом скажу, что был хобгоблином, это будет уже не смешно. Особенно если дело дойдет до рассказа о той августовской ночи, когда я стал подменышем и мы украли ребенка. Конечно, превратившись в Генри Дэя, я старательно стирал из своей памяти воспоминания об этом, но... И даже под гипнозом я не смогу рассказать ничего о детстве настоящего Генри!

Макиннс кое-что знал обо мне. Я рассказывал ему о матери и сестрах, о самоубийстве отца и брошенном колледже, даже о мечтах, связанных с Тесс Водхаус, хотя настоящей правды он, конечно, не знал. Мое острейшее желание узнать, кем я был изначально, упиралось в страх быть обнаруженным.

В тот вечер Оскар, дождавшись ухода последнего посетителя, закрыл кассу, бросил мне ключи от входной двери и, пожелав спокойной ночи, ушел. Мы с Макиннсом остались одни. Он потушил весь свет, оставив только лампу у стойки. Меня обуревали сомнения. А вдруг я не смогу контролировать себя и выдам свою тайну? А если он начнет потом меня шантажировать или сдаст властям? Идеи, одна чудовищнее другой, всплывали у меня в голове. А может, после того как он расскажет мне все, что узнает, его лучше убить? Впервые за много лет я почувствовал, что во мне опять просыпается нечто нечеловеческое... Но как только Макиннс начал сеанс, страх сразу пропал.

Мы с Макиннсом сидели за столом, друг напротив друга. Его голос доносился откуда-то сверху и сбоку, убаюкивая меня. Мне показалось, что я превратился в каменную статую. Свет погас, вместо него в темноте возник луч, как от кинопроектора, и на белой простыне моего мозга начался киносеанс. Сюжета не было, смысла тоже, только чьи-то незнакомые лица, фигуры, они что-то говорили, и это пугало. Чья-то холодная рука схватила меня за лодыжку... Чей-то крик смешивался со звуками фортепиано... Какая-то женщина держит меня на руках и прижимает к своей груди... В какой-то момент я увидел маленького мальчика, который быстро отвернулся, и все погрузилось в темноту.

Первое, что я сделал, когда Макиннс вывел меня из транса, посмотрел на часы. Четыре утра. Как и говорил Каммингс, я тоже чувствовал себя «посвежевшим и отдохнувшим», словно мирно проспал часов восемь. Но мокрая рубашка и мокрый от пота лоб говорили об обратном. Макиннс выглядел обескураженным. Он подошел к барной стойке, налил себе стакан воды и выпил его залпом, словно несколько дней провел в пустыне. Его глаза смотрели на меня из темноты бара с недоверием и любопытством. Я предложил ему сигарету, но он отказался.

— Я наговорил лишнего?
— Ты знаком с какими-нибудь немцами?
— Шапочно.
— Ты говорил по-немецки не хуже братьев Гримм.
— И что же я сказал?
— А что такое *Wechselbalg*[37]?
— Никогда не слышал этого слова, — сказал я.
— Ты кричал так, будто с тобой случилось что-то ужасное. Что-то про *der Teufel*. Это дьявол, верно?
— Понятия не имею
— А *Feen*[38]? Это фея?
— Наверное.
— *Der Kobolden*[39]? Ты прямо весь затрясся, когда увидел их. Кто они? Есть мысли?
— Нет.
— *Entführend*[40]?
— Не понял.
— Я тоже. Ты говорил на смеси разных языков. Ты был с родителями и звал родителей по-немецки.
— Но мои родители не немцы.
— Те родители, о которых ты вспоминал, были немцами. А те существа — феи, черти или *der Kobolden*, — они хотели тебя похитить.

Я проглотил ком в горле.

— И, как я понял, им это удалось. И ты все время вспоминал маму, папу и *das Klavier*.

— Пианино.

— Я в жизни не слышал ничего подобного. Ты все время повторял: «Меня украли. Меня украли...»

---

[37] Подменыш (*нем.*)
[38] Феи (*нем.*)
[39] Гоблины (*нем.*), в контексте книги — хобгоблины.
[40] Похищение людей (*нем.*).

И я спросил тебя, когда это случилось? И знаешь, что ты ответил?

— Нет.

— Ты назвал год по-немецки. Я не понял и переспросил. И ты сказал: «В пятьдесят девятом». Я сказал тебе, что этого не может быть. Ведь пятьдесят девятый был всего шесть лет назад. А ты сказал: «В тысяча восемьсот пятьдесят девятом».

Макиннс подошел совсем близко ко мне и посмотрел мне прямо в глаза. Меня всего трясло, и я закурил сигарету. Мы стояли в клубах дыма и молчали. Он закончил курить первым и с такой силой вдавил окурок в пепельницу, что она едва не треснула.

— Знаешь, что я думаю? Ты вспомнил свою прошлую жизнь, в которой ты жил в Германии.

— Верится с трудом.

— Ты слышал что-нибудь о подменышах?

У меня зашевелились волосы, но я сумел побороть страх:

— Я не верю в эти сказки.

— Да? Когда я спросил тебя о твоем отце, ты сказал: «Он все знал». Что он знал, Генри?

Я мог бы ответить, но не стал. В баре был кофе, в холодильнике — яйца. Мы позавтракали, сидя друг напротив друга: я с одной стороны барной стойки, а он — на своем обычном месте — с другой. Потом он молча встал, надел пальто и направился к выходу.

— А как меня звали в той, прошлой жизни?

— Я как-то не догадался спросить, — ответил Макиннс, даже не обернувшись. Больше он в нашем баре ни разу не появился.

Глава 16

Когда в зимний холодный день раздается ружейный выстрел, лес отзывается эхом, которое слышно на многие мили вокруг, и каждое живое существо замирает и прислушивается. При первом выстреле, знаменовавшем начало охотничьего сезона, все мы — эльфы, феи, хобгоблины — вздрогнули, а потом пришли в полную боевую готовность. В лес отправили разведчиков, чтобы те отыскали оранжевые жилеты и камуфляжи и проверили, что за люди пришли охотиться на оленей, фазанов, индюков, тетеревов, кроликов, лис или черных медведей. Иногда вместе с людьми в лесу появлялись собаки, бессловесные и прекрасные: пестрые пойнтеры, легкохвостые сеттеры, крапчатые гончие, ретриверы. Собаки гораздо опаснее своих хозяев... Нам пришлось прибегать к множеству уловок, чтобы они не смогли нас учуять.

Я не решился уйти и жить один в большой степени из-за страха встретиться с бездомной собакой или с кем похуже. Через много лет, когда наша компания стала меньше, свора охотничьих собак учуяла нас и застала врасплох в тенистой роще, где мы расположились на отдых. Собаки взяли след и гнались за нами с лаем, сверкая острыми зубами, и мы инстинктивно ринулись в заросли ежевики. Мы отступили сразу — их было вдвое больше, чем нас, и это были бойцы, готовые к драке, подбадривавшие себя боевым кличем. Мы спаслись только потому, что выбрали шипы, пожертвовав голой кожей. Зато мы были счастливы, когда они встали перед ежевикой, поскуливая от растерянности.

Но в тот зимний день собаки были далеко. Мы слышали только визг, иногда выстрел, сердитое бормотание или радостные возгласы. Однажды я видел, как с неба упала утка, на глазах превратившись из устремленной вперед птицы в комок перьев, который шумно плюхнулся в воду. Браконьерство уже несколько лет как исчезло из этих мест, и потому причины опасаться за свою жизнь у нас появлялись только во время охотничьего сезона, который по времени примерно совпадал с поздними осенними и зимними праздниками. Когда деревья стряхивали яркое убранство и становилось по-настоящему холодно, мы начинали ждать людей и выстрелов. Двое или трое из нас уходили на разведку, а остальные ждали их, съежившись под одеялами, скрытыми слоем опавших листьев, или отсиживались в ямах и в дуплах. В это время мы изо всех сил старались стать невидимками, притвориться, что нас нет. Отдохнуть удавалось лишь в сумерках или в совсем уж сырые, промозглые дни. Запах нашего страха смешивался с ароматом первого снега и ноябрьскими запашками гниения.

Мы сидели на вершине холма, треугольником, прижавшись спинами друг к другу — Игель, Смолах и я, — и смотрели, как над хребтом поднималось утреннее солнце в низких, плотных облаках. В воздухе чувствовался снег. После того случая, когда я едва не заговорил с человеком и чуть не выдал наш клан, Игель предпочитал как можно реже общаться со мной. С южной стороны послышались шаги: тяжелые, под которыми хрустели ветки, и легкие. Люди остановились на лугу. От взрослого так и веяло раздражением, а мальчик лет семи или восьми явно хотел ему угодить. Отец держал заряженное ружье, а оружие сына было разломлено и мешало ему продираться сквозь кустарник. Они были оба одеты в клетчатые куртки и кепки с козырьком и ушами, завязанными под подбородком. Мы насторожили уши, чтобы послушать, о чем они говорят. К тому времени я, благодаря усердию и многолетней практике, научился понимать их речь.

— Я замерз, — сказал мальчик.

— Ничего страшного, — ответил его отец. — Рано расслабляться, смотри по сторонам. Тут полно дичи.

— Мы ничего не видели за весь день.

— Оск, здесь полно зверья.

— Лучше бы пошли в зоопарк, — заныл мальчик.

— Нет, ты должен увидеть дичь на мушке прицела, чтобы почувствовать себя мужчиной. Хватит ныть, пошли дальше.

И они нырнули в чащу.

— Вперед, — скомандовал Игель.

Мы стали следить за ними. Когда они останавливались, останавливались и мы. Они начинали двигаться, и мы шли за ними. Во время одной из таких остановок я спросил Смолаха:

— Что мы делаем?

— Игель считает, что мы его нашли.

— Кого — его?

— Ребенка.

Мы ходили за ними по пятам весь день, но они лишь кружили по лесу по пустынным тропкам. Не было ни дичи, ни выстрелов, ни разговоров. Они и обедали в неловком молчании, а я не понимал, зачем мы за ними таскаемся. Наконец, угрюмые и усталые, они двинулись назад, к зеленому пикапу, припаркованному на обочине на склоне; мальчик сразу пошел к пассажирскому месту. Отец пробормотал, глядя ему в спину: «Ошибка, блин, вышла». Игель дотошно фиксировал каждую мелочь и, когда машина отъехала, прочел вслух цифры номерного знака, чтобы лучше запомнить. На обратном пути он шел, глубоко погрузившись в свои размышления, а мы со Смолахом тащились сзади.

Когда мы возвращались в лагерь, я не выдержал и спросил:

— Что это все значит? Зачем я тебе?

— Сколько ты с нами, Энидэй? Вытащи свой календарь и посмотри, какой сейчас год.

— Тысяча девятьсот шестьдесят шестой.

— Я примерно сто лет ждал, пока ты появишься, чтобы моя очередь сдвинулась. И вот она подошла. Я прошу тебя, делай то, что должен делать. Следи за мальчиком. Мы должны знать о нем все. Мама, папа, братья, сестры, где кто работает, учится, с кем встречается, что любит, чего не любит. Все. И докладывать мне любую мелочь о нем, которую ты узнаешь.

Когда мы вернулись в лагерь, Игель и Смолах завалились в общую кучу, под шкуры, и почти сразу же захрапели. А мне хотелось остаться одному, и я пополз в один из прокопанных Игелем коридоров, но тут же наткнулся на чьи-то ноги.

— Кто здесь? — спросил я и услышал в ответ только какое-то приглушенное пыхтение. Я спросил еще раз.

— Энидэй, вали отсюда.

Это был голос Беки.

— Сам вали, придурок. Я промок насквозь.

— Иди откуда пришел. Тут занято!

Я попытался договориться с ним:

— Пусти. Я проползу подальше...

Вскрикнула девчонка, потом и сам Бека:

— Черт, она укусила меня за палец!

— Кто там с тобой?

В темноте я узнал голос Крапинки:

— Идем, Энидэй. Я с тобой.

— Поганцы, — выругался Бека.

Я протянул наугад руку в темноту, и Крапинка за нее ухватилась. Мы выбрались на поверхность. Там лил обжигающий дождь, волосы у Крапинки прилипли к голове, покрывшись тонким слоем льда. Она была будто в шлеме, с ресниц срывались капли и текли по щекам. Мы стояли молча, не в состоянии сказать ни слова. Казалось, она то ли хочет что-то объяснить, то ли попросить прощения, но губы ее дрожали, зубы клацали. Она схватила меня за руку и потащила за собой к другой норе. Мы забрались внутрь и сели на корточки почти у входа, было сыро, но все же не так холодно. Молчание меня тяготило, и я стал рассказывать о людях, за которыми мы следили весь день по приказу Игеля. Крапинка слушала, потом посоветовала:

— Отожми волосы, быстрее высохнут.

— Что он имел в виду, когда сказал, что мы нашли нужного ребенка? — этот вопрос ужасно занимал меня.

— Перестань, Энидэй, что ты как маленький. Поговорим завтра, — Крапинка свернулась в клубочек и, как ни в чем не бывало, заползла мне под мышку.

— Почему он сказал, что ждал его после моего появления?

— Потому что теперь его очередь. Этот ребенок его замена. Мы украдем мальчишку, а Игель вернется к людям вместо него.

Она стянула с себя мокрую куртку. Белый свитер было видно даже в темноте, и ее присутствие рядом стало заметнее.

— Не понимаю, почему ему пора уходить?

Она рассмеялась над моей наивностью.

— Таков порядок. От старшего к младшему. Игель у нас принимает решения, потому что старший, и значит, теперь его очередь.

— Сколько ему лет?

Она прикинула в уме.

— Не знаю. Лет сто, наверное.

— Ты шутишь? — эта цифра не укладывалась у меня в голове. — А остальные? Вот тебе, например, сколько лет?

— Не знаю. Давай спать. Утром посчитаем. А теперь иди ко мне, согреемся.

Утром Крапинка рассказала мне историю волшебного народа, и я все записал в свою тетрадку, но тетрадка эта, как многие другие, к сожалению, не сохранились. Так что теперь я пишу по памяти, а у хобгоблинов, как известно, память короткая.

Факт, что со временем одни будут уходить, а вместо них появятся другие, опечалил меня. Мне почему-то казалось, что мы так и будем жить все вместе до скончания веков. А теперь я стал прикидывать: Игель уйдет первым, это хорошо, он мне никогда не нравился. Потом Бека, Бломма и Киви. За ними — близнецы Раньо и Дзандзаро, которых украли в самом конце девятнадцатого века. Луковку утащили в юбилейный 1900 год, Смолаха и Лусхога выкрали у ирландских эмигрантов в первом десятилетии двадцатого века, Родители Чевизори, французские канадцы, умерли во время эпидемии гриппа в 1918 году. Крапинке было всего пять лет, когда ее украли хобгоблины во второй год Великой депрессии.

— Лусхог назвал меня Крапинкой, потому что я обкакалась от страха, когда они меня украли. Все мое платье было в пятнах.

Мы пролежали в выбранной нами норе несколько дней, выползая из нее лишь затем чтобы набрать еды из хранилища.

— И что же нам теперь делать?
— Помогать Игелю.

На здании горели красные буквы «Оскар-бар», зеленый пикап охотника стоял рядом. Бека и Луковка выследили его, дождались, когда он поехал домой, и забрались в кузов. Дом охотника стоял в лесу, далеко за городом, Луковка едва сдержала смех, когда увидела на почтовом ящике фамилию домовладельца — Лав[41]. Как только они принесли в лагерь весть о том, что обнаружили, где живет охотник и его сын, Игель сразу же начал разрабатывать стратегию похищения. Он разбил всех на группы, которые должны были посменно, двадцать четыре часа в сутки

---

[41] *Love* – любовь (*англ.*).

наблюдать за мальчиком, и каждому дал подробные инструкции, как и что делать.

— Мне нужна самая полная информация о его жизни. Есть ли у него братья и сестры? Тети-дяди? Бабушки, дедушки? Друзья? Во что он любит играть? Какие у него любимые книги и фильмы? Особенности его характера и поведения. Любит ли он мечтать? Гулять один по лесу? Обратите самое серьезное внимание на его взаимоотношения с родителями.

Я записал речь Игеля в тетрадку Макиннса, усомнившись, что мы сумеем выполнить такое сложное задание. Игель подошел ко мне, по своему обыкновению ткнул в грудь пальцем и велел:

— А ты будешь все записывать. Станешь его биографом. Пусть каждый расскажет Энидэю все, что узнает о мальчишке. Это будет самая безукоризненная подмена в новейшей истории. Вперед! Найдите мне новую жизнь!

Несмотря на то что я очень редко видел нашу будущую жертву, я знал мальчика лучше, чем самого себя. Чевизори, например, каким-то образом сумела разузнать, что его назвали Оскаром в честь дяди. Смолах научился говорить его голосом. А Киви выяснила его точный рост и вес. Меня удивлял энтузиазм, с каким все взялись за дело.

Мать мальчика иногда брала его с собой, когда шла в библиотеку, и всегда оставляла на улице, играть на детской площадке. Мне поручили выслеживать их там. Из нашего подвала эту площадку было не видно, но я сквозь щель мог наблюдать за отражением Оскара в витрине магазина на другой стороне улицы.

Это был очень странный мальчик. Он часами играл один, катаясь то с горки, то на качелях. При этом его лицо не выражало никаких эмоций. У него постоянно текло из носа, и он размазывал сопли по щекам тыльной стороной ладони, а потом вытирал ее о штаны. Все это время он напевал себе под нос какую-то песенку. Когда возвращалась мать, он приветствовал ее смутным подобием улыбки, брал за руку, и они, не сказав друг другу ни слова, уходили. Их поведение огорчало меня. Дети и родители имеют столько возможностей для выражения любви друг к другу, но не пользуются ими, откладывая тепло и радость на потом, словно у них впереди вечность.

Неужели мои родители не сумели понять, что меня подменили? Ведь тот мужчина, которого я встретил тогда утром на опушке леса, наверняка был моим отцом — значит, он должен был догадаться, что произошло со мной. Я решил, что после того, как Игель уйдет, я обязательно встречусь с отцом еще раз. А может, мне даже удастся увидеть свою мать и сестер... Я жалел мальчика, которого мы собрались украсть, но понимал, что таков порядок. К тому же очередь моя продвинется. Я оказывался ближе к цели, хоть и всего на один шаг.

Следить за Оскаром оказалось не трудно: родители мало уделяли ему внимания; скорее всего, они даже не обратят внимания на подмену. Друзей у него почти не было, в школе его тоже не хватятся — такой уж он обыкновенный, практически невидимый. Раньо и Дзандзаро, которые провели несколько месяцев на чердаке семьи Лавов, выяснили, что он ест все, кроме гороха и моркови, и запивает еду шоколадным молоком. Спит на непромокаемых пеленках и кучу времени проводит перед небольшой коробкой, из которой постоянно раздается смех. По выходным спит до двенадцати. Киви и Бломма сообщили, что он часто играет в солдатиков в песочнице перед домом. Маленький флегматик, похоже, принимал жизнь такой, как она есть. Я завидовал ему.

А с Игелем тем временем творилось что-то необычное. Мы выслеживали Оскара почти полгода и уже давно были готовы к подмене. Сведениями о жизни Оскара я исписал всю тетрадь Макиннса. Но Игель даже не удосужился в нее заглянуть, хотя я не раз предлагал ему это сделать. Казалось, желание вернуться к людям борется в нем с запредельным страхом быть обнаруженным. Игеля раздражала любая попытка поторопить события. Однажды Киви заявилась к обеду с огромным синяком под глазом.

— Что случилось?

— Этот гад меня ударил! Я просто сказала, что уже пора, а он... Я имела в виду, что пора обедать, а он, наверное, подумал, что пора начинать.

Никто не нашелся, что ей ответить.

— Я уже устала от этого козла. Не могу дождаться его ухода. Может, новый парень окажется получше, чем этот.

Я бросил еду и пошел искать Игеля, чтобы высказать ему все, что о нем думают остальные, но его нигде не было. Я заглядывал по очереди во все норы и убежища, которые он выкопал за последние годы, и окликал его, но ответа не получил. Несколько часов я рыскал в окрестностях лагеря и, наконец, обнаружил его сидящим на берегу реки и изучающим свое отражение. Он выглядел таким одиноким и беспомощным, что я сразу забыл о своей злости и тихонько присел рядом.

— Игель, с тобой все в порядке?
— Ты помнишь свою жизнь до того, как попал к нам? — ответил он вопросом на вопрос.
— Смутно. Иногда вижу во сне отца и мать, сестру... или сестер, даже не знаю... И еще женщину в красном плаще. Вот и все.
— Я уже так давно здесь, что не уверен, смогу ли вернуться назад.
— Крапинка как-то сказала, что для нас есть три выхода, но подходящий только один.
— Крапинка, — произнес он с горечью, — она такой же глупый ребенок, как и ты, Энидэй.
— Тебе стоит прочесть мой отчет. Это поможет тебе собраться с духом.
— Как мне надоело общаться с идиотами. Не хочу говорить с тобой, Энидэй. Скажи ей, чтобы она нашла меня завтра утром. А отчет пусть читает Бека.

Он встал, отряхнул штаны и ушел. Как я хотел, чтобы он ушел навсегда!

Глава 17

После сеанса гипноза, устроенного Макиннсом, мое давно забытое прошлое стало лезть изо всех щелей. Фрагменты подавленных воспоминаний начали активно вторгаться в мою жизнь. Во время исполнения одной из песен Саймона и Гарфанкеля я вдруг запел на немецком языке. Парни подумали, что я забыл текст и стал вместо него нести какую-то чушь. Извинились перед аудиторией и начали заново. Все девушки, с которыми я знакомился, рано или поздно начинали напоминать мне какую-нибудь из знакомых фей. Если я слышал плач ребенка, то думал о том, что его или уже украли, или собираются вот-вот украсть. Глядя на фотографию настоящего Генри Дэя в шестилетнем возрасте, когда он первый раз пошел в школу, я видел себя таким, каким был сто лет назад. Я мучительно пытался вспомнить свое настоящее имя, но тот немецкий ребенок из моего далекого прошлого никак не хотел подпускать меня к себе.

Когда голова начинала трещать от всех этих мыслей, я пытался сочинять музыку. Часто возвращался в бар, поспав всего пару часов, наливал себе кофе, садился за пианино и представлял себя на сцене с большим оркестром. «Оскар-бар» стал моим домом. Я проводил здесь больше времени, чем где-либо еще. Сам Оскар приходил часа в два, потом подтягивались Джордж и Джимми, и мы начинали репетировать. Правда, к репетициям они относились с прохладцей и в основном курили и пили пиво.

Это случилось летом 67-го. К бару подъехал зеленый пикап Льюиса Лава, брата Оскара. Вскоре на пороге появился и сам Льюис. По его сгорбленным плечам сразу было понятно: что-то произошло. Оскар подошел к нему, и они некоторое время тихо разговаривали. Льюис при этом приложил пальцы к глазам, словно сдерживая слезы. Потом Оскар подвел брата к стойке, налил полный стакан виски, и тот залпом выпил.

— Племянник пропал, — сказал Оскар. — Полиция, спасатели и пожарные всю ночь искали, но так и не нашли. Ему всего восемь лет, блин.

— Как его зовут? — спросил Джордж. — Как он выглядит? Где его в последний раз видели?

— Оскар, как и брата, — заговорил Льюис. — Мы назвали сына в его честь. Темные волосы, темные глаза, примерно вот такого роста, — он приподнял ладонь над полом фута на четыре. — В голубой футболке и шортах, как говорит жена. На футболке — надпись «Чак Тейлор».

— Когда он пропал? — спросил я.

— Вечером он допоздна играл в песочнице перед домом. Когда стемнело, жена вышла, чтобы позвать его домой... — Льюис посмотрел на брата. — Я звонил сюда, но никто не брал трубку.

— Прости, чувак, я не слышал.

— Не время для разборок, — вскочил со стула Джордж и бросился к двери. — Надо искать мальчика.

И мы отправились к дому Льюиса.

Оскар и Льюис ехали в кабине, а я, Джордж и Джимми забрались в кузов. Пикап, подняв облако пыли, остановился на том месте, где заканчивалась дорога и начинался лес. Там уже стояла пожарная машина. Я понял, что мы находимся примерно в миле к западу от моего дома. Где-то далеко в чаще залаяла поисковая собака. Мы пошли на лай, выкрикивая имя мальчика. На вершине небольшого холма остановились.

— Поиски толпой нам ничего не дадут, — Оскар покрутил головой, — нужно разойтись.

Мне не очень нравилась идея остаться одному в лесу, но я не стал с ним спорить, чтобы не показаться трусом.

— Встретимся здесь в девять, — он посмотрел на часы. — Сейчас полпятого.

— У меня — четыре тридцать пять, — сообщил Джордж.

— А у меня — четыре двадцать, — почти одновременно с ним сказал я.

— Четыре двадцать пять, — произнес Джимми.

Льюис посмотрел на свои часы, потом приложил их к уху, потряс:

— А у меня вообще стоят, — он обвел всех потерянным взглядом. — Семь тридцать. Это когда я видел сына в последний раз.

Мы недоуменно переглянулись, но Оскар быстро нашелся:

— Сейчас четыре часа тридцать пять минут. Все переводим часы.

Я не мог не восхититься: вот как надо обращаться со временем.

— План такой, — продолжал Оскар. — Мы с Льюисом идем прямо, Генри — туда, — он указал мне рукой направление. — Джимми и Джордж — налево и направо. Через каждые сто метров ломайте ветку на дереве, чтобы не заблудиться. Встречаемся в девять. Если что, возвращайтесь к пожарной машине.

И мы отправились каждый в своем направлении. Я впервые оказался один на один с лесом с тех пор, как стал Генри Дэем. Это было странно и очень непривычно, но постепенно забытые ощущения стали возвращаться. Я вдруг понял, как неуклюже передвигаюсь: под моими ногами трещали ветки и шуршала палая листва. Все навыки пропали. К тому же мне было страшно.

Через двадцать минут я присел на ствол упавшей сосны, огляделся и прислушался. Где-то вдалеке дятел отбивал стаккато, по стволу ползли муравьи, таская туда и обратно свой таинственный груз... Я достал платок и вытер вспотевший лоб. Маленькие красные цветы подняли головки над зарослями мха. Я перевернул ногой какую-то корягу и поразился буйству кишащей под ней жизни: бросились врассыпную встревоженные внезапной опасностью длинноногие пауки, жирные, блестящие черви попытались зарыться поглубже в землю, засуетились испуганные букашки... Я посмотрел на циферблат: до возвращения оставалось еще четыре часа. Чем их занять? Я ни секунды не сомневался в тщетности поисков и все же зашагал дальше.

Я шел, смотрел по сторонам и ощущал, как просыпаются во мне воспоминания о жизни в лесу. Каждый шаг отзывался чем-то забытым и одновременно новым. Наконец я наткнулся на ручей и приник к нему губами.

Вода текла между камней, скрывая их наполовину. Сверху они были серыми и тусклыми, но под водой — блестели и играли всеми красками. Вода влияла на камни, веками обтачивая их, но и камни влияли на течение маленькой речки, делая ее бурной, заставляя журчать и извиваться между ними. Симбиоз камней и воды сделал ручей таким, каким он стал. Я прожил в этом лесу почти сто лет как хобгоблин, а теперь стал человеком, но это были две части меня; я походил на камень, который наполовину находится в воде, наполовину — на воздухе. Это внезапное откровение наполнило меня живительным теплом, в журчании ручья я услышал музыку и понял, как нужно ее играть. Сколько я просидел так, не знаю, но какое-то едва уловимое движение заставило меня отвлечься от своих дум.

— Кто здесь? — спросил я и вскочил на ноги. И этот кто-то, невидимый для меня, застыл на месте. Какое-то время мы оба стояли неподвижно. Отыскать его взглядом я не мог. Но он, наверно, неплохо видел меня. Я тщетно вглядывался в сгущавшийся сумрак. Цикады и сверчки замолчали, словно прислушиваясь к нашему немому диалогу... Потом мой визави шевельнулся, сделал пару шагов и бросился наутек, мелькая между стволами. Я так и не понял, кого встретил в лесу: олененка, одну из собак, что рыскали в чаще, вынюхивая пропавшего ребенка, или кого-то из них? Но мне стало тревожно, и я отправился к холму на полчаса раньше, чем обозначил Оскар.

Потом пришел Джордж. Он почти сорвал голос от крика, его джинсы были изодраны. Он в изнеможении повалился на землю.

— Как дела? — спросил я его.

— А сам не видишь, что ли? Есть закурить?

Я вытащил две сигареты и прикурил их, одну для себя, другую для него. Он закрыл глаза и затянулся. Минут десять спустя появились Оскар и Льюис. Они тоже никого не нашли, что читалось по их лицам и походке. Мы стали ждать Каммингса, но его все не было и не было.

В половину десятого Джордж сказал:

— Надо что-то делать.

Уже совсем стемнело. Жаль, что мы не догадались взять фонарики.

— Нам надо вернуться к пожарной машине.

— Нет, кто-нибудь должен подождать Джимми, — возразил Оскар. — Вы с Генри идите.

— Ну, веди меня, Макдуф[42], — сказал Джордж.

Вскоре мы увидели отблески красных и синих огней в кронах деревьев. Затем услышали, как кто-то тревожным голосом говорит по рации. Что-то пошло не так. Вместо одной пожарной машины мы увидели несколько разных: полицейские, санитарные... Перед нами предстала сцена из сюрреалистического фильма: множество людей сновало по освещенной разноцветными огнями поляне — в толпе я заметил Тесс Водхаус в белом халате — человек в красной бейсболке загонял собак в фургон,

---

[42] Цитата из романа Абрахама Меррита «Семь шагов к сатане». Макдуф — персонаж трагедии У. Шекспира «Макбет», сын короля Дункана, убитого по приказу узурпатора трона Макбета.

кто-то привязывал мокрое каноэ к крыше автомобиля, полицейские стояли кольцом вокруг кареты скорой помощи; и при этом картинка казалась застывшей, как на репортёрской фотографии. Шеф полиции, увидев нас, мрачно произнёс:
— Мы нашли тело.

Глава 18

Несмотря на долгую и тщательную подготовку, мы допустили много ошибок. Меня до сих пор тяготит моя, пусть и незначительная, роль в череде несчастий и неудач, которая привела к печальному финалу. Еще больше я сожалею о событиях тех двух июньских дней, которые изменили нашу жизнь. Но мы несем ответственность и за свои действия, и за бездействие. Оглядываясь назад, я понимаю, что мы перемудрили с тем похищением. Проще простого было забраться ночью в дом, вытащить из кровати сонного Оскара и оставить там Игеля. Или, поскольку мальчишка часами играл в одиночестве, схватить его прямо среди бела дня, а Игель бы преспокойно пошел на ужин вместо него. А от дурацкого «крещения водой» стоило вообще отказаться. Нет же, «древняя традиция». Кто сейчас следует древним традициям? В любом случае хуже все равно не было бы.

В тот вечер Оскар Лав вышел гулять в голубых шортах и футболке с какой-то надписью на груди. На ногах — грязные сандалии, в руках — мяч, который он принялся гонять по лужайке на краю леса. Мы с Лусхогом забрались на старый платан и, спрятавшись среди ветвей, несколько часов наблюдали за его однообразной игрой, пытаясь заманить в лес. Мы по очереди то мяукали, то лаяли, то ухали совой, то крякали, мычали, как коровы, хрюкали, ржали... Но он не обращал никакого внимания на наши старания. Потом Лусхог заплакал, будто младенец. Никакой реакции. Я стал звать Оскара по имени детскими голосами. Полный ноль. Мальчишка казался полностью погруженным в свои мысли. Тогда Лусхогу пришла в голову идея запеть. На это Оскар неожиданно клюнул и пошел к нам. Лусхог продолжал петь, заманивая ребенка все дальше и дальше в лес, а тот шел за ним как заколдованный, пытаясь обнаружить источник звука. Все это напоминало какую-то волшебную сказку, но я знал наверняка, что счастливого конца у этой сказки не будет.

Когда Лусхог завел нашу жертву достаточно далеко, он замолчал, и Оскар остановился, как вкопанный, словно очнувшись от наваждения. Он огляделся по сторонам и, осознав, что очутился в незнакомом месте, заморгал глазами, стараясь не заплакать.

— Кого-то он мне напоминает, — сказал мне тихо Лусхог, — не того ли мальчишку, который пришел к нам последним лет десять назад?

Он тихонько свистнул, и из кустов выскочили все наши. Вспугнутая птица захлопала крыльями, кролик бросился наутек сквозь заросли папоротника, но Оскар даже не пошевелился. Он словно остолбенел. Только когда хобгоблины подошли к нему вплотную, он зажал себе рот руками, чтобы не закричать от страха. Они набросились на него всей толпой, повалили на землю. Мальчик исчез в вихре мелькающих рук, ног, оскаленных зубов и диких глаз. Если бы я не знал, что за этим последует, решил бы, что мои друзья хотят его убить. Больше всех наслаждался нападением

Игель: прижав Оскара коленями к земле, он всовывал ему в рот кляп, чтобы заглушить его крики. Лозой дикого винограда хобгоблины скрутили ребенку руки, привязав их к телу, и потащили в наш лагерь.

Потом уже Чевизори объяснила мне, что Игель сделал все неправильно. Подменыш должен изменить свою внешность заранее. Но Игель позволил ребенку увидеть себя до перевоплощения. А потом, решив все-таки начать преобразования, стал издеваться над мальчиком: привязал его к дереву, вынул кляп изо рта, встал напротив и стал изменять свое лицо — затрещали хрящи, заскрежетали, выворачиваясь, кости. Игель корчился перед Оскаром в муках. Но тот не кричал, а кротко наблюдал за своим мучителем. Возможно, это был шок. Даже мне трудно было смотреть на Игеля, и я отошел за дерево, где меня вырвало. Когда Игель закончил, он вплотную приблизился к привязанному Оскару и злобно сказал:

— Теперь понял? Я — это ты, а ты — это я. Я сейчас пойду к тебе домой, а ты останешься с ними.

Оскар смотрел на него с ужасом, словно он взглянул в зеркало и увидел там чудовище. Я еле сдерживался — мне хотелось отвязать Оскара и успокоить его, — но я не решился. Ко мне подошла Крапинка. Наверное, она думала о том же, потому что, сплюнув, произнесла сквозь зубы:

— Это слишком жестоко.

Отойдя от своей жертвы, Игель обратился к нам:

— Друзья! Я жил с вами ужасно долго, и вот теперь настало время уходить. Время моего пребывания в аду подходит к концу, а вы остаетесь в своих райских кущах. Но помните — вашему раю скоро придет конец. Шум машин все громче с каждым днем. Все больше самолетов пролетает над нашим лесом. Мир меняется. Люди все ближе. Гарь в воздухе, грязь в воде. Птицы и звери уходят, чтобы никогда больше не вернуться в эти места, и вам тоже нужно уходить. Я не в восторге от того, что мне придется стать одним из этих имбецилов, но это лучше, чем оставаться с вами. — Он воздел руки к кронам деревьев и начинавшим появляться на небе звездам: — Всего этого очень скоро не станет.

Потом Игель подошел к Оскару, развязал его и взял за руку. Они стояли рядом, и различить их было невозможно.

— Сейчас мы уединимся, и я расскажу этому идиоту, что с ним произошло и как ему жить дальше. Я возьму его одежду, и... адью, ребята. Я выйду через заднюю дверь. Ну, а вы можете приступать к посвящению. Сдается мне, ему не помешает хорошее купание. Пойдем, человеческий детеныш...

Когда Игель уводил мальчика в один из своих туннелей, Оскар обернулся, но, судя по всему, он настолько обалдел от увиденного, что его лицо походило на застывшую маску. Через некоторое время голого Оскара вытащили из норы, обмотали паутиной и лианами и потащили к реке. Все это время лицо Оскара оставалось спокойным. То ли он вообще не понимал того, что происходит, то ли сознательно пытался сохранять мужество. Когда мы подошли к реке, я заметил, что Крапинки с нами нет.

Бека, наш новый лидер, прочел заклинание, и мы бросили Оскара в реку. Он, словно нож, вошел в воду головой вниз и канул в глубине. Я с содроганием вспомнил свое падение в эту реку десять лет назад. Половина из наших отправилась вниз по течению, чтобы выловить тело, как того требовал ритуал, а остальные стали ждать их возвращения. Я решил, что как только нового члена нашей команды принесут и он очнется, я постараюсь успокоить его и объяснить толком, что с ним произошло.

Но мои надежды потерпели крах: тело так и не всплыло.

Мы всю ночь бродили вдоль русла реки в поисках Оскара, но его нигде не было. Смолах, Луковка и Чевизори стали нырять в омут — вдруг он зацепился за корягу или застрял между камнями, — но не нашли. Луковка донырялась до того, что ее саму, обессилевшую, еле вытащили на берег. Бека ушел на несколько километров вниз по течению, но ни на одном из перекатов утопленника не нашел.

К вечеру следующего дня мы услышали лай собак. Киви и Бломма отправились посмотреть, что происходит, и через полчаса вернулись, запыхавшись, с перепуганными лицами:

— Они идут сюда. С собаками.
— Полицейские и пожарные, — добавила Киви.
— Прямо к нашему лагерю.
— Черт бы подрал этого Игеля.

Лай собак доносился уже и сюда. Хорошо, что поисковики держали их на поводках. Бека, на правах старшего, крикнул:

— Быстро в лагерь! Прячемся в туннелях и ждем, пока они не уйдут.

Киви метнула в него острый, как лезвие ножа, взгляд:

— Там слишком много наших следов.
— От собак не спрячешься, — добавила Бломма.

Бека сжал кулаки и заорал:

— Я теперь главный! Я сказал: прячемся и ждем!

— Надо бежать, — сказал Смолах так спокойно, что все сразу поняли: он прав. — Люди еще никогда не подходили к нам так близко.

— Они уже рядом, — поддержал друга Лусхог, — мы не успеем спрятаться и замести следы.

Бека замахнулся, собираясь ударить его, но Луковка перехватила его кулак:

— А что делать с утонувшим мальчиком?

Наш новый предводитель сразу скис.

— Оскара больше нет. Игеля тоже. Что сделано, то сделано. Нам нужно подумать о себе. Берем с собой все, что сможем, остальное прячем и бежим.

Бросив поиски тела Оскара, мы помчались к лагерю. Пока другие закапывали в землю кастрюли, ножи и прочий человеческий скарб, я собирал в мешок свои записи. И тут появилась Крапинка.

— Где ты была? — с тревогой спросил я. — Тебя не было с нами у реки.

— А что случилось?
— Мы потеряли Оскара. А где Игель?
— Сидит там, в своем туннеле, и плачет.
— Плачет?
— Да. Как маленький.
— Собирайся скорее, мы уходим.
— Навсегда?
— Наверное.

Крапинка быстро собрала вещи, и мы начали подниматься по хребту, догоняя остальных. Наша поляна на поверхностный взгляд могла бы показаться нежилой, но от собак, конечно, ничего утаить нельзя.

Нас осталось одиннадцать. Мы бежали весь день, и все это время за нами неотступно следовал лай собак. Иногда мы видели среди деревьев фигуры людей. Они держали рвущихся псов на поводках, чтобы не отстать от них. Споткнувшись, Раньо уронил свои пожитки и остановился, чтобы собрать лопаты и мотыги, когда люди были метрах в ста от него, но Дзандзаро вернулся за ним и утащил с собой.

Мы бежали, стараясь держаться русла ручьев, чтобы сбить собак со следа, пока не упали, совсем обессиленные, на склоне холма. Вряд ли люди смогли выдержать такой темп. Не успел я перевести дыхание, как Бека навис надо мной и приказал:

— Возвращайся назад и посмотри, что там.

— Один?

— Можешь взять кого-нибудь. — Он оглянулся по сторонам. — Вон ее, например, — показал он на Крапинку.

Мы осторожно пошли назад, прислушиваясь к каждому шороху, но, похоже, преследователи нас потеряли. Мы остановились передохнуть на берегу небольшой речки.

— Энидэй, ты все еще хочешь уйти?

— Уйти? Куда?

— Просто уйти. Прямо сейчас. Мы могли бы уйти вместе. Доберемся до Калифорнии, будем жить на берегу океана...

Впереди послышался шорох. Мы насторожились. Кто-то показался на другом берегу. Человек... или олень? А может, одна из охотившихся на нас собак? Мы замерли и вгляделись в наступавшую темноту. В нескольких сотнях ярдов ниже по течению просматривался смутный силуэт: то ли человек, то ли животное. Мы бесшумно подкрались поближе, но, наверное, двигались недостаточно тихо.

— Кто здесь? — раздался в тишине леса мужской голос.

— Крапинка, это же мой отец, — прошептал я ей на ухо.

Она поднялась на цыпочки и взглянула на сидевшего на корточках человека — отсюда он был виден как на ладони, — затем прижала палец к губам. Понюхала воздух, а потом схватила меня за руку, и мы растворились в тумане.

Глава 19

Тело пробыло под водой почти сутки, но в нем удалось опознать Оскара Лава. Труп сильно раздулся, поэтому никому из нас не удалось его хорошенько осмотреть, но, без сомнения, это был пропавший мальчик. Если бы не странные путы, связывавшие его тело, криминалисты решили бы, что произошел несчастный случай. Тело отвезли в окружной морг для вскрытия. И тут обнаружились некоторые странности. Утопленник выглядел маленьким мальчиком, но внутренние органы у него оказались как у пожилого человека. Патологоанатомы не стали обнародовать полученную информацию, но Оскар-старший рассказал мне потом, что у его племянника присутствовали явные признаки некроза сердца, обезвоживания и атрофии легких, печени, почек, селезенки и, самое главное, у него был мозг столетнего старика.

Эти невероятные новости усугублялись тем, что пропал Джимми Каммингс. Он так и не вернулся из леса. Когда было найдено тело Оскара, о Джимми забыли, но спустя три дня хватились. На следующее утро мы собирались в лес, чтобы поискать на сей раз его, но поздно вечером, как раз во время ужина, позвонил Оскар-старший.

Джимми нашелся. И, что казалось совершенно немыслимым, он нашел Оскара-младшего! Живым и здоровым.

Когда я рассказал об этом сестрам и матери, они мне не поверили.

— Как это живым? — удивилась мать.
— А кто же тогда в морге? — спросила Мэри.
— Два Оскара. Круто! — сказала Элизабет.

Слишком взволнованный, чтобы продолжать ужин, я вышел на улицу покурить и подумать. Не успел я зажечь сигарету, как к дому подъехал красный «мустанг», и из него вышел Джимми Каммингс. Его длинные волосы были забраны в хвост, на носу красовались розовые очки, он приветственно поднял вверх два пальца в виде буквы «V». Мои сестры выскочили из дома ему навстречу. Джимми взбежал на крыльцо и приготовился принимать поздравления. Я крепко пожал ему руку:

— С возвращением с того света, чувак!
— Вы уже знаете, да? — его покрасневшие глаза лихорадочно блестели. Он был то ли пьян, то ли накурился, то ли просто устал.

Из дома вышла мать и обняла Джимми. Мои сестры присоединились к ним. Джимми покраснел от удовольствия.

— Скорей расскажи нам обо всем, — сказала мать, оторвавшись от него. — Хочешь чего-нибудь выпить? Чаю со льдом?

Пока она хлопотала в кухне, мы расселись вокруг Джимми в ожидании захватывающего рассказа. Вернувшись с напитками, мать устроилась напротив Джимми, глядя на него сияющими глазами так, словно это он, а не я был ее сыном.

— Миссис Дэй, что бы вы сказали, если бы вдруг встретили кого-нибудь, кто воскрес из мертвых?

— Я, наверное, потеряла бы дар речи...

— Именно это и произошло с Лавами, когда мы с младшим Оскаром постучались к ним в дверь. Они уже готовились к похоронам и ждали, что с минуты на минуту привезут из морга тело сына, а тут мы такие: стоим на пороге и держимся за руки. Льюиса чуть удар не хватил, а Либби спросила: «Это что, сон? До него можно дотронуться?» И только когда Оскар подбежал к ней и обнял ее за шею, они поверили, что он им не мерещится.

Два одинаковых существа — одно мертвое, другое живое — подменыш и ребенок.

— У докторов и медсестер в больнице, куда нас привезли, тоже чуть крыши не поехали при виде живого Оскара. Кстати, там одна из медсестер, хорошенькая такая, сказала, что видела тебя, Генри, в лесу той ночью, когда нашли тело мальчика.

Это был не мальчик!

— Лью, наверное, целый час жал мне руку, а Либби ровно тысячу раз произнесла «Благослови тебя Бог». А когда через несколько минут пришел Оскар, я имею в виду Оскар-старший, он, конечно, обрадовался при виде живого племянника, но и меня, чувак, он тоже был очень рад видеть. Я повторил им мою историю, хотя уже пару раз рассказывал ее полицейским. Они ведь сначала отвезли нас в больницу, посмотреть, как мы там, после трех дней в лесу. С мальчишкой, кстати, все нормально, не считая нескольких ссадин. Ну, и мы были усталые и грязные. Вот и все.

С запада приближалась гроза. Лесные жители сейчас мечутся в поисках укрытия. У хобгоблинов тоже на такой случай есть отличное укрытие: целая система подземных ходов и туннелей, в которых они скрывались от непогоды.

— Но несмотря на усталость, чувак, я сел в машину и сразу помчался к тебе, чтобы тебе первому после полицейских и его родителей рассказать эту леденящую кровь историю.

Джимми залпом выпил стакан холодного чая, и моя мать налила ему еще. Не в силах больше ждать, она спросила у моего приятеля: «Ну, и где же ты нашел Оскара?»

— А, эта медсестра, ее, кажется, зовут Тесс, она просила тебя позвонить ей, чуть не забыл... Где нашел? В лесу. Когда мы разошлись в разные стороны, я так увлекся поисками, что забыл про время. Да еще и часы остановились. И потому очухался я, только когда совсем стемнело. Не то чтобы я боялся каких-то там леших или чертей, но мне как-то стало не по себе...

Я посмотрел за окно, гроза приближалась. Если она застанет кого-нибудь из них не в лагере, они могут спрятаться в дупле или в пещере и переждать ливень.

— Короче, я понял, что заблудился. Тут уже ни о каких поисках и речи не шло, надо было как-то самому выбираться. Я вышел на какую-то поляну, в свете звезд она выглядела как-то странно. Там было несколько таких круглых ям, как будто в них раньше спали олени. Я решил в одной из них заночевать.

В теплые летние ночи мы спали в этих ямах. Я любил, лежа там, смотреть на звезды.

— В центре поляны я обнаружил кострище с еще тлевшими углями. И решил, что, наверное, его оставили какие-нибудь охотники или туристы. Может, они даже вернутся ночью или утром и найдут меня, так что лучшего места для ночлега нечего было искать. Я разжег небольшой костерок и сидел, глядя на огонь. Возможно, пламя загипнотизировало меня, потому что я уснул и увидел странный сон. Типа галлюцинации. Детский голос все время звал: «Мама, мама», — а я так устал, что никак не мог проснуться. Ну, знаете, бывает, ты спишь и тебе снится, что звонит будильник, ты просыпаешься, а он действительно звонит... И ты, когда просыпаешься, вспоминаешь, что видел сон про то, как звонил будильник.

— Мне такие сны каждое утро снятся, — сказала Мэри.

— В общем, я проснулся, слышу, и правда кто-то плачет. Пошел на голос. «Оскар, это ты? — спрашиваю. — Твои мама и папа прислали меня, чтобы я тебя нашел и отвел домой. Ты где?» И тут он мне отвечает: «Я внизу, под крышкой». Под какой еще крышкой, думаю. Делаю еще шаг и проваливаюсь в яму! Кто-то специально выкопал ловушку и прикрыл сучьями и листвой. Я в нее провалился и застрял между толстыми ветками. Ни туда, ни сюда. Кошмар, в общем.

Мои сестры открыли рты, мать наклонилась вперед, чтобы лучше слышать. Даже я забыл о приближавшейся грозе.

— И вот, представьте себе: ночь, темнота, внизу скулит маленький Оскар, ноги мои болтаются в пустоте... И вдруг кто-то как схватит меня за ноги!

Он бросился к девчонкам, и они завизжали от страха.

— Шучу, шучу. Но, блин, страшно все-таки. А вдруг правда кто-нибудь схватит. Вдруг там зверь какой-нибудь сидит. Я говорю Оскару: «Не плачь. Я просто застрял немного, но как только выберусь, спущусь и вытащу тебя из этой ямы». А он мне отвечает, что это не яма, а туннель. Тогда я говорю ему: «Ты пошарь руками над головой, может, наткнешься на пару висящих ботинок. Если найдешь, то это мои». Но он до них не достал.

Вдалеке раздались раскаты грома. Я выскочил во двор, чтобы закрыть окна в машине Джимми. Хобгоблины обычно сбиваются в кучу во время грозы и дрожат от страха при вспышках молний.

— Вскоре у меня затекли ноги и заболели подмышки, на которых я висел. К тому же, миссис Дэй, простите мне мой французский, жутко хотелось пипи. — Девчонки переглянулись и захихикали. — Когда чуть-чуть посветлело, я огляделся. Оказывается, до дна ямы была всего пара футов, так что я начал ворочаться и раскачиваться из стороны в сторону и вскоре свалился вниз.

Молния сверкнула прямо рядом с домом, раздался такой оглушительный удар грома, что мы подскочили от неожиданности. В воздухе запахло электричеством и приближавшимся ливнем. Первые, крупные, как монеты, капли упали на землю.

— На дне ямы, — продолжал Джимми, — я обнаружил три туннеля, расходящиеся в разные стороны. Стал звать Оскара, но никто не откликался. Я даже подумал, что все эти разговоры с ним мне приснились. Но эти туннели, чувак, нереально круты. Черт знает, кто и зачем их сделал. Правда, они такие узкие, что вырыть их могло либо какое-то животное, либо ребенок. По ним можно только ползать. Нечто подобное я видел недавно по телику, в репортаже из Вьетнама.

У коммунистов там такие же туннели. Может, и у нас тут завелись вьетнамцы?

— Ну, да, вьетконговцы вторглись в США и устроили партизанский лагерь в нашем лесу, — усмехнулся я.

— Да нет, чувак. Я же не псих. Может, военные устроили тут тренировочную базу для наших спецназовцев, которых потом отправят во Вьетнам. Чтобы они потренировались в таких же туннелях, как там. Напоминает муравейник. Или какой-то лабиринт. В общем, я там лазил-лазил, чуть не заблудился. А Оскар молчит. Я было подумал, что он умер с голоду, но тут же столкнулся с ним головами. Он полз мне навстречу. Я сначала даже перепугался. Он ведь весь грязный был с головы до ног, к тому же абсолютно голый.

— А что случилось с его одеждой? — спросила мама.

Подменыши раздели его, связали и бросили в реку, чтобы сделать одним из них. Но они не догадались, что тот, кого они кинули в воду, был одним из них!

— Миссис Дэй, я понятия не имею. Первым делом мы стали думать, как нам вылезти наверх. К счастью, в стенке ямы обнаружились вырыты земляные ступеньки, которые я раньше не заметил. По ним мы и выбрались.

Эти ступеньки я выкапывал целую неделю и легко мог бы описать им того, кто руководил работами.

— Мы были слишком уставшими, чтобы идти через лес. К тому же я точно знал, что нас ищут и скоро найдут. Поэтому мы просто сели в центре этой поляны и стали ждать. А потом Оскар спросил меня, не хочу ли я есть. В одном из углов поляны на земле лежал старый грязный ковер. Оскар откинул его, и под ним оказался целый продовольственный склад: горох, груши, яблочный соус, запеченные бобы, мешок с сахаром, ящик с солью, сушеные грибы, изюм, яблоки... Прямо гастроном в лесу.

Я выглянул в окно. Гроза прошла стороной. Где же они теперь?

— Пока я искал, чем открыть консервы, Оскар исследовал остальные части поляны. Вернулся он одетый в поношенные брюки и белый свитер. Он нашел еще и склад барахла! Вы не поверите, сколько там было всего: одежда, обувь, перчатки, шляпы, рукавицы... Мы стали там лазить везде. Нашли кучу пуговиц, коллекцию камней, мешочек — уж простите меня, миссис Дэй, — с марихуаной, стопку журналов, исписанных печатными буквами, словно кто-то тренировался писать по-английски. Еще там был большой моток веревки, расчески для волос, пара ржавых ножниц и такие, знаете, самодельные куклы... В общем, там явно жила какая-то коммуна. Возможно, это был лагерь хиппи. Когда я рассказал это все в полиции, они сказали, что обязательно туда сходят и все расследуют, потому что не потерпят в окрестностях нашего города никаких этих самых... детей природы.

— Правильно сказали, — поджала губы мама.

— Что ты имеешь против «детей природы»? — возмутилась Элизабет.

— Против природы я ничего не имею.

— Кто бы там ни жил, — продолжал Джимми, — они ушли еще до того, как там появился я. Оскар рассказал, как он очутился в яме. Его похитила банда детей, которые играли то ли в пиратов, то ли в разбойников. Они привязали его к дереву, а потом один надел маску и стал похож на Оскара. Он затащил его в эту яму и забрал у него одежду. А сам потом вылез и накрыл яму крышкой.

Кто-то из хобгоблинов решил не возвращаться к людям. Я попытался вспомнить, кто же был следующим в очереди?

— Оскар говорит, что остальные дети так больше и не появились. Он просидел там целые сутки, пока не пришел я. Мне как-то не очень верится в его рассказ, но он многое объясняет. Например, кучу старой детской одежды.

— Или труп этого мальчика в реке, — сказала мама.

— А может, тот мальчик был просто похож на Оскара, поэтому он и подумал, что тот надел маску, — сказала Элизабет.

— Папа всегда говорил, что у каждого из нас есть двойники, — добавила Мэри.

— Сказочная какая-то история, — подвела итог мама.

И они рассмеялись, но мне было не до смеха. Я прижался лбом к холодному стеклу и стал высматривать тех, о ком старался забыть. Земля медленно впитывала оставшиеся после грозы лужи.

Глава 20

У нас больше не было дома. Сначала полицейские с собаками обшарили весь лагерь в поисках брошенных нами вещей. Потом пришли люди в черных костюмах и долго все фотографировали. За ними прилетел вертолет и завис над поляной, снимая протоптанные нами в лесу тропинки. Несколько десятков солдат собрали все наши вещи и увезли их в коробках и сумках. Потом еще какие-то люди с кучей аппаратуры долго лазили по туннелям. Несколько недель спустя, ломая деревья, прибыла тяжелая техника, с помощью которой рабочие перекопали всю поляну и засыпали туннели. Затем они облили то, что осталось от нашего лагеря, бензином и подожгли. К концу лета на месте нашего дома остались только кучи пепла и несколько почерневших стволов.

Мы скучали по нашей поляне. Я не мог уснуть, не видя над собой привычную картину: звездное небо, обрамленное знакомыми кронами. Каждый ночной шорох — будь то хрустнувшая ветка или шуршание мыши в кустах — заставлял просыпаться. Даже днем нам не было покоя. Смолах раз по десять за час оглядывался по сторонам.

Спрятавшись в ветвях какого-нибудь огромного дуба или укрывшись в расщелинах скал, мы горевали о своей потере. Бульдозеры сравняли с землей заросли нашего малинника, экскаваторы выкорчевали черемуховую рощу. Люди стерли с лица земли, как ластик стирает буквы с листа бумаги, все, что было нам так дорого. Наш лагерь возник еще в те времена, когда первые французские переселенцы, торговцы пушниной, отвоевали эти территории у индейцев. А теперь мы были просто толпой бродяг, затерянных не только во времени, но и в пространстве.

Мы никак не могли расстаться с насиженным местом, и все лето ошивались возле нашей поляны, наблюдая за тем, как ее увечат. Если раньше нас окружал дикий лес, то теперь всюду шныряли люди, собаки и машины. Даже ходить днем стало небезопасно, достать еды было негде, мы начали голодать. Если кто-нибудь решался на вылазку, почти всегда это заканчивалось плохо. Однажды Раньо и Дзандзаро попытались сходить в город за продовольствием, но их заметил патрульный офицер полиции и начал преследовать. Им едва удалось скрыться.

Людям зачем-то понадобилось строить дорогу от шоссе до нашей поляны. Грузовики привозили кучи гравия на строительную площадку, и Луковка с Чевизори даже придумали себе развлечение — по ночам, когда работы прекращались, они рылись в кучах щебенки, пытаясь найти там красивые камушки. Однажды они так увлеклись, что не заметили подкравшегося к ним охранника, и тот схватил обеих за шкирки. К счастью, Луковке удалось извернуться и укусить его за ладонь. А зубы у нее еще те. Теперь этот работяга может гордиться: он единственный человек в мире, у которого есть шрам от укуса феи.

В другой раз Лусхог обнаружил в кабине одного из грузовиков початую пачку сигарет, лежавшую на переднем сиденье. Он влез внутрь, но случайно задел коленом клаксон на руле. Тут же из деревянного сортира выскочил шофер и, застегивая на ходу штаны, бросился к своей машине. Лусхог успел незаметно выскользнуть наружу и скрыться в лесу, но так как ему очень уж не терпелось закурить, он, едва зайдя в заросли, чиркнул спичкой, прикурил сигарету и жадно затянулся. В тот же момент раздался звук выстрела, и над его головой просвистел заряд дроби, потом еще один. Чертыхаясь, смеясь и кашляя, Лусхог бросился наутек.

После всех этих инцидентов Бека решил ограничить нашу свободу передвижения. Он запретил нам ходить по одному, а в дневное время — вообще появляться на открытых пространствах. Также он отменил любые вылазки в город, и я скучал по нашим с Крапинкой походам в библиотеку, по уютной тишине подвального убежища... Все мои книги и записи были утеряны. Осталась лишь тетрадка Макиннса да изображение женщины в красном плаще. Я довольно долго не вел дневник, и потому можно сказать, что этого времени не было вовсе.

Чтобы добыть какое-то пропитание, Раньо, Дзандзаро и я сплели силки и после долгих мучений поймали несколько рябчиков. Весь клан устроил по этому поводу праздник. Мы вместе ощипали птиц и вплели их перья себе в волосы, как гуроны. А потом, наплевав на предосторожности, разожгли костер и зажарили дичь на вертелах. Когда после пира костер потух, мы завалились вокруг него спать, и ночь укрыла нас теплом уходящего лета, как будто наши матери вдруг вернулись к нам и подоткнули детские одеялки под наши спинки.

Утром Бека, надев на себя, как всегда, маску «самого главного», произнес речь в стиле Игеля:

— Мы разозлили людей, и покоя нам теперь не будет. Очень плохо, что мы потеряли этого мальчика, но было бы гораздо хуже, если бы мы теперь таскали его с собой.

Луковка, любимица Беки, теперь играла роль шута при короле Лире:

— Но у них ведь есть Игель! Чего им еще надо?!

— Она права. Они же нашли своего «Оскара», — присоседилась Киви. — Это мы потеряли одного из наших, а не они. Чего ж они бесятся?

— Это не из-за мальчишки. Просто они обнаружили нас. Обнаружили наш лагерь. И теперь не отстанут от нас до тех пор, пока не поймают или не прогонят прочь. Сто лет назад в этих местах водились койоты, волки, пумы... Каждую весну сюда прилетали огромные стаи птиц, а в реке было полно рыбы. Встречались даже черепахи. Я помню времена, когда в сараях у людей сушились по сотне волчьих шкур. Где теперь это все?! Люди истребили и уничтожили все живое вокруг себя. Игель был прав: мир меняется, и скоро в нем не останется места для нас.

Я внимательно слушал речь нашего нового лидера, но вдруг заметил, что всем остальным на его слова наплевать. Они о чем-то перешептывались и хихикали, а Смолах вообще отвернулся и рисовал прутиком на земле какие-то фигуры. Бека тоже это заметил:

— Вы думаете, что лучше меня знаете, что нужно делать? — закричал он.

Смолах даже не пошевелился.

— Я самый старший из вас, и по закону должен быть главным! И я не потерплю, чтобы кто-то усомнился в моей власти.

Крапинка поспешила его успокоить:

— Никто и не оспаривает твою власть. Все будет по закону.

— Я тут набросал карту окрестностей, — тихо сказал Смолах. — Давайте обсудим, куда нам идти.

Проворчав нечто невнятное, Бека схватил Луковку за руку и потащил ее прочь. Остальные тоже разошлись кто куда, а мы — Смолах, Лусхог, Крапинка, Чевизори и я — сгрудились над нарисованной на земле картой. Мне раньше не приходилось видеть карт, поэтому я разглядывал рисунок Смолаха с большим интересом. Извилистые линии явно изображали реки и ручьи. А что означали пересекавшие их прямые и все эти квадраты, змейки и перечеркнутые крестом овалы?

— Я думаю, идти надо сюда, — Смолах показал в правый нижний угол своего рисунка. — На восток нельзя, там большой город. Лучше всего — на юг, за эту реку. Она отсечет нас от людей на какое-то время. Но если мы разобьем лагерь за рекой, нам придется всякий раз переправляться через нее, чтобы сходить в город за продовольствием и одеждой. А река — это всегда опасность.

— Скажи это Оскару Лаву, — криво усмехнулась Чевизори.

— А может, на той стороне есть какой-нибудь другой город, где есть и еда, и вещи? — предположил Лусхог.

— Не узнаем, пока не переправимся.
— Можно послать туда разведчиков.
— Я предлагаю остаться на этом берегу, — сказала Крапинка. — Можно пройти вдоль реки туда, где она поворачивает на север.
— А с чего ты решила, что она повернет на север? — спросила Чевизори.
— Я там была.

Мы посмотрели на Крапинку с удивлением, так, словно она побывала на краю света.

— Всего два дня пути, — сказала она.
— Я согласен с Крапинкой, — сказал я. — Лучше уж два дня идти до города, чем каждый раз переправляться через реку.
— Тогда пойдем, скажем Беке, — предложил Лусхог.

Тот валялся в кустах и храпел, одной рукой обняв Луковку, но она не спала. Увидев нас, Луковка приложила к губам палец, чтобы мы говорили потише. Послушай мы ее совета и отложи разговор на потом, возможно, Бека повел бы себя иначе. Но Крапинка никогда не отличалась терпением, она подошла к Беке и пнула его.

— Чего надо? — сказал жабеныш, проснувшись.

С тех пор, как Бека стал предводителем, он старался казаться выше, чем есть на самом деле. Он встал и поднялся на кочку.

— Нам надоела такая жизнь, — сказала Крапинка.
— Спать каждый раз на новом месте, — добавила Чевизори.
— А я не курил с того момента, когда тот тип чуть не прострелил мне башку, — усмехнулся Лусхог.

Бека потер лицо ладонями, прогоняя остатки сна, а потом заходил перед нами туда-сюда. Остановился, заложил руки за спину, и посмотрел на нас, всем своим видом показывая, что не намерен сейчас разговаривать. Но мы не ушли. По верхушкам деревьев пронесся порыв ветра.

Смолах шагнул к Беке.

— Во-первых, хочу сказать, что не посягаю на твое лидерство, потому что уважаю наш закон. Но так больше продолжаться не может. Нам нужен новый лагерь, чтобы рядом была вода, и чтобы мы могли ходить в город за едой. Поэтому мы решили...

Бека метнулся к нему как кобра, схватил пальцами за горло и сжимал до тех пор, пока Смолах не упал на колени.

— Решаю здесь я. А вы только слушаете и подчиняетесь. Понятно?

Чевизори попыталась прийти Смолаху на помощь, но Бека ударил ее по лицу тыльной стороной, и она упала. Бека ослабил хватку, и Смолах тоже рухнул на траву, жадно хватая ртом воздух. Бека поднял палец к небу и рявкнул: «Это я найду для нас дом. Не вы». Схватив Луковку за руку, он потащил ее прочь. Я посмотрел на Крапинку в поисках поддержки, но она впилась взглядом в ненавистную спину так, будто собиралась прожечь в ней дыру.

Глава 21

Я был единственным человеком, который знал, что на самом деле произошло в лесу. Из рассказа Джимми я узнал, кто утонул на самом деле. Без сомнения, это дело рук подменышей, и все обстоятельства говорили о неудачной попытке похищения. Мертвое тело принадлежало подменышу, одному из моих старых друзей. Я вспомнил лицо того, кто был следующим в очереди, но забыл все имена. Моя жизнь среди них, особенно в последние годы, состояла из одного сплошного ожидания того дня, когда я смогу вернуться в мир, который стоял на ступень выше. Проходили десятилетия, лица менялись, одни уходили, на их место приходили другие; каждый из нас в конце концов становился подменышем, занимая место украденного ребенка. Со временем я их всех возненавидел, а потом долго старался стереть из памяти воспоминания о них. Неужели я сказал, что погиб мой друг? У меня там не было друзей.

Меня, конечно, порадовало, что одним чертенком в лесу стало меньше, но рассказ Джимми Каммингса о маленьком Оскаре взволновал до такой степени, что ночью мне приснился похожий на него мальчик, который сидел за пианино в старомодно обставленной гостиной. В кованой клетке прыгает пара зябликов.

На столе блестит самовар. На каминной полке стоит ряд книг в кожаных переплетах с золотыми тиснеными готическими буквами на чужом языке. Стены гостиной обиты малиновым штофом, тяжелые темные шторы на окнах скрывают солнце, изящный диванчик накрыт кружевной накидкой. В комнате мальчик один, и несмотря на жару и влажность, он в шерстяных панталонах, в застегнутых ботинках на пуговках, в накрахмаленной синей рубашке с большим галстуком, похожим на рождественский бант. Его длинные волнистые волосы ниспадают на плечи, а он склонился над клавишами и, зачарованный звуками, упорно отрабатывает этюд. Сзади к нему подходит еще один мальчик, такой же длинноволосый, такого же сложения, но голый, и он крадется на цыпочках.

Мальчик продолжает играть, не замечая опасности. Из-за занавесок, из-под диванчика, из-за шкафа и из-под обоев появляются, будто дым, другие хобгоблины. Зяблики кричат и бьются о прутья клетки. Мальчик прекращает играть, поворачивает голову. Я уже видел его раньше. Лесные твари всей толпой бросаются на него: один затыкает ему рот и нос, другой хватает за ноги, третий за руки. Из-за закрытой двери слышится мужской голос: «*Was ist los?*»[43] Потом удар, стук в дверь, и она распахивается. На пороге появляется крупный мужчина с потрясающими бакенбардами: «Густав?» Это отец. Он кричит, и несколько хобгоблинов бросаются к нему, страясь задержать, а другие хватают мальчика. «*Ich erkenne dich! Du willst nur meinen Sohn!*»[44]

---

[43] Что случилось? (*нем.*)

[44] Я тебя узнал! Тебе нужен только мой сын! (*нем.*)

Я видел ярость, какой горели глаза подменышей, чувствовал страсть, с какой они атаковали. Где мой отец? Чей-то голос врывается в мой сон: «Генри, Генри», — и я просыпаюсь на мокрой подушке среди скомканных простыней.

Зевнув, я крикнул вниз, что устал и лучше меня не трогать. Мать, повысив голос, сообщила через дверь, что мне звонят и что она не секретарша. Я накинул халат и спустился в гостиную.

— Генри Дэй у телефона, — пробормотал я сонным голосом.

Она засмеялась.

— Привет, Генри. Это Тесс Водхаус.

Она в жизни бы не догадалась, почему я не сразу ответил.

— Когда мы нашли мальчика. Первого. Я была в «скорой помощи».

— Точно, в белом халате. Тесс, Тесс, здравствуй.

— Джимми Каммингс посоветовал позвонить тебе. Хочешь, как-нибудь поболтаем?

Мы договорились встретиться вечером после ее работы, и она продиктовала мне свой адрес. Я записал, а внизу машинально вывел: «Густав».

Она открыла дверь и вышла мне навстречу. Мы стояли на крыльце ее дома, и низкое солнце, бившее ей в спину, просвечивало сквозь платье, обрисовывая фигуру. Я до сих пор помню эту картинку: ассиметричные пятна ирисов на ее теле и маленькая, бешено пульсирующая синяя жилка на правом виске, выдающая ее возбуждение...

Мы поехали кататься, и ветер развевал ее волосы... Когда она смеялась, то запрокидывала голову, и я едва сдерживался, чтобы не впиться губами в ее зовущую шею... Я мчался, словно на авторалли, хотя в нашем городишке ехать было совсем некуда... Тесс выключила радио, и мы поведали друг другу про то, что с нами произошло за последнее время. Она рассказала, как училась в муниципальной школе, затем в колледже, на медсестру. Я — о последних годах в католической школе, откуда она ушла, и о незаконченном колледже. Мы купили жареную курицу в новой закусочной, что открылась недавно в нескольких милях от города, остановившись у «Оскар-бара», стащили бутылку сидра и устроили пикник на опустевшем на время каникул школьном дворе. Там не было никого, кроме пары маленьких красных кардиналов, которые подпевали нашей разгорающейся страсти своими незатейливыми восемью нотами.

— Я всегда знала, что ты очень странная птичка, Генри Дэй. Когда мы учились вместе, ты за все время едва ли сказал мне десяток слов. Но я чувствовала, что ты не такой, как все. Ты слышишь музыку, которая больше никому на свете не доступна.

— Так оно и есть. Слышу постоянно. Когда просто иду по улице или сижу на крыльце и смотрю на закат.

— Со стороны кажется, что ты витаешь где-то далеко, не тут.

— Нет-нет. Сейчас я тут.

Она вдруг изменила тему разговора:

— Этот мальчик Оскар Лав... Как могло так получиться, что у него появился двойник?

— У меня сестры — близняшки, — попытался пошутить я.

— Ну, а сам-то ты что думаешь?

— Я уже подзабыл уроки биологии, но когда одна клетка делится надвое...

Она сцепила пальцы:

— Они не близнецы. Тот, кто утонул, и тот, кто потерялся.

— Я их не знаю.

Тесс глотнула вина и вытерла руки носовым платком.

— Ты странный тип, но мне это в тебе как раз и нравится. Нравилось. Еще с детского сада...

Я насторожился. В детском саду это был еще не я.

— Мне всегда хотелось услышать мелодию, которая звучит у тебя в голове, — она откинула волосы и поцеловала меня.

Я отвез ее домой, мы еще раз поцеловались на крыльце, и я, окрыленный и счастливый, поехал к себе.

Мама сидела перед телевизором с бутылкой вина в руке. Я вдруг осознал, как сильно она постарела за последние пару лет...

— Ну, и как свидание, сынок? — спросила она, не отрывая взгляда от экрана.

— Отлично, мама, прекрасно.

— Будете встречаться?

— Надеюсь.

— Прости, тут передача, которую я ждала целую неделю.

— Прощаю.

Тесс изменила мою жизнь, изменила всё. После нашего экспромта в школьном дворе мы стали встречаться каждый день того чудесного лета.

Я помню, как мы сидели бок о бок в парке на скамейке, держа свой обед на коленях, как болтали, щурясь на солнце. Когда она поворачивалась ко мне, ее лицо сияло, и я, чуть прикрывая глаза, продолжал смотреть на нее. Она рассказывала о себе, и мне хотелось слушать и слушать, чтобы лучше ее узнать и все запомнить. Я сохранял в памяти каждое случайное прикосновение, впитывал ее тепло. Благодаря ей я стал ощущать себя живым и полноценным человеком.

Четвертого июля Оскар не стал открывать бар, а устроил пикник на берегу реки, пригласив чуть ли не полгорода. Он решил отблагодарить всех, кто принимал участие в поисках его племянника: полицейских, пожарных, врачей, медсестер, волонтеров, вроде нас с Джимми и Джорджем; пригласил он также всех одноклассников Оскара с их родителями, учителей и даже священника с муфтием. Праздник удался на славу. Жареные цыплята, гамбургеры, хот-доги... И даже поросенок на вертеле. Кукуруза, арбузы... Море пива и кое-чего покрепче... Лимонад для детей, мороженое... Специально для этого мероприятия кондитеры сделали гигантский торт с надписью «Спасибо всем!». Вечеринка началась в три часа дня и продолжалась всю ночь. Когда стемнело, пожарные устроили потрясающий фейерверк. Наш городок вместе со всей остальной Америкой отмечал День независимости, хотя к веселью примешивалась горчинка — шла война во Вьетнаме и по всей стране проходили митинги протеста против этой бойни.

Тесс была самой красивой девушкой на вечеринке. Она познакомила меня с кучей ее друзей и коллег, а во время фейерверка мы заметили ее бывшего жениха с новой девушкой. Тесс предложила мне поздороваться с ними. Идея мне не понравилась, но я решил не подавать виду. Я был почти уверен, что знал кого-то из его предков в моей прошлой жизни. — Генри, помнишь Брайана Унгерланда?

Мы пожали друг другу руки. Он представил нам свою новую подругу, и девушки отошли в сторону, предоставив нам возможность поговорить наедине.

— Унгерланд, если не ошибаюсь? Странная фамилия, — сказал я.

— Немецкая, — сообщил он, отхлебнув пива.

— Ты из Германии?

— Мои предки. Наша семья живет здесь уже больше ста лет...

Его слова утонули в грохоте петард.

— Они приехали в Америку из небольшого немецкого городка под названием Эгер, но все это уже в другой жизни. А твои откуда?

Я соврал ему и внимательно следил за тем, как он воспринял мою ложь. Его глаза буравили меня, зубы сжались, брови нахмурились, губы застыли в вымученной улыбке... Если бы его состарить, пририсовать усы и бакенбарды, то — вылитый человек из моего сна. Отец. Отец Густава. Я стряхнул с себя наваждение. Тем более что откуда-то выскочил Джимми Каммингс и здорово напугал меня. Он захохотал над тем, как перекосилась моя физиономия, показал на ленту, висевшую у него на шее и проорал прямо в ухо: «Герой дня». И мои губы сами расползлись в улыбке. Тут же нарисовался Оскар-младший, как всегда, немного заторможенный и уже немного замученный всеобщим вниманием, но он приветливо улыбался, когда незнакомые мужчины трепали его по голове, а женщины наклонялись и целовали в щечку.

Это была одна из тех чудесных летних ночей, которые запоминаются на всю жизнь. Дети, выписывая сумасшедшие зигзаги, гонялись за светлячками. Хмурые длинноволосые подростки перебрасывались в мяч с краснолицыми, стриженными под ежик полицейскими. В середине ночи, когда многие уже ушли домой, Льюис Лав поймал меня за пуговицу и говорил, как никогда, долго. Но я его слушал плохо, потому что наблюдал за Тесс, которая о чем-то оживленно беседовала со своим бывшим женихом под темным вязом.

— Я все понял, — говорил Льюис. — Он просто заблудился в лесу, а потом провалился в нору, этого, как его, блин, енота... или крота...

Тесс взяла Унгерланда за руку, они начали смеяться.

— А потом, да, ему приснилось...

Они стояли и смотрели друг другу в глаза так серьезно, будто хотели что-то сказать без слов, а потом к ним подошел Оскар-старший и присоединился к их разговору. Он был пьян и счастлив.

— Лично я думаю, что это был просто старый лагерь хиппи.

Мне больше всего хотелось, чтобы Льюис заткнулся. Теперь Унгерланд взял Тесс за руку, и они снова принялись хохотать. Она касалась своих волос, кивала ему в ответ.

— Другой мальчик убежал, наверное, откуда-то, но как его жаль...

Тесс посмотрела на меня как ни в чем не бывало и помахала рукой.

— ...ты ведь не веришь во все эти сказки про фей, да?

— Ты прав, Льюис. По-моему, отличная теория. Единственное возможное объяснение.

Не дав ему возможности поблагодарить или произнести что-то еще, я быстро направился к Тесс. Заметив это, Оскар и Брайан перестали улыбаться и уставились на звезды, как будто ничего важнее для них в этом мире не было. Не глядя на них, я подошел к Тесс и пошептал ей на ухо то, что мне давно хотелось ей сказать, а она обняла меня, сунув руку под рубашку, и принялась чертить ноготками круги на моей спине.

— О чем говорили, парни? Расскажите.

— Мы говорили о тебе, — простодушно сообщил Брайан. Оскар при этих словах уставился на горлышко своей бутылки и смущенно закашлялся.

Я обнял Тесс и увел от них, она положила голову мне на плечо и ни разу не оглянулась. А потом она потянула меня в лес подальше от толпы, легла на траву среди папоротников и поманила к себе. В теплом, тяжелом воздухе слышались голоса, но это лишь добавляло остроты. Она выскользнула из трусиков, расстегнула мой ремень. Возле реки смеялись несколько мужчин. Поцеловав меня в живот, она быстро стянула с меня штаны. Где-то далеко девушка пела о своем возлюбленном, и голос ее доносило ветром. У меня вдруг все поплыло перед глазами, стало очень тепло, и на мгновение показалось, что кто-то идет к нам через лес. Тесс села на меня сверху и стала раскачиваться, не сводя с меня глаз, ее длинные волосы легонько щекотали грудь и лицо. Я забрался к ней под футболку. Она не отвела взгляда.

— Ты знаешь, где ты сейчас, Генри Дэй? — спросила Тесс.

Я закрыл глаза.

— Ты знаешь, кто ты такой, Генри Дэй?

Ее волосы касались моего лица. Кто-то загудел автомобильным клаксоном, и машина тронулась с места. Тесс выгнула спину, и я вошел в нее.

— Тесс...

Я повторял ее имя снова и снова. Кто-то бросил в реку бутылку, и та плюхнулась в воду с громким плеском. Пьяный Джимми Каммингс заорал откуда-то от площадки для пикника:

— Генри, спокойной ночи!

Тесс хихикнула, скатилась с меня и наклонилась за своей одеждой. Я смотрел, как она одевается, и даже не сразу понял, что впервые за много лет мне не было страшно в лесу.

Глава 22

Мы чувствовали, что вот-вот произойдет что-то ужасное, и боялись этого. Под предводительством Беки мы шныряли по лесу и ни разу не оставались на одном месте больше, чем на три ночи. Пока Бека делал вид, что он ищет выход из тупика, мы медленно разлагались. Мы дрались из-за еды, воды и лучших мест для ночлега. Раньо и Дзандзаро перестали следить за собой и ходили грязные и вонючие. Чевизори, Бломма и Киви молчали целыми днями. Даже неразлучные друзья — Лусхог и Смолах — постоянно ссорились. Крапинка ушла в себя и старалась проводить больше времени в одиночестве. Когда однажды она предложила мне погулять с ней, я с радостью откликнулся на ее приглашение.

Затянувшееся бабье лето превратило осень в новую весну, по второму разу зацвел шиповник, и снова стали появляться ягоды. Пчелы одурели от такого подарка природы и, вместо того чтобы готовиться к зимней спячке, принялись опять собирать мед. Птицы не спешили улетать на юг. Даже деревья не торопились желтеть и сбрасывать листву.

Мы сидели на краю скалы и любовались закатом. Она положила голову мне на плечо. В кустах копошились дрозды-рябинники и клевали ягоды.

— Посмотри на них. Разве они не прекрасны?

— Знаешь, кого я увидел первым, когда очнулся после вашего «крещения» в лагере? Ворон. Я следил за ними месяцами. Они каждое утро куда-то улетали и каждый вечер возвращались.

— А я помню, что когда ты появился у нас, ты все ночи напролет плакал, как ребенок.

— Но ведь я и был ребенок...

— А мне хотелось взять тебя на ручки и качать, будто я уже старая-старая бабка, а ты — мой внучок.

— Ты ведь помнишь, как все это происходило. Как вы готовились... Выслеживали меня и моих родителей... Ты ведь тоже в этом участвовала... Как это было? Почему вы выбрали меня? Как моя мать относилась ко мне?

— Конечно, я в этом участвовала. А как иначе? Я как раз и должна была следить за твоей матерью. Она любила сажать тебя к себе на колени и читать сказки. Она называла тебя «мой человечек», постоянно целовала и обнимала тебя, а ты всегда вырывался. А потом, когда родились твои сестры, ты взбесился.

— Сестры? Я думал, что у меня была только одна сестра...

— Две милые близняшки. Не помнишь?

Что-то всколыхнулось в моей памяти, но тут же угасло.

— После того как они родились, твоя мама все свое внимание переключила на них. И ты очень страдал от этого. Мы видели, что тебе ужасно одиноко. Ты же знаешь, мы выбираем только тех, «которые несчастливы». Так гласит закон. И она еще постоянно ссорилась с твоим отцом. Упрекала его, что он мало зарабатывает... Каждый вечер за ужином она пилила его: «Где деньги? Где деньги? Нам не хватает денег, а ты не можешь их заработать... Неудачник... Зачем я только за тебя вышла... У других, вон, денег полно, а у нас... Считаем каждую копейку...» Деньги, деньги, деньги... Людям так нужны деньги. Они готовы убивать ради них, и что гораздо хуже — убивать свою любовь... Мне было даже жалко его. И тебя. «Несчастливый ребенок». Идеальный клиент для киднеппинга. Потом тебя все это достало, и ты убежал из дома.

Крапинка погладила меня по голове и положила свою руку на мою.

— Твоя мама попросила тебя приглядеть за сестрами, а сама пошла принимать душ, жара стояла ужасная. А ты, я как сейчас помню, сказал им: «Сидите тихо, я не собираюсь быть вашей нянькой!» Вышел из дома и стал бродить по лужайке у дома. Я помню даже, как выскакивали кузнечики у тебя из-под ног в тот вечер. А потом твоя мать вышла из душа, увидела, что тебя нет, а твои сестры ползают по дому без присмотра... Она выскочила и ударила тебя какой-то колотушкой. Я все это видела. А вечером, после ужина, ты ушел из дома. Ты что, правда не помнишь этого?

— Нет.

— Мы окружили тебя и смотрели, как ты шел вдоль ручья, потом сел и стал есть печенье, которое утащил из дома, а мы подбирались все ближе и ближе. Потом я, да-да, именно я, заморочила тебя и привела к этому дуплу, где ты спрятался на ночь.

Она поцеловала меня в макушку, как мать сына.

— Когда мы вернемся в тот мир, — спросил я ее, — мы сможем опять встретиться, как люди?

Я хотел, чтобы она рассказала мне еще что-нибудь про меня, но она ответила, что и так уже наговорила лишнего, и мы стали собирать ягоды. Хотя погода стояла абсолютно летняя, наклона земной оси никто не отменял, и дни становились все короче, поэтому ночь настала внезапно, как будто кто-то хлопнул в ладоши. Мы возвращались в лагерь, осененные планетами, звездами и бледной, восходящей луной. Нас встретили деланными улыбками, и я подумал, почему никто, кроме нас с Крапинкой, не наслаждается этим затянувшимся летом, не наблюдает за дроздами, не любуется закатами, не мечтает?.. Они сидели вокруг костра и ели деревянными ложками кашу из деревянных мисок, а потом вылизывали их до блеска. Мы высыпали перед ними кучу малины, и они набросились на нее, смеясь и толкаясь, и губы их стали красными, как от поцелуев.

Утром Бека сказал, что нашел для нас новый дом: «Нас там никто не найдет, и там абсолютно безопасно». Он привел нас к подножию крутого, безлесного холма. Самое отвратительное место, которое я когда-либо видел. Это была голая скала, на которой не росло ни одной травинки. Казалось, что даже птицы облетали его стороной. Впрочем, вскоре мы познакомились с целой колонией летучих мышей. Пока мы поднимались по склону, я задавался вопросом, что заставило Беку избрать это ужасное место. Любой другой бы прошел мимо с отвращением. Бесплодный, как Луна, пейзаж навевал грустные мысли.

Наконец мы подошли к небольшой трещине в скале и один за другим протиснулись в нее. Переход от ласкового тепла позднего лета к замогильному холоду горы ощущался как прыжок в ледяной бассейн. Когда мои глаза привыкли к темноте, я спросил: «Где это мы?»

— Шахта, — ответила Крапинка. — Заброшенная шахта для добычи угля.

Бека зажег факел и криво усмехнулся:

— Добро пожаловать домой.

Глава 23

Я чувствовал, что должен обо всем рассказать Тесс, рассказать с самого начала, но кто знает, где оно, это начало? Я боялся испугать ее своей историей, но и скрывать от нее ничего не хотел. И это противоречие терзало меня. Несколько раз я пытался выдать всю правду о себе, но всегда останавливался на полуслове, словно какой-то злой демон зажимал мне рот.

В День труда мы пошли на бейсбол. Наша команда противостояла ребятам из Чикаго. Я внимательно следил за тем, как их раннер приближается ко второй базе, когда Тесс сказала:

— Какие планы насчет *The Coverboys*?
— Планы? Да нет никаких планов.
— А слабо записать альбом?

Она впилась зубами в хот-дог. Наш питчер обманул их бэттера, и Тесс заорала с набитым ртом. Она обожала бейсбол, а я ей просто подыгрывал.

— Какой еще альбом? Каверы чужих песен? Думаешь, кто-то станет покупать копию, когда есть оригинал?
— Ну, тогда запишите свою музыку, — посоветовала она между подачами.
— Свою? Ее надо сочинить сначала...
— Ну так сочини. У тебя классно получится, я уверена. Вот какую бы музыку ты хотел написать?

Я посмотрел на нее. В углу ее рта прилипла какая-то крошка. Кусочек булки от хот-дога, наверно... Мне захотелось его слизнуть.

— Я написал бы симфонию и посвятил ее тебе.

Она сама слизнула крошку.

— Ну так за чем же дело стало? Напиши. И посвяти.

— Для этого мне нужно закончить обучение.

— Ну так продолжи. В чем проблема?

Ни в чем. Близняшкам не надо заканчивать школу. Моей матери не нужны те деньги, которые я зарабатываю в баре, ведь дядя Чарли из Филадельфии звонит ей по десять раз на дню и предлагает помощь. *The Coverboys* легко найдут себе нового клавишника.

— Я слишком стар для этого. Мне скоро двадцать шесть, а большинству студентов нет и восемнадцати. Я в другой лиге.

— Человек стар настолько, насколько он считает себя старым.

Ну да, сколько же мне тогда? Сто двадцать пять? Или сто тридцать? До конца матча мы не произнесли больше ни слова. В машине Тесс переключила радио с рок-н-ролла на классику, а когда заиграла «Пятая симфония» Малера, положила голову мне на плечо, закрыла глаза и заслушалась.

Мимо нас проплывали желто-зеленые деревья, освещенные сентябрьским закатным солнцем, я представил себе, как бы это все смотрелось в цветном кино, под эту музыку...

Потом мы долго сидели на крыльце нашего дома. Тесс качалась на качелях, а я тихонько пел для нее. Ей очень нравилось, когда я пел для нее. Ее присутствие, первые звезды, восходящая луна, стрекот сверчков и мотыльки, летящие на свет, ласковый, теплый ветер — что еще нужно для счастья?

— Ты думаешь, кому-то будет нужна моя симфония, кроме тебя?

— Генри, если у тебя есть мечта, у тебя есть только два пути: воплотить ее в жизнь или отказаться от нее.

— Сейчас мне кажется, что важнее найти нормальную работу, купить дом, жить обычной жизнью.

Она взяла мою руку в свои ладони:

— Если ты не поедешь со мной, я буду скучать по тебе.

— Что значит «не поедешь со мной»?

— Я ждала удобного случая, чтобы признаться тебе. Я поступила в колледж. Хочу выучиться на магистра, пока не стало слишком поздно, как ты говоришь. Не хочу потом всю жизнь жалеть о том, чего не сделала.

Она прикоснулась к моему колену и прижалась ко мне, а я вдыхал запах ее волос. Вечер проходил мимо. Самолет оставил в небе золотую полоску, казалось, что он вот-вот сядет где-то на Луне. Тесс задремала в моих объятиях и проснулась лишь в начале одиннадцатого.

— Мне пора, — сказала она и поцеловала меня в макушку. Мы спустились с крыльца, и я проводил ее до машины.

— Я могу возить тебя на учебу.

— Отличная идея. Может, это и тебя подвигнет на подвиги ради высшего образования.

Она послала мне воздушный поцелуй и уехала. А я пошел спать в дом Генри Дэя, в комнату Генри Дэя, в постель Генри Дэя.

Для меня осталось загадкой, что заставило Тесс выбрать детоубийство темой для своего исследования по социологии семьи. Ведь были же и другие: соперничество между детьми, бремя первенца, эдипов комплекс, уход отца, наконец. Но она предпочла детоубийство. А мне не оставалось ничего другого, как ходить вокруг кампуса или ездить по городу и окрестностям, пока она сидела на занятиях. Иногда я помогал ей искать материалы в библиотеке. Когда учебный день заканчивался, мы устраивались в каком-нибудь кафе, и она рассказывала мне о том, как продвигается ее работа, но почти всегда наши разговоры завершались тем, что мне нужно вернуться в колледж и продолжить обучение.

— Ты знаешь, в чем твоя проблема? — обычно спрашивала Тесс. — Отсутствие дисциплины. Ты хочешь стать великим композитором, а сам не написал еще ни одной песни. Генри, настоящее искусство — это не витание в облаках и не построение планов, а тяжелый труд.

Я погладил фарфоровую ручку кофейной чашки.

— Пора уже начинать, Шопен! Перестань мечтать и начни взрослеть. Вылезай ты уже, наконец, из-за своей барной стойки и возвращайся в колледж! Будем учиться вместе.

Я старался не показывать раздражения, но Тесс явно принимала меня за какую-то паршивую овцу и продолжала атаковать.

— Я все про тебя знаю. Твоя мать рассказала мне все о настоящем Генри Дэе.

— Ты говорила с моей матерью обо мне?

— Она сказала, что ты за одну ночь превратился из беззаботного мальчика в унылого старика. Милый, ты должен перестать фантазировать о ненаписанных симфониях и начать жить в реальном мире.

Я поднялся со стула и, перегнувшись через стол, поцеловал ее.

— Лучше расскажи мне, почему родители убивают своих детей.

Мы уже несколько недель работали над ее проектом. Я сам увлекся этой темой. Даже на танцах или в кино мы часто беседовали на эту тему, пугая невольных слушателей. Несколько раз я ловил исполненные ужаса взгляды людей, уловивших обрывки нашего разговора о детоубийцах. Тесс погрузилась в изучение исторических аспектов вопроса и перебрала гору статистических данных. Я пытался помочь ей в этом. Во многих древних сообществах рождение девочки считалось нежелательным, она была никчемным работником и не имела права на наследство. Потому часто случалось, что новорожденных дочек убивали. В менее патриархальных культурах, особенно часто в периоды голода и неурожая, детей убивали из-за того, что не могли их прокормить. Мы с Тесс часами обсуждали, как родители выбирали, какого ребенка оставить в живых, а какого убить. Доктор Лорел, который вел семинар, предложил Тесс обратиться к фольклору и мифологии, чтобы найти ответ на этот вопрос. Так я наткнулся на эту статью.

Исследуя книжные полки, на которых хранились журналы разных научных обществ, я заинтересовался названием одного из них: «Миф и общество», начал просматривать содержание, и тут мое внимание привлекло знакомое имя — Томас Макиннс. Заголовок его статьи пронзил меня, словно скальпелем: «Подменыш. Украденный ребенок».

Сукин ты сын!

Согласно теории Макиннса, в Средние века в Европе существовало поверье — если в семье рождался ребенок с физическими недостатками, считалось, что его в младенчестве подменили черти или гоблины. Родителям приходилось выбирать: растить дьявольское отродье или же убить его. В Англии таких детей называли «подменышами» или «детьми фей», во Франции — *enfants changés*, в Германии — *Wechselbalgen*. Выдавало их либо внешнее уродство, либо умственная отсталость. Родители имели полное право отказаться от такого ребенка. Чаще всего его уносили в лес и оставляли там, то есть возвращали тем тварям, которые его подбросили. Дети либо умирали в лесу, либо доставались на растерзание диким зверям.

В статье пересказывалось несколько преданий на эту тему, в частности французская легенда о Святом Псе. Один человек вернулся домой и не нашел в колыбели своего ребенка. Тогда он посмотрел на собаку, которой доверил охранять дитя. Вся ее морда была в крови. Подумав, что собака съела ребенка, мужчина избил ее до смерти. Но потом услышал детский плач, заглянул под колыбель и обнаружил там невредимого мальчика, рядом с которым валялся труп змеи. Оказалось, пес убил змею, вползшую в детскую, и спас малыша. Осознав ошибку, человек построил в лесу часовню в честь погибшей собаки, и к этой часовне родители относили своих «подменышей» с записками к Святому Псу: «*À Saint Guinefort, pour la vie ou pour la mort*»[45].

---

[45] Святой Гинфорт, для жизни или для смерти? (*фр.*); Гинфорт — кличка пса.

«Эта форма детоубийства, основанная на малой вероятности выживания ущербного ребенка в будущем, — писал Макиннс, — стала частью фольклора и основой для множества мифов и легенд, распространившихся в девятнадцатом веке в Германии, на Британских островах и во многих европейских странах, а затем перенесенных эмигрантами за океан. В 1850 году в одном небольшом шахтерском городке в Западной Пенсильвании пропало одновременно двенадцать детей. Их так и не нашли, но местные предания говорят о том, что они до сих пор живут где-то в предгорьях Аппалачей.

Интересный случай, иллюстрирующий психологическую подоплеку этой легенды, связан с одним молодым человеком, назовем его "Эндрю", который под гипнозом рассказал мне, что в детстве его похитили "хобгоблины". Недавнее обнаружение утонувшего тела неопознанного ребенка в тех же местах может косвенным образом свидетельствовать о том, что в этих легендах есть доля истины. Этот молодой человек сообщил также, что "хобгоблины" живут небольшой общиной в лесу и время от времени крадут у местных жителей детей, чтобы занять их место. Появление мифа о "подменышах" в общественном сознании отражает подсознательный социальный протест общества против проблемы похищения и пропажи детей».

Вот ведь гад! Мало того что обманул меня, так еще и использовал мои слова против меня самого. Надстрочная звездочка над словом «Эндрю» направляла читателей к сноске внизу страницы, набранной мелким шрифтом:

«Эндрю утверждает, что он и сам был таким "хобгоблином" и жил среди них более ста лет. Он

также убежден, что когда-то был ребенком по имени Густав Унгерланд, и что его родителями — немецкие иммигранты, прибывшие в Америку в девятнадцатом веке. Еще более невероятной является его фантазия по поводу того, что в прошлой жизни он был музыкантом-вундеркиндом и что, когда в конце 1940-х годов вернулся к людям, то сохранил свой талант. Его невероятный рассказ указывает на глубокие патологические проблемы развития, возможно, скрывающиеся в раннем детстве и связанные с некой психологической травмой».

Я прочитал последнее предложение несколько раз, пока его смысл окончательно не дошел до меня. Мне хотелось заорать во всю глотку, найти Макиннса и засунуть его слова ему обратно в пасть. Я вырвал страницы со статьей и бросил изуродованный журнал в корзину для мусора. «Гад! Мошенник! Ворюга!» — бормотал я, шагая между книжных полок. К счастью, мне никто не встретился на пути, потому что я мог бы выместить на первом же попавшемся человеке свою ярость. «Я тебе покажу, патологические проблемы и психологические травмы!»

От звонка лифта я вздрогнул, как от выстрела. Двери открылись, появилась библиотекарша в огромных круглых очках: «Мы закрываемся. Поторопитесь, пожалуйста». Ее спокойный голос утихомирил меня. Я зашел за шкаф, вложил вырванные страницы в папку для бумаг, а папку положил в пакет. Библиотекарша подошла ко мне:

— Вы не слышали? Мы закрываемся.

Я пробормотал извинения и пошел к выходу. Она проводила меня настороженным взглядом, словно видела насквозь.

На улице шел холодный дождь, Тесс, наверное, уже заждалась. Ее занятия закончились больше часа назад, и, наверное, она злится. Но ее злость была ничем по сравнению с гневом, который породило во мне творение Макиннса.

Тесс стояла на углу и держала в руке раскрытый зонт. Она шагнула мне навстречу и взяла меня под руку, а я взял у нее зонт.

— Что случилось, Генри? Ты дрожишь, милый. Ты замерз? Генри? Генри?

Она сжала мое лицо в своих теплых ладонях, и я понял, что сейчас самый подходящий момент, чтобы признаться ей во всем. Я обнял ее и сказал, что очень сильно ее люблю. Но больше не смог ничего произнести.

Глава 24

Мы стали жить в этой норе, хотя было понятно, что заброшенная шахта не лучшее место для дома. В ту зиму я впал в спячку, более глубокую, чем обычно. Просыпался раз в несколько дней, чтобы съесть что-нибудь и сделать несколько глотков воды, потом снова засыпал. С декабря по март большинство из нас находилось в таком состоянии. Жилище наше окутывала тьма, и мы в течение многих недель не видели света. Вход завалило снегом, но холод внутри стоял адский, стены покрылись наледью.

Весной мы выбрались наружу, голодные и исхудавшие. Возле нашего нового жилища почти ничего не росло и не водилось никакой дичи, потому поиски еды стали главной заботой. Бека запрещал уходить слишком далеко от шахты, так что наш рацион составляли главным образом кузнечики, личинки да чай из коры деревьев. Иногда удавалось поймать дрозда или скунса. Только теперь мы осознали, чем для нас был город.

— Эх, я бы сейчас зуб отдал, только чтобы лизнуть мороженое, — сказал как-то Смолах в конце одного из так называемых ужинов. — В городе бананы...

— Малиновый джем на горячем тосте, — мечтательно добавила Крапинка.

— Свинина с тушеной капустой, — подхватила Луковка.

— Спагетти, — начал Дзандзаро, а Раньо закончил:

— С пармезаном.

— Курево, — хмуро поглядел Лусхог на свой пустой кисет.

— Почему бы тебе не разрешить нам сбегать в город, Бека? — спросила Чевизори.

Новоявленный деспот возвышался над нами, сидя на троне из пустых ящиков из-под динамита. Обычно он подавлял любые проявления свободомыслия, но в тот раз, возможно, у него было хорошее настроение.

— Луковка, возьми с собой Бломму и Киви и отправляйтесь в город за продуктами. Постарайтесь вернуться до рассвета. Держитесь подальше от дорог и не рискуйте, — он явно наслаждался своим либерализмом. — И принесите мне пива.

Трое девчонок мгновенно вскочили на ноги и помчались к выходу. Вероятно, если бы жажда пива не заслонила Беке разум, он заметил бы странности в их поведении и увидел бы знаки, которые предвещали беду. Едва они ушли, окрестности заволокло густым туманом. В наступивших сумерках он превратился в непроницаемую мглу, скрывшую все вокруг. Уже в двух шагах не было ничего видно, и мы с тревогой ждали возвращения наших.

Когда все улеглись спать, я остался снаружи у входа в шахту. Вскоре ко мне присоединился Лусхог:

— Не переживай. Туман — это, считай, повезло. Не только они ничего не видят, их ведь тоже не видно. В худшем случае где-нибудь спрячутся и переждут.

Так мы и сидели с ним вдвоем, посреди темноты и пустоты, почти растворившись в тумане, когда чей-то вопль вывел нас из оцепенения. Лусхог поднял с земли сухую ветку, поджег от спички, и мы бросились туда, где слышались шум борьбы и запах свежей крови. Вскоре в темноте мы увидели два сверкнувших глаза, в которых отражался свет нашего факела. Здоровенный лис метнулся в сторону, сжимая в зубах добычу — крупного самца дикой индейки. Мы подошли к месту, где они боролись. На примятой траве, как стеклышки в калейдоскопе, были разбросаны чернобелые перья. Мы слышали, как лис тащит сквозь лес добычу, а собратья погибшей птицы хлопают крыльями где-то над нашими головами и как ни в чем не бывало рассаживаются на ветках.

Потом настало утро, но Луковка, Киви и Бломма не вернулись. Когда туман рассеялся, я повел Крапинку посмотреть на место битвы лиса с индейкой. Она подобрала два самых больших пера и воткнула их себе в волосы. «Последний из могикан», — сказала она и побежала, улюлюкая, вниз по склону, а я бросился за ней следом. Целый день мы гонялись друг за другом и дурачились, а когда вечером вернулись в лагерь, обнаружили там разъяренного Беку, который метался по шахте, не находя себе места. Девчонки так и не вернулись, и он не знал, что делать: то ли идти искать, то ли затаиться в шахте.

— И чего ты дожидаешься? — спросила его Крапинка. — Ты же сам приказал им вернуться до рассвета. Неужели ты думаешь, что Луковка ослушалась бы тебя? Они должны были вернуться несколько часов назад. Пора за ними идти.

Бека, молча, метался по пещере.

Руководство поисками Крапинка взяла на себя. Она разделила нас по двое и каждой паре дала задание. Чтобы удержать Беку от глупостей, она встала в пару с ним. Они отправились в город. Смолах и Лусхог должны были осмотреть окрестности старого лагеря. Раньо и Дзандзаро — пройти по всем известным нам оленьим ходам. Нам с Чевизори выпало исследовать старые индейские тропы, идущие вдоль реки.

И все время, пока мы пробирались по ним, Чевизори бубнила себе под нос какую-то знакомую мелодию.

— Что это за песенка? — спросил я ее, когда мы остановились, чтобы перевести дух. Где-то вдалеке прогудел речной буксир, тянувший к городу цепочку барж.

— Я думаю, это Шопен.

— Что такое «шопен»?

Она хихикнула.

— Не что, тупица, а кто. Шопен писал музыку и всякое такое, как он говорил.

— Кто говорил? Шопен?

Она захохотала в голос, но потом прикрыла рот рукой.

— Шопен давно помер. Парень, от которого я слышала эту мелодию. Он сказал, что это «Майонез Шопена».

— Какой парень? Тот, который жил с вами до меня, да?

Ее поведение резко изменилось. Она отвернулась и уставилась вдаль, словно прислушиваясь к звуку баржи, но было видно, что она смущена.

— Почему вы не хотите мне рассказывать о нем?

— Энидэй, мы никогда не говорим о подменышах, когда они уходят от нас. Это закон. Мы стараемся забыть о них. В воспоминаниях нет ничего хорошего.

Издалека донесся условный крик, означавший, что нужно возвращаться.

Раньо и Дзандзаро нашли Луковку. Она сидела под деревом и плакала. Весь день она пыталась найти обратную дорогу, но то, что с ними случилось, подействовало на нее самым ужасным образом. Через несколько минут прибежали все остальные. Бека сел на траву рядом с Луковкой и обнял ее за плечи. Киви и Бломма исчезли.

Немного оправившись, Луковка рассказала о том, что произошло. Когда они подошли к городу, стоял густой туман. Это придало им уверенности в том, что их никто не заметит. Они забрались в супермаркет и украли там сахар, соль, муку и сетку с апельсинами. Спрятали все это на улице и пошли в аптеку. Проникнув внутрь, они поразились произошедшим там переменам.

— Все изменилось, — рассказывала нам Луковка, — исчез автомат с газировкой, касса и стойка со стульями, на которых можно было крутиться, автоматы с конфетами тоже пропали. Вместо них появились стойки с шампунями и мылом и целая стена комиксов и журналов. А еще отдел с товарами для младенцев: всякие подгузники, соски, бутылочки и гигантское количество маленьких баночек с соками и пюре, на этикетках везде один и тот же малыш, миленький-премиленький, а внутри все разное: яблоки, груши, бананы. Что-то со шпинатом, зеленым горошком. С индейкой в сметане, цыпленком с рисом. Киви захотела это все попробовать, и мы там застряли на несколько часов.

Я живо представил себе эту картину: три перемазавшиеся едой девочки сидят на полу, а вокруг валяются десятки пустых стеклянных баночек.

А потом напротив витрины остановилась машина, и в магазин зашли двое полицейских. Луч фонарика скользнул по полкам. «Он сказал, что они обязательно сюда придут». Луковка шепнула: «Бежим!» Но Киви и Бломма не двинулись с места. Они стояли посреди отдела с детским питанием, взявшись за руки, и словно только того и ждали, что полицейские подойдут к ним.

— Это было самое ужасное зрелище, которое я видела в жизни, — говорила Луковка. — Луч фонарика приближался к нам, а они стояли и ничего не делали. Я прокралась за спины полицейских и видела, как Киви и Бломма попали в луч света. Киви просто закрыла глаза, а Бломма заслонилась от света рукой. Они даже не закричали! Казалось, даже обрадовались, что их поймали. Первый полицейский сказал: «Он был прав. Вот они». А второй крикнул: «Не двигаться!»

Луковка выскочила за дверь и бросилась прочь из города, позабыв о припрятанных продуктах. Испуганная, она сбилась в тумане с дороги и побежала не в ту сторону. Когда начало светать, поняла, что заблудилась, и спряталась в каком-то сарае, где просидела, трясясь от страха, целый день, а ночью, обогнув город, стала пробираться к нашей шахте. Когда Раньо и Дзандзаро нашли ее, она едва держалась на ногах.

— Почему полицейский так сказал? — спросил ее Бека. — Что он имел в виду, когда говорил: «Он был прав, и они сюда обязательно придут»?

— Кто-то, наверное, сказал полицейским, где мы можем появиться, — пожала плечами Луковка. — Кто-то, кто знает про нас.

— Ну, и кто же это может быть?! — спросил язвительно Бека и посмотрел на меня так, словно я совершил какое-то дикое преступление.

— Я... ничего никому не говорил...

— Не ты, Энидэй, — он сплюнул на землю. — А тот, кто занял твое место.

— Шопен, — сказала Чевизори, и некоторые невольно хихикнули, услышав это позабытое имя.

Мы возвращались в наше неуютное жилище молча, каждый по-своему переживая потерю. Следующие дни прошли в печальном молчании. Мы собрали кукол Киви и Бломмы и закопали их в одной большой могиле. Смолах и Лусхог построили над ней погребальную пирамиду из камней. Потом Чевизори и Крапинка разделили вещи Киви и Бломмы между нами. Только Раньо и Дзандзаро оставались безучастными ко всеобщему горю. Похоже, они тоже что-то задумали.

Все лето и осень разговоры крутились вокруг этого странного события. Луковка убеждала нас, что девчонки совершили настоящее предательство, а Бека назвал это заговором. Он считал, что Киви и Бломма рассказали, где находится наше убежище, и люди в черных костюмах рано или поздно придут за нами. Другие давали более сдержанные оценки.

— Они давно хотели сбежать, — говорил Лусхог. — А тут все так удачно сложилось. Надеюсь, эти две дурочки найдут свое место, и их не будут показывать в зоопарке или изучать в какой-нибудь секретной лаборатории.

Мы больше никогда и ничего не слышали о них. Они будто растворились в тумане.

Бека настаивал на том, чтобы мы как можно реже выходили из шахты, но все же нам с Крапинкой удавалось иногда отпроситься у него в город. Там мы забирались в библиотеку и глотали книги ночи напролет. Мы прочли все греческие трагедии: Клитемнестра, решившаяся на убийство, Антигона, посыпающая землей тело своего брата... Кентерберийские пилигримы, смерть Гренделя... «Максимы» Александра Поупа, весь Шекспир... Ангелы Мильтона, приключения Гулливера... Восторженная экстатичность Китса, «Франкенштейн» Мэри Шелли, пробуждение Рипа Ван Винкля.

Крапинка обожала Джейн Остин, Элиота, Эмерсона, Генри Торо, сестер Бронте, Эймоса Олкотта, Эдит Несбитт, Россетти, Роберта Браунинга и, конечно, же «Алису в Стране Чудес».

Иногда она читала мне вслух. Любая история в ее устах звучала так, будто она сама все это написала. Она начинала «Ворона» Эдгара По: «Как-то в полночь, в час угрюмый...»[46], и мне становилось по-настоящему страшно. Ее голос передавал стук копыт в «Атаке легкой бригады» и шум волн в «Улиссе» Теннисона. Я плакал, когда она рассказывала про утонувшую кошку Бена Джонсона. Мне нравился звук ее голоса и нравилось смотреть в ее лицо. Летом оно было темное от загара, а волосы выцветали до белизны от солнца. А зимой она куталась в одеяла, так что я видел только ее лоб и брови. И еще ее сияющие в огнях свечей глаза... Мы познакомились двадцать лет назад, но она все еще была полна сюрпризов, а сказанное ею слово могло пронзить мне сердце...

---

[46] Начало стихотворения Эдгара Алана По «Ворон» (*Once upon a midnight dreary...*), пер. Константина Бальмонта.

Глава 25

Я узнал свое настоящее имя. Хотя со временем Густав Унгерланд стал для меня еще менее реальным, чем Генри Дэй. Самым простым выходом было бы найти Тома Макиннса и попытаться узнать у него более подробно, что я рассказал ему под гипнозом. Я написал редактору «Мифов и общества» и попросил сообщить координаты автора статьи о подменышах. Он ответил мне, что Том Макиннс больше с ними не связывался, а его адреса они не знают. Тогда я обратился в университет, где он преподавал, но там сказали, что Макиннс уехал в понедельник утром, среди семестра, и не сообщил, куда. Мои попытки связаться с Брайаном Унгерландом оказались столь же безрезультатными. Мне не хотелось донимать Тесс расспросами о ее бывшем бойфренде, но, порасспросив общих знакомых, я узнал, что Брайан сейчас в армии, изучает подрывное дело в форте Силл, Оклахома. Других Унгерландов в телефонной книге нашего городка не оказалось.

К счастью, мои мысли были заняты и другими вещами. Тесс все-таки уговорила меня продолжить обучение, и в январе я снова собирался приступить к занятиям. Она сразу перестала читать мне мораль, стала более внимательной и ласковой. Мы отпраздновали мое возвращение в колледж шикарным обедом в ресторане и рождественским шоппингом. Взявшись за руки, ходили по магазинам. В витрине одного из универмагов игрушечный Санта со своими эльфами чинил деревянные сани. Фигурки детей катались на коньках по зеркалу, изображавшему замерзшее озеро. Мы остановились перед идиллической сценкой: ребенок в детской кроватке, а рядом — счастливые родители под веткой рождественской омелы... Наше отражение наложилось на эту картинку.

— Разве это не чудесно? Посмотри, девочка в кроватке, как живая. Хочется себе такую же? — спросила Тесс.

Мы зашли в городской парк, купили две чашки горячего шоколада и сели на холодную скамейку.

— Ты любишь детей?

— Детей? Никогда не думал об этом.

— Хорошо, тебе хотелось бы иметь детей? С мальчиком можно ходить в походы, а с девочкой — играть в «дочки-матери».

— Интересно, как это я буду играть с ней в «дочки-матери», я же не мать.

— Иногда ты воспринимаешь все слишком буквально.

— Я не...

— Знаешь, я, конечно, понимаю, что не у всех людей есть чувство юмора, но иногда забываю, что ты живешь вообще в другом измерении.

Конечно же, я догадывался, к чему она клонит. Но я не был уверен в том, что могу иметь детей. А если даже могу, то вдруг родится какой-нибудь монстр, получеловек-полугоблин. Или урод с огромной головой и скрюченным телом, и тогда все поймут, кто я такой на самом деле... Мне казалось, что я обманываю Тесс, и это ощущение лежало тяжким грузом на моей совести. Я несколько раз порывался рассказать ей о Густаве Ундерланде и его, то есть моей жизни в лесу, но с тех пор прошло так много времени, что иногда я сам сомневался в реальности произошедшего со мной. Все мои магические навыки и сверхъестественные способности давно исчезли, растворившись в музыке, в комфорте мягких кроватей и уютных гостиных, в глазах этой прекрасной женщины, наконец, которая сейчас сидела рядом со мной и держала свою руку в моей. Разве настоящее не реальней прошлого? Но если бы я рассказал ей о своем прошлом, кто знает, как изменилось бы мое настоящее. Неизвестно, в какую сторону. Я навсегда запомнил тот вечер, в котором смешались светлые надежды и тревожные предчувствия.

Тесс посмотрела на детей, веселившихся на катке, допила свой шоколад и сказала, выпустив изо рта облачко теплого пара:

— А мне всегда хотелось иметь ребенка.

Тут до меня дошло, что она на самом деле хотела сказать. Музыка фисгармонии и детский смех, доносившиеся с катка, слились в одну мелодию, в которую вплелся свет звезд над нашими головами, и я предложил Тесс свои руку и сердце.

Мы подождали до конца весеннего семестра и в мае 1968 года обвенчались в той самой церкви, где когда-то крестили Генри Дэя. Стоя у алтаря в окружении улыбающихся друзей и родственников, я чувствовал себя полноценным человеком, а принесенные нами с Тесс друг другу клятвы верности давали надежду на счастливое завершение моей истории. И все же на протяжении всей церемонии мне казалось, что двери церкви вот-вот откроются и ввалится толпа подменышей, которая утащит меня с собой. Я готов был сделать все что угодно, лишь бы забыть свое прошлое и то, что я самозванец.

Моя мать и дядя Чарли первыми поздравили нас. Они не только оплатили все торжества, но и подарили нам свадебное путешествие в Европу. По всему было видно, что дядя Чарли собирается занять место Билли Дэя. Я не чувствовал обиды за отца, потому что жизнь должна продолжаться, несмотря ни на что. Мои сестры-близняшки уже выросли. На свадьбу они пришли со своими бойфрендами, двумя длинноволосыми парнями, похожими, как близнецы. А потом еще многое поменялось. Джордж Нолл через пару недель после нашей с Тесс свадьбы отправился в путешествие по стране и через год осел в Сан-Франциско, где сошелся с женщиной, иммигранткой из Испании, владелицей небольшого кафе. Оставшись без *Coverboys*, Оскар купил музыкальный автомат, и посетители даже не заметили этой замены, а Джимми Каммингс занял мое место за стойкой бара.

Во время свадебной вечеринки дядя Чарли, который давно начал скупать дома в окрестностях нашего городка, объявил нам о своих финансовых планах.

— Эти дома — только начало. Скоро люди начнут переезжать из мегаполисов на природу, в глушь, в такие городки. Так что у нас тут с вами настоящая золотая жила.

Моя мать подошла к нему, и он обнял ее за талию.

— Жизнь на природе, — продолжал разглагольствовать дядя Чарли, — свежий воздух, натуральные продукты, дешевизна, безопасность — идеальные условия для молодых пар, которые собираются создать семью.

Он и вместе с ним моя мать, как по команде, посмотрели на живот Тесс.

— А что насчет вас с мамой? Вы не собираетесь создавать семью? — с невинным лицом спросила Элизабет.

К счастью, в разговор вступил Джимми Каммингс:

— Не, ребята, я тут жить не хочу.

— Ну, конечно, — сказала Мэри, — после всего, что ты насмотрелся в этом лесу...

— Да-да, говорю вам, тут происходит что-то странное, —продолжал Джимми. — Вы ведь уже слышали про двух девчонок, которых вчера ночью поймали в магазине?

Гости начали расходиться по углам. Джимми так надоел всем с рассказами о своих лесных приключениях, что его никто не хотел слушать. Причем с каждым новым рассказом Джимми добавлял все новые и новые подробности, так что в итоге приобрел репутацию выдумщика и пустобреха.

— Нет, правда, — продолжал он, обращаясь к тем немногим, кто остался рядом с ним, — я слышал, что местные полицейские поймали двух девочек примерно лет шести, которые забрались ночью в магазин и все там разгромили. Эти девочки выглядели как дикие кошки и говорили на каком-то непонятном языке. Сдается мне, что они из тех самых катакомб, в которых я нашел Оскара. Может, там и еще кто-то есть. Племя маленьких маугли. У нас под боком.

— Что случилось с этими девочками? — спросила Элизабет. — Куда их дели?

— Не знаю, — пожал плечами Джимми. — Говорят, их забрали люди из ФБР. Увезли, наверное, в какую-нибудь секретную лабораторию и теперь изучают.

Я повернулся к Оскару-старшему, который стоял тут же и внимательно слушал Джимми.

— Ты все еще хочешь доверить ему бар? По-моему, он слишком много пьет.

Джимми, услышав это, подошел вплотную ко мне и сказал:

— Знаешь, в чем твоя проблема, Генри? Ты напрочь лишен воображения. Но, говорю тебе, они существуют, и они живут здесь. Скоро тебе придется в это поверить, чувак.

Во время перелета во Франкфурт мне снились то подменыши, то что я управляю самолетом. На медовый месяц у нас с Тесс были разные планы, и это могло стать настоящей проблемой. Она мечтала о романтическом приключении в стиле «двое влюбленных путешествуют по Европе»: вино, сыр, поездки на мотороллере... Я же собирался встретиться со своим прошлым, но все, что я знал о нем, уместилось бы на подставке под пивной бокал: «Густав Унгерланд, 1859 год, город Эгер».

Ошеломленные и оглушенные гигантским мегаполисом, мы с немалым трудом нашли тихую комнату в пансионе на Мендельсон-штрассе. Нас потрясли закопченные сводчатые ангары вокзала Хаутбанхоф[47], принимающие ежечасно сотни поездов, и воскресший из руин город, бетон и сталь небоскребов, поднявшихся ввысь из пепла. Американцы, в основном военные, которым повезло охранять границу с Восточной Европой, а не воевать во Вьетнаме, попадались нам на каждом шагу. На Констаблервахе[48] нас поразило обилие наркоманов, которые кололись среди бела дня на виду у всех или выпрашивали мелочь у прохожих. Так что первую неделю нашего медового месяца мы провели среди солдат и торчков.

В воскресенье мы поехали на Рёмерберг, бывшую средневековую Ратушную площадь, которую союзная авиация смела с лица земли в последние месяцы войны. Ее отстроили заново, но, конечно, это было очень заметно. Погода стояла просто отличная, и мы наслаждались суетой уличного рынка. Катались на карусели: Тесс — на зебре, я — на грифоне. Потом обедали в кафе под открытым небом под незатейливый джаз, который исполнил для нас квартет уличных музыкантов. Вечером мы занимались любовью в нашей уютной комнате и наконец-то поняли, что медовый месяц начался.

— Я хочу, чтобы все оставшиеся дни походили на этот, — прошептала мне в ухо Тесс, когда мы погасили ночник.

Сидя на краю кровати, я закурил «Кэмел».

---

[47] Хаутбанхоф — центральный железнодорожный вокзал Франкфурта.
[48] Констаблервахе — центральная площадь Франкфурта, которая является частью пешеходной зоны города.

— А давай завтра погуляем отдельно? Представь себе, сколько всего мы сможем рассказать друг другу и оставшимся дома друзьям, если денек побродим по разным местам. Мы увидим в два раза больше. Понимаешь, мне надо кое-что сделать, и, боюсь, тебе будет неинтересно. Или давай я встану пораньше и вернусь к тому времени, когда ты проснешься? Мне надо сходить в Национальную библиотеку. Ты там заскучаешь.

— Отлично придумано, Генри! — Тесс раздраженно отвернулась к стене. — Звучит заманчиво. Мне тоже надоело постоянно торчать рядом с тобой.

Утром я долго искал нужный трамвай, потом нужную улицу, потом здание библиотеки, а потом еще час потратил, пытаясь понять, как попасть на нужный этаж и в нужный зал. Милая молодая библиотекарша с вполне сносным английским помогла мне найти историко-географический атлас Германии, и на меня обрушились сведения о тысячах переименованных городов и изменениях границ государств, произошедших за несколько сотен лет войны и мира, от последних дней Священной Римской империи и до обеих мировых войн. Эгера не оказалось ни в одном списке. Девушка поспрашивала своих коллег, но никто не слышал о таком городе.

— Может, он в Восточной Германии? — наконец предположила она.

Я посмотрел на часы — полпятого! Библиотека закрывается в пять, а моя молодая жена, наверное, в ярости. Она рвет и мечет.

— Ага, вот! Нашла, — моя новая знакомая ткнула пальцем в одну из карт. — Это река, а не город. Пограничная река Эгер. А город, который вы ищете, называется теперь Хеб и находится в Чехословакии, — она перевернула несколько страниц атласа. — Богемия. Раньше это была часть Германии, и город, действительно, назывался Эгер. Мне, кстати, старое название нравится больше, — мило улыбнувшись, она якобы по-дружески погладила меня по плечу. — Все-таки мы нашли его. Один город, два имени. Ваш Эгер — это чехословацкий Хеб.

— И как мне попасть в Чехословакию?

— Нужна виза. Если ее у вас нет, то никак. — Заметив, как расстроили меня ее слова, она спросила: — Зачем вам нужен этот Хеб?

— Я ищу своего отца, Густава Унгерланда.

Улыбка исчезла с ее лица, и она уставилась в пол.

— Унгерланд. Погиб на войне? Или в концлагере?

— О, нет. Мы не евреи, мы католики. Он из Эгера, то есть из Хеба. Вернее, наша семья оттуда. Они эмигрировали в Америку в прошлом веке.

— Вы сможете найти записи в церковной книге, если доберетесь туда, — ее ресницы призывно хлопнули пару раз. — Разве что так.

Потом мы провели вместе еще пару часов, посидели немного в кафе, и она рассказала мне, как нелегально пересечь границу. Поздно вечером, возвращаясь на Мендельсон-штрассе, я раздумывал, что скажу Тесс про свое опоздание. Был одиннадцатый час, когда я перешагнул порог нашей комнаты. Тесс уже спала, и я тихонько проскользнул под одеяло и прижался к ее спине. Она проснулась и, повернувшись ко мне, положила голову на подушку рядом с моей.

— Прости, — сказал я. — Заблудился в библиотеке.

Ее лицо было опухшим от слез.

— Я хочу уехать из этого ужасного города. Куда-нибудь на природу. Давай поедем в горы, будем ночевать под звездным небом. Познакомимся с настоящей Германией.

— Я знаю одно место, рядом с границей, — прошептал я, — старинные замки, дикие чащи. Они только и ждут, чтобы мы раскрыли их тайны.

Глава 26

Когда я вспоминаю прошлое, мне сразу представляется утро на исходе лета, когда синева небес пронизана предчувствием осенней прохлады. Мы с Крапинкой просыпаемся среди книг и выходим из библиотеки в то волшебное время суток, когда день уже начался, но улицы еще пусты. Скоро дети пойдут в школу, а их родители — на работу, откроют свои двери магазины, но пока город принадлежит нам.

По моим подсчетам, прошло пять лет с тех пор, как мы нашли себе новый дом, пусть темный и неуютный, но зато тихий и безопасный.

Мы шли через лес к нашей шахте и разговаривали о только что прочитанных книгах. С ветки упало несколько листьев, и они заплясали на ветерке в лучах солнца. На секунду мне показалось, что это танцуют Киви и Бломма.

— Как думаешь, они действительно хотели, чтобы их поймали?

На опушке Крапинка остановилась. Дальше, до самого входа в шахту, простирался голый склон, и мы всегда пробирались по нему с осторожностью, опасаясь, что нас обнаружат на этом открытом месте. Крапинка вдруг взяла меня за плечо и рывком повернула к себе.

— Неужели ты не понимаешь? Киви и Бломма не могли упустить такой случай. Они всегда хотели вернуться к людям. Они мечтали о настоящей семье, настоящих друзьях. Ты ведь сам хотел сбежать, забыл? Как я предлагала тебе сбежать вместе, тоже забыл?

Вопросы посыпались, как сахар из разорванного мешка. Я в самом деле забыл, что хотел когда-то сбежать. Я смирился с судьбой и просто жил. Воспоминания о прошлой жизни больше не волновали меня. Это сейчас, когда я перечитываю дневник и пишу эти строки, они снова ожили, но тогда, в тот момент, моя жизнь была там, рядом с Крапинкой. Я смотрел на нее, а она вглядывалась куда-то вдаль, прислушивалась к чему-то. В тот момент я понял, что люблю ее. И решил сказать ей об этом:

— Крапинка, я хочу тебе кое-что сказать...

— Погоди. Ты слышал?

Земля под нами содрогнулась, в глубине послышался грохот. Из трещины, которая служила входом в наше убежище, словно дым из трубы, вырвался столб пыли. Крапинка схватила меня за руку, и мы помчались вверх по склону, не думая об опасности. Возле входа в шахту облако угольной пыли было настолько густым, что дыхание перехватывало напрочь, и нам пришлось ждать, пока его не разгонит ветром. Изнутри доносился грохот обвалов. Наконец что-то зашевелилось в глубине прохода. Сначала появилась одна рука, цеплявшаяся за скалу, потом другая, потом — чье-то туловище. Кто-то пытался выползти наружу, но вдруг затих. Мы бросились к нему. Это оказался Бека. Вскоре, вся в саже, из шахты выбралась

Луковка. Задыхаясь и кашляя, она повалилась на землю рядом с Бекой. Одна ее рука была веревкой привязана к груди.

— Что случилось? — спросила, наклонившись к ней, Крапинка.

— Обвал, — прохрипела Луковка.

— Кто-нибудь там есть?

— Не знаю, — она убрала грязную прядь с неподвижного лица Беки.

Мы зажгли факелы и, переборов страх, отправились в темноту шахты, окликая своих друзей. Наконец чей-то голос отозвался: «Мы здесь. Здесь. Идите сюда». Пробираясь сквозь тучи угольной пыли, мы двинулись вниз по центральному тоннелю, а затем свернули налево, в боковое ответвление, которое вело в зал, служивший нам общей спальней. У самого входа стоял Лусхог. Его лицо, волосы и одежда были покрыты толстым слоем черной пыли, а на щеках светлели дорожки от слез. Окровавленные пальцы тряслись. В зыбком свете факелов я разглядел спину Смолаха. Тот стоял возле завала и отбрасывал в стороны обломки камней. Больше никого не было видно. Мы присоединились к нему и тоже стали разбирать гору обрушившейся породы, которая вздымалась до самого потолка.

— Их засыпало, — дрожащим голосом промолвил Лусхог. — Мы бы тоже сейчас были там, если бы не вышли покурить. Они там вроде стонут...

— Мы видели Беку и Луковку, они уже снаружи, — сказал я.

— Эй, вы там живы? — прокричала Крапинка, прижавшись ухом к завалу. — Держитесь! Мы вас вытащим!

Мы работали до тех пор, пока не вырыли небольшой проход, в который смог бы пролезть Лусхог, известный своей невероятной способностью к трансформации. Он юркнул туда и исчез. Через какое-то время Крапинка прокричала в отверстие:

— Видишь что-нибудь?

— Копайте, — раздалось в ответ. — Тут кто-то дышит.

Ни слова ни говоря, мы принялись расширять лаз. Мы слышали, что Лусхог там, внутри, тоже роет навстречу. Каждые несколько минут он разговаривал с кем-то, явно его подбадривая, а потом кричал нам, чтобы мы работали быстрее. Мы рыли изо всех сил. Мышцы болели, пальцы стерлись в кровь, во рту и в горле першило от пыли. Крапинка сбегала наверх и принесла еще один факел.

— Бека — гад! — прорычала она. — Они ушли. Думают только о своей шкуре.

Наконец нора стала настолько широкой, что и я смог протиснуться туда. Перебравшись на другую сторону, я чуть не столкнулся в темноте с Лусхогом.

— Осторожней. Она внизу, вот тут, — сказал он тихо.

Я протянул руку и ощутил под ней чье-то холодное, неподвижное тело. Это была Чевизори. Она лежала на спине. Ее ноги погребла груда обломков.

— Она жива, — прошептал Лусхог, — но у нее наверняка раздроблены кости. Я один не могу ее вытащить оттуда. Помоги, — вид у него был совершенно подавленный.

Камень за камнем, мы стали осторожно высвобождать ноги девочки. Согнувшись под тяжестью очередного куска породы, который одному, действительно, было сдвинуть не под силу, я спросил Лусхога:

— А что с Раньо и Дзандзаро? Они живы?

— Вряд ли, — он кивнул на многотонную кучу угля, которая возвышалась над тем местом, где они обычно спали.

Оставалось только надеяться, что смерть настигла их во сне и они ничего не почувствовали. Но не думать о них мы не могли. Риск еще одного обвала заставлял нас торопиться. Чевизори застонала, когда мы убрали последний камень с ее левой лодыжки. Мы подняли ее на руки и понесли к лазу. Одна ее нога болталась, как тряпка, и Чевизори стонала при каждом нашем шаге, пока не потеряла сознание. Я пролез вперед, потянув ее за собой, а Лусхог подталкивал сзади. Хорошо, что она потеряла сознание, иначе не вынесла бы такого мучения. Когда мы выволокли ее под свет факелов, Смолах глянул на ее ногу и бросился в угол, где его стошнило.

— Еще кто-нибудь остался в живых? — спросила Крапинка.

— Не думаю, — ответил я.

Она на мгновение прикрыла глаза, а потом приказала нам быстро выходить наружу.

Обратный путь оказался настоящим кошмаром. Чевизори пришла в себя и стала орать от боли. В этот момент я желал только, чтобы нас всех раздавило разом, и никому потом не пришлось бы никого спасать. Измученные донельзя, мы осторожно положили девочку на склоне холма и устроились рядом. Говорить не хотелось. Раздался грохот еще одного обвала, и из шахты, словно последний вздох умирающего дракона, вырвалось облако черной пыли.

Притихшие от горя, мы ждали наступления ночи. Никто и не думал о том, что обвал может привлечь сюда людей. Лусхог заметил далеко внизу какой-то свет. Ничего не обсуждая, мы вчетвером подняли Чевизори и понесли вниз, к огню. Даже если костер развели люди, Чевизори нуждалась в помощи.

У огня обнаружился Бека. Он не стал извиняться за то, что удрал с холма, не стал оправдываться и объясняться. На наши вопросы отвечал недовольным ворчанием, а потом и вовсе велел, чтобы мы оставили его в покое. Луковка и Крапинка сделали шину для раздробленной лодыжки Чевизори и обвязали поверх курткой Лусхога, а Смолах натаскал листьев и укрыл ими бедную девочку, которая снова впала в беспамятство. Потом Луковка и Крапинка легли рядом с ней, пытаясь согреть теплом своих тел. Смолах ушел и вскоре вернулся с сухой тыквой, наполненной водой. Мы молча сидели вокруг костра, смотрели на огонь, стряхивая грязь и пыль с волос и одежды, и ждали рассвета, словно он мог принести облегчение. Мы оплакивали ушедших. Сначала Игель, потом Киви и Бломма, и вот теперь — Раньо и Дзандзаро.

Утро началось не ярким солнцем, а проливным дождем. Около полудня Чевизори пришла в себя и стала кричать, проклиная шахту, Беку и всех нас. Мы просили ее замолчать, но она успокоилась, только когда Крапинка взяла ее за руку и что-то стала шептать ей на ухо. Мы старались не смотреть в глаза Чевизори. Но и встречаться взглядом друг с другом мы тоже были не в силах. Нас осталось семеро. Я не мог в это поверить и пересчитал всех еще раз. Семеро.

Глава 27

Идея нелегально пересечь границу Тесс не только очень понравилась, но и придала медовому месяцу желанный эротический посыл. Чем ближе мы подбирались к границе с Чехословакией, тем больше страсти проявлялось в наших объятиях. В день, на который был запланирован переход, мы не вылезали из постели до полудня. Чем больше распалялась Тесс, тем сильнее во мне разгоралось желание узнать правду о своем прошлом. Каждый шаг на этом пути казался возвращением домой. Даже пейзаж здесь казался знакомым, словно все эти деревья, озера и холмы когда-то запечатлелись в моей памяти и сейчас мелькали в ней, как в кино. Дома, замки и соборы были точь-в-точь такими, какими я их себе представлял. А люди в гостиницах и кафе — в большинстве своем ясноглазые и светловолосые — выглядели так, словно были моими родственниками. Их лица звали в недра Богемии. Мы решили перейти границу в окрестностях небольшого немецкого городка Хоэнберг.

Замок, который стоял на восточной окраине городка, почти на самом берегу реки Эгер, был построен в 1222 году, потом разрушен, восстановлен, и несколько раз перестраивался. Последний раз — уже после войны. Мы с Тесс решили заглянуть туда. В этот солнечный субботний день мы оказались единственными его посетителями, если не считать молодой немецкой семьи с четырьмя маленькими детьми, которые крутились у нас под ногами.

— Извините, — сказала их мама на хорошем английском, — вы ведь американцы? Вы не могли бы сфотографировать нас на нашу камеру?

Меня немного огорчило, что в нас так легко распознать уроженцев Нового Света. Тесс понимающе улыбнулась, сняла с плеч рюкзачок и положила на землю. Семейство выстроилось у крепостной стены — детишки выглядели так, словно были моими братьями и сестрами, — и меня вдруг переполнило радостное и одновременно печальное ощущение того, что и я когда-то тоже был членом вот такой вот семьи. Тесс взяла фотокамеру и сделала несколько шагов назад, чтобы все они поместились в кадр.

— *Igel! Vorsicht, der Igel!*[49] — закричали вдруг дети.

Мальчик лет пяти бросился к Тесс, замершей возле небольшой клумбы, и выхватил прямо у нее из-под ног маленький серый комочек.

— Кто это у тебя там? — Тесс наклонилась к просиявшему малышу, чтобы рассмотреть поближе существо, которое он держал в своих маленьких ладошках.

Это был еж. Все дружно посмеялись над предотвращенной бедой: Тесс чуть не наступила на зверька. Но я еле-еле зажег сигарету — так тряслись у меня от страха руки. Я не слышал этого имени уже лет двадцать. Да, у них были имена, и оказалось я их еще не забыл. Чтобы успокоиться, я обнял Тесс, мы попрощались с детьми и их родителями и, развернув тури-

---

[49] Осторожно, ёж! (*нем.*).

стическую карту окрестностей, вышли из замка и зашагали к границе.

По дороге мы наткнулись на миниатюрную пещеру, потом прошли через небольшой лес и вышли на асфальтовую дорогу, которая была абсолютно пустынна. На развилке стоял старый дорожный знак *EGER STEG*[50] и стрелка, указывающая на восток. Грунтовая дорога вывела нас на берег реки, скорее походившей на мелкий ручей. Перейти его по камням, не замочив ног, не составляло труда. На другом берегу уже была Чехословакия, а в нескольких километрах, за лесом — наша цель, город Хеб. Мы огляделись по сторонам, но не увидели ни единой живой души. Колючей проволоки тоже не было. Мы взялись за руки и перешли на ту сторону.

Адреналин зашкаливал, но все прошло просто идеально. Мы сделали это. Я был почти дома. Утром мы с Тесс попытались замаскироваться под европейцев, которые, как мы успели заметить, не придают значения прическе и одежде, но, как показала практика, еще на немецкой стороне нас быстро разоблачили первые же встречные. Сейчас, оглядываясь назад, я понимаю, что мы зря так переживали. Был май 1968 года, самый разгар «Пражской весны», когда Дубчек выдвинул концепцию «социализма с человеческим лицом» и открыл для чехов и словаков окно в Западную Европу. Русские ввели свои танки только в августе.

Тесс явно наслаждалась нашей ролью нарушителей и, бесшумно шныряя между деревьями, делала вид, будто она настоящий диверсант или беглый

---

[50] Эгерский мост.

заключенный. Мы все еще держались за руки, но я едва за ней поспевал. Минут через десять начался дождь — сначала мелкий, но вскоре превратившийся в настоящий ливень. В лесу сразу стало темно, и в этой темноте вдруг отчетливо стал слышен топот чьих-то ног. Его не мог заглушить даже шум дождя. Мне показалось, я вижу какие-то силуэты.

— Генри, слышишь? — спросила испуганно Тесс. Ее глаза заметались, и она принялась оглядываться по сторонам. Кто-то шел к нам, ломая кусты. Мы побежали. Тесс оглянулась на ходу, вскрикнула, сжала мой локоть и остановилась. А потом повернула меня лицом к нашим преследователям. Это были три коровы. Две пестрые и одна белая. Глядя на нас, они равнодушно жевали свою жвачку.

Промокшие насквозь, мы наконец вышли на дорогу, и тут же рядом с нами остановился фермерский грузовичок. Мужчина за рулем показал большим пальцем на кузов. Тесс спросила его: «Хеб?» Мужчина кивнул, и мы залезли наверх. В течение следующих двадцати минут мы тряслись, восседая на куче картошки. Я не сводил глаз с удалявшегося леса, уверенный в том, что за нами следят.

Хеб напоминал цветущий весенний сад. Дома и магазины были окрашены в светлые пастельные тона, а старые здания — в белый, желтый, бежевый и медно-зеленый цвета. Город выглядел так, будто он совсем не изменился за последние несколько сотен лет, но моя память не проснулась, я ничего не узнавал. Черный седан с красной сиреной припарковался перед ратушей, и, чтобы избежать встречи с полицией, мы пошли в противоположном направлении, надеясь встретить кого-нибудь, кто понял бы наш корявый немецкий.

Мы стороной обошли розовое здание отеля *Hvezda*, испугавшись сурового полицейского, который стоял снаружи и смотрел на нас целых тридцать секунд, прошлись по центральной городской площади с фонтаном, украшенным фигурой дикаря с золотой дубинкой в руке, и остановили свой выбор на безымянном ветхом отельчике на берегу реки. Я надеялся, что вид городских достопримечательностей всколыхнет мои воспоминания, но этого не произошло. Что, если я ошибся и никогда раньше здесь не жил?

В темном прокуренном баре мы поужинали сосисками с картошкой и выпили бутылку вина. Нам удалось договориться с хозяином об оплате долларами. Ночь мы провели в крохотной комнате под лестницей, в которой помещалась только одна кровать и умывальник. Мы завалились на постель не раздеваясь, прямо в сапогах и куртках, слишком усталые и взволнованные, чтобы раздеться. Так мы лежали в темноте, и тишину нарушало только наше дыхание да бешеное биение сердец.

— Что мы здесь делаем? — наконец спросила она.

Я сел на край кровати и начал раздеваться. Я прежний легко разглядел бы ее даже в полной темноте, но в этой жизни пришлось напрячь воображение.

— Разве это не прикольно? Этот город был когда-то немецким, до этого входил в состав Богемии, а теперь стал частью Чехословакии...

Она сбросила тяжелые башмаки, выскользнула из одежды... Я забрался к ней под шерстяное одеяло в грубом пододеяльнике. Она прижалась ко мне и засунула свои ледяные ступни между моих ног.

— Мне страшно. Вдруг сейчас в дверь постучат агенты тайной полиции?

— Не волнуйся, детка, — скопировал я Джеймса Бонда. — У меня есть разрешение на убийство.

Я лег на нее, и мы занялись тем, чем обычно занимаются шпионы по ночам.

На следующее утро, проснувшись довольно поздно, мы поспешили на службу в собор Святого Николая, самый старый храм Хеба. Рядом с алтарем сидело несколько пожилых женщин, в сложенных перед собой руках они держали четки. В разных концах собора устроилось несколько семей, настороженных и испуганных, как овцы. У входа двое мужчин в темных костюмах внимательно наблюдали за всеми. Чтобы не вызывать подозрений, я попытался подпевать церковному хору, но так как не знал ни слов, ни мелодии, то просто открывал рот. Зато орган там оказался великолепный. Его звуки текли сверху, как вода по камням.

Когда служба закончилась, прихожане стали выходить из собора, некоторые останавливались, чтобы перекинуться парой слов со стоявшим у выхода старым священником. Светловолосая девочка-подросток подошла к своей сестре-близняшке, показала на нас, потом прошептала ей что-то на ухо, и они, взявшись за руки, выбежали из церкви. Мы с Тесс немного задержались, рассматривая статуи святого Николая и Девы Марии, установленные у входа, и оказались последними, кто выходил из здания. Когда Тесс протянула священнику руку для прощания, он крепко сжал ее и произнес по-английски:

— Спасибо, что зашли, — потом старик посмотрел на меня очень странным взглядом, и мне показалось, что он все про меня знает. — Благослови тебя Бог, сын мой.

Тесс удивленно улыбнулась и спросила:

— Как вы догадались, что мы американцы?

Он все еще держал ее руку в своей.

— Я пять лет жил в Америке. Служил в соборе Святого Людовика в Новом Орлеане. Отец Карел Глинка. Вы приехали на фестиваль?

— Какой фестиваль? — опять удивилась Тесс.

— *Pražské Jaro*. Весенний международный музыкальный фестиваль в Праге.

— О, нет. Мы ничего об этом не знаем, — она понизила голос до конфиденциального шепота: — Мы нелегально перешли границу.

Глинка рассмеялся, приняв ее слова за шутку, а она, быстро сменив тему разговора, принялась расспрашивать его о жизни в Америке. Пока они разговаривали и смеялись, я отошел в сторону и закурил. Две белокурые девочки-близняшки возвращались в компании ребятни. На церковный двор они заходить не стали, а выстроились в ряд, как птицы на проводе, за низкой оградой прямо перед собором. Я видел с дюжину русых головок и слышал, как они говорят о чем-то по-чешски, все время повторяя одну и ту же словосочетание: *podvržené dítě*[51]. Тесс все еще разговаривала с отцом Глинкой, потому я сбежал со ступенек и направился прямиком к детям, но те, заметив мой демарш, кинулись в разные стороны, как стайка голубей. Они прилетели снова, когда я показал им спину, и опять с визгом разбежались, когда оглянулся. Снова выйдя за ворота, я обнаружил, что одна девочка не убежала, а осталась стоять, прижавшись к стене. Я заговорил с ней по-немецки, попросив не бояться меня, а потом спросил:

---

[51] Поддельный ребенок (*чешск.*).

— Почему все убегают от меня и визжат?

— Она сказала нам, что видела в церкви черта.

— Но я не черт, ты же видишь... Я просто американец.

— Она сказала, что ты из леса. Эльф.

Дэйствительно, лес почти вплотную подступал к этому городку.

— Эльфов не существует. Это все сказки.

Девочка долго смотрела на меня, а потом ответила:

— Я не верю тебе.

И упорхнула к своим подружкам.

Я ошеломленно смотрел ей вслед. Что со мной не так? Как они догадались? Где я допустил ошибку? Но мы зашли слишком далеко, чтобы меня могли испугать какие-то дети.

Подошла Тесс:

— Как насчет индивидуальной туристической программы, детка?

Рядом стоял отец Глинка:

— Фрау Тесс сказала мне, что вы музыкант и композитор. Не хотите ли поиграть на нашем органе?

Мы поднялись наверх, я сел за клавиши, посмотрел на ряды пустых скамей внизу, на позолоченный алтарь, на огромное распятие на стене, подумал, какая же музыка могла бы подойти к этому моменту, и решил сыграть «Колыбельную» Луи Вьерна. Чтобы играть на органе, нужно работать с педалями, а для этого необходимо сильно раскачиваться. Сначала было очень непривычно, но потом я представил, что это просто такой вид танца, и сразу все получилось. Музыка обрушилась на меня, словно горячий лед или чудесный, волшебный снегопад. Отец Глинка и Тесс сидели рядом. По щеке Тесс скатилась слеза.

Когда я закончил, она обняла меня и поцеловала в щеку. Мы спустились вниз, и, когда Тесс отошла, чтобы повнимательнее осмотреть церковь, я рассказал отцу Глинке о цели моего визита.

— Я хочу сделать для нее сюрприз. Составляю ее генеалогическое древо. И единственное потерянное звено — это ее дед, Густав Унгерланд, который родился в Хебе. Скорее всего, об этом есть запись в вашей церковной книге. Если бы я узнал дату его рождения, моя задача была бы завершена.

— С удовольствием приму участие в этом благородном деле. Пороюсь в нашем архиве и, наверное, сумею вам помочь. Приходите завтра. Сыграете для меня на органе еще раз?

— Только, пожалуйста, не говорите жене о моей просьбе. Это сюрприз.

Священник понимающе подмигнул.

За ужином я рассказал Тесс о предложении отца Глинки повторить завтра органный концерт, и она с радостью согласилась. В этот раз она не стала подниматься наверх, а осталась сидеть внизу, на одной из скамей. Когда мы остались с отцом Глинкой наедине, он заговорщически произнес:

— Я нашел кое-что для вас.

Мы зашли в маленькую комнатку за органом. Я сначала подумал, что он хочет показать мне церковные записи, но ошибся. Священник подошел к древнему сундуку, улыбнулся, как добрый эльф, и открыл его.

Это были ноты. «Воскресение» Малера, «Битва гуннов» Листа, «Симфоническая фантазия» Франсуа-Жозефа Фети, соло для органа Гильмана. Редкие ноты Эжена Жигу, Жана Лангле, Шарля Шейна, «Концерт для органа, струнных и литавров» Пулена, «Первая симфония» Аарона Копленда, «Токката Фестива» Барбера, Райнбергер, Сезар Франк, Гендель и куча Баха.

Я застыл, пораженный этим великолепием. На то, чтобы просто просмотреть все это, не говоря уж о том, чтобы сыграть, потребовались бы даже не месяцы... годы! А у нас оставалось лишь несколько часов. Эх, если бы было можно взять это с собой.

— Моя единственная страсть, — сказал Глинка, показывая на свое сокровище. — Увы, я не умею играть, зато люблю слушать. А у вас талант от Бога. Сыграйте что-нибудь для меня.

Я играл весь день. А он рылся в старых приходских книгах о крестинах, свадьбах и похоронах. Я, конечно же, импровизировал, используя дополнительную басовую октаву, задал почти рок-н-ролльного жара в безумном финале «Симфонического концерта» Джозефа Жонгена; во всех этих сочинениях я слышал свою музыку. Я так увлекся, что даже забыл про отца Глинку. А он между тем пришел с пустыми руками.

— Ничего нет. Я попробую связаться с другими церквями Хеба, хотя на это потребуется время.

— Хорошо. Мы подождем, но, умоляю, сделайте это побыстрее.

Мы провели еще пару дней в Хебе, и при этом нас ни на секунду не оставляло ощущение неотступной слежки. Дети показывали на нас пальцами, и даже прохожие все время пристально смотрели на нас. Тесс постоянно нервничала и никак не могла понять, зачем мы тут торчим.

Наконец отец Глинка сказал мне с торжественным видом:

— Мы нашли его, — он протянул мне фотокопию списка пассажиров парохода «Альберт», отправившегося 20 мая 1851 года из Бремена в Балтимор. В одном столбике были указаны имена, в другом — возраст:

212. Абрам Унгерланд, 42 года, музыкант.

213. Клара Унгерланд, 40 лет.

214. Фридрих Унгерланд, 14 лет.

215. Джозеф Унгерланд, 6 лет.

216. Густав Унгерланд, полгода.

217. Анна Унгерланд, 9 лет.

— Прекрасный свадебный подарок, — улыбнулся отец Густав.

Я даже не смог ничего сказать ему в ответ. Воспоминания обрушились на меня лавиной. Я всех их вспомнил. Моего брата Джозефа— *Wo in der Welt bist du?*[52] Сестру Анну, которая не перенесла долгого плавания. Родившегося уже в Америке мертвого младенца. Отца, мать...

— Вы сказали, что Густав уехал отсюда в 1859-м. Но документы — упрямая вещь. На самом деле это был 1851-й год.

На мгновение все эти шестеро ожили для меня. Понятно теперь, почему я не вспомнил города. Мне не было еще и года, когда моя семья переехала в Америку. Значит, меня украли не здесь.

— Вы разрешите мне лично сказать об этом миссис Дэй? Насколько я понимаю, теперь это не секрет.

— Конечно, конечно. Спасибо. Сделаем это сегодня за ужином.

Мы договорились встретиться в одном из ресторанов Хеба, но я не собирался оставаться до вечера.

---

[52] Где в мире ты? (*нем.*)

Я вернулся под нашу лестницу и сказал Тесс, что полиция вышла на наш след, так что пора сматываться. Мы быстро собрались и пошли по направлению к границе.

Нам опять не встретилось ни одного пограничника, но на тропинке стоял мальчик лет примерно семи. Казалось, он кого-то ждал. Глянув на нас с подозрением, он приложил палец к губам. Мы подошли поближе, и Тесс шепотом спросила его:

— Ты говоришь по-английски?
— Да. Только тише. Они где-то здесь!

Неужели подменыши?! Но они же не крадут взрослых людей, блин! На пограничников мне было плевать.

— Кто? Кто они? Что ты тут делаешь? — взволновалась Тесс.
— *Versteckspiel*[53].

Тут из-за кустов выскочила девочка и хлопнула его по плечу. Появились еще какие-то дети. Теперь я не сомневался: это не дети. Тесс захотела поиграть с ними, но я схватил ее за руку и потащил к реке:

— Куда мы так бежим?!
— Скорее! Ты что, не видишь?! Они же здесь повсюду!
— Кто?
— Они! — крикнул я.

Медовый месяц закончился, и началась обычная жизнь. Чем ближе мы были к окончанию учебы, тем больше места в наших разговорах занимала тема трудоустройства.

---

[53] Прятки (*нем.*).

Тесс нежилась в горячей ванне, и я присел на край, делая вид, что изучаю новую партитуру, а на самом деле любуясь ее телом.

— Генри, у меня хорошие новости. Похоже, меня возьмут на работу в администрацию.

— Отлично. И чем ты будешь там заниматься?

— Неблагополучными семьями. Люди приходят со своими проблемами, я беседую с ними, а потом даю рекомендации, как эти проблемы решить.

— А я сходил на собеседование в школу, — я отложил в сторону партитуру и стал открыто наслаждаться ее формами. — Им нужен учитель музыки для седьмого и восьмого классов. Платят неплохо, к тому же останется куча времени для себя.

— Видишь, у нас все получается, детка.

Жизнь налаживалась. Перспективы были отличные. В моей ванной лежала самая прекрасная женщина на свете.

— Генри, чему ты улыбаешься?

Я начал расстегивать рубашку.

— Подвинься. Мне нужно кое-что сказать тебе на ушко.

Глава 28

Самая жестокая вещь на свете — любовь. Когда она исчезает, оставляя лишь воспоминания, это невыносимо. Наши друзья ушли, но в нашей памяти они оставались живыми. Утрата Киви, Бломмы, Раньо и Дандзаро оказалась слишком тяжела для нас. Крапинка отдалилась от всех, словно ей было легче находиться в обществе мертвых, чем живых.

После трагедии на шахте мы сместили Беку, и нашим новым вожаком стал Смолах. Конечно же, назад, в холм-убийцу мы не вернулись. Вместо этого мы решили возродить к жизни нашу поляну. Смолах снял все запреты на передвижения. Последний раз когда мы пробегали мимо, заметили, что природа берет свое — на выжженной земле появились новые ростки. Люди, похоже, совсем забыли про это место, как они забыли про тело мальчика, найденное в реке, и про двух девочек-маугли, пойманных однажды ночью в магазине. Людям свойственно забывать. Впрочем, как и эльфам.

И вот мы втроем — Смолах, Лусхог и я — решили снова наведаться туда, чтобы понять, можно ли там жить. Несмотря на прохладный день, мысль о возвращении в родные места нас радовала. Мы мчались по лесу, перегоняя один другого, и хохотали от избытка чувств. Да, мы вернемся, и все у нас станет как раньше...

...Сначала мы услышали смех. А раздвинув ветви, не поверили своим глазам. На нашей поляне стояли совсем новые человеческие дома, между которыми тянулись асфальтовые дорожки. Домов было пять, и они стояли по кругу, повторяя контуры нашей поляны. Еще шесть людских жилищ высились в лесу, вдоль дороги, которая вела от города к поселку.

— Нехорошо, — промолвил Смолах.

На нашей поляне бурлила жизнь. Какая-то женщина развешивала белье, дети играли в футбол, толстый дядька рылся в моторе... По дороге ехал желтый автомобиль, похожий на жука... Верещало радио... Когда стемнело, в окнах зажглись огни.

— Ну что, посмотрим, кто там живет? — предложил Лусхог.

Мы спустились вниз. Два дома пока пустовали. В трех других были люди. Картинки за окнами почти не отличались друг от друга: женщина стояла у плиты, а мужчина сидел перед ящиком с движущимися изображениями, дети играли в какую-то ерунду, как им и полагается.

— Отдыхают, — сказал я.

В одном из окон я увидел ребенка, сидевшего в веревочной клетке. Рядом в кресле спал мужчина, напомнивший мне моего отца. Кроме них там была светловолосая женщина, но на мою мать она совсем не была похожа. Она подошла к мужчине и что-то прошептала ему на ухо. Он проснулся, испугался спросонья, но она его поцеловала, и он успокоился. Она вытащила ребенка из клетки и принялась ворковать над ним, а мужчина подошел к окну и стал нервно тереть стекло, видимо намереваясь посмотреть, что там, снаружи, в темноте. Меня он, конечно, не заметил. Но я не сомневался, что видел его раньше.

Мы вернулись в лес и стали ждать, когда люди лягут спать. А потом пошли. Забрались в дом, от которого только что отъехала машина, — наверно, хозяева поехали в город, — и опустошили холодильник и кухонные шкафы. Консервированные фрукты и овощи, мука, сахар, соль... Лусхог набил карманы пакетиками с чаем, взял пачку сигарет и спички. Все это заняло у нас пару минут.

Потом мы влезли в тот дом, где сидел ребенок в веревочной клетке. Пока Смолах и Лусхог опустошали кладовку, я прошел на цыпочках по комнатам. На стенах висело множество фотографий. Мой взгляд сам собой упал на одну из них — она была освещена лунным светом. Молодая женщина держала на руках ребенка. Я подошел ближе и окаменел. Я знал их. Или мне просто показалось? Чтобы рассмотреть фотографию внимательнее, я сделал непростительную глупость — зажег свет. Другие фотографии поразили меня еще сильнее. На одной из них был я. На другой, свадебной, — мой отец с какой-то женщиной!

— Энидэй, ты спятил?!

В гостиной появился Лусхог.

— Туши свет!

Я выключил лампу, но наверху уже проснулись. Послышался сонный женский голос. Мужчина ответил: «Ладно, ладно, пойду, посмотрю», — и затопал вниз. Мы подбежали к задней двери, но она оказалось закрытой на ключ.

— Энидэй, ты дебил, — прошептал Смолах.

Человек вошел в комнату, где я стоял еще минуту назад, и зажег свет. Лусхог ковырялся в замке. Наверное, слишком шумно.

— Эй, кто там? — прокричал человек и направился в нашу сторону. Еще несколько мгновений, и он увидит нас.

— Да пошел он на х..! — сказал Смолах. — Идем отсюда.

Мы пробежали через кухню и один за другим выскользнули в приоткрытую дверь. Конечно же, он нас увидел, но нам было все равно.

На вершине холма Лусхог забил пару своих волшебных самокруток, и мы долго хохотали, наблюдая за суетой, которая поднялась после нашего бегства. Это место больше не принадлежало нам, но почему-то мы уже не переживали по этому поводу.

— Я знаю этого человека, — сказал я, отсмеявшись.

— Ты что, их различаешь? — удивился Лусхог. — Все ведь на одно лицо.

— Я знаю его, точно. Или знал раньше.

— О да, это твой брат-близнец, — и они залились хохотом.

— У меня не было братьев-близнецов.

— Правда? Ну, тогда это тоже писатель. Ты столько читаешь, что тебе явно кто-то из них привиделся.

— Парни, я серьезно!

— Ладно. Тогда это тот чувак, чью тетрадку ты постоянно таскаешь с собой.

— Макиннс? Нет. Это не он. Я не знаю, как он выглядит.

— Какая-нибудь звезда из журнала? — Лусхог выпустил в небо струйку дыма.

— Нет. Это кто-то, кого я точно знаю. Может, мой отец?

— Чувак, какой сейчас год? — усмехнулся Лусхог.

— 1972-й.

— Значит, сейчас тебе бы было под тридцатник. А этому мужику сколько лет?

— Ну, типа того.

— А сколько должно быть твоему отцу?

— Раза в два больше, — я улыбнулся, как идиот.

— Твой папаня должен сейчас быть уже стариком, типа меня.

Я опустился на холодную землю. Прошло туева куча лет с тех пор, как я в последний раз видел своих родителей, но мне и в голову не приходило, что они постарели.

Лусхог сел рядом со мной.

— В конце концов все забывается. Потому я не стану тебе рассказывать о своем детстве. Прошлого не существует. Оно просто как картинки в книжке. Моя мать могла бы вот прямо сейчас, в эту минуту подойти ко мне и сказать: «Дорогой мой», а я бы ей ответил: «Извините, леди, я вас не знаю». И отец мой для меня теперь не более чем миф. Так что, брат, нет у тебя ни мамки, ни папки, а если и были когда-то, сейчас ты бы их вряд ли узнал. Увы.

— Но тип, который спал в кресле, он точно похож на моего отца.

— Да это может быть кто угодно. Или вообще никто.

— А ребенок?

— По мне, они все на одно лицо. Все время хотят есть, ходить не могут, разговаривать не умеют, курить нельзя, пить тоже... Раньше такие малявки считались лучшим вариантом для подменыша — почти ничего не надо узнавать о нем, внешность изменил, скукожился до его размеров, и все. А что делать тем, кому потом с ним нянчиться еще сто лет? Слава небу, времена изменились, и теперь мы воруем только тех, кто повзрослее.

— Я не хочу его воровать. Я просто хочу узнать, чей он, и еще мне интересно, что случилось с моим отцом и где моя мать.

Чтобы пережить холодное время, мы утащили из магазина Армии Спасения штук десять одеял и кучу детской одежды, но еды было мало, и мы держались в основном на отварах из коры и веток. Январь и февраль мы, как обычно, продремали, почти не двигаясь, сбившись в кучки, греясь теплом друг друга и ожидая солнца и возобновления жизни природы. Чевизори понемногу выздоравливала. Когда появился дикий лук и первые нарциссы, она с помощью Крапинки начала заново учиться ходить.

Несмотря на риск быть обнаруженными, мы обосновались недалеко от нашей старой поляны, на берегу реки в паре миль к северу. Когда ветер дул в нашу сторону, мы слышали голоса людей, которые поселились в новых домах.

Однажды, когда мы рыли очередную нору, мне вдруг стало особенно грустно. Смолах, почувствовав это, присел рядом и обнял меня за плечи. Солнце скрылось за горизонтом.

— *Ní mar a siltear a bítear*, — сказал он мне.

— Смолах, даже если я проживу еще тысячу лет, я и тогда не научусь понимать твою ирландскую тарабарщину. Говори по-английски.

— Ты все еще скорбишь по нашим ушедшим друзьям? Но, я уверен, где бы они ни были сейчас, им там гораздо лучше, чем с нами. Не нужно больше прятаться и бесконечно ждать... Или ты по другому поводу?

— Смолах, ты любил когда-нибудь?

— Слава небесам, всего один раз. И это была моя мать. Хотя я ее почти не помню. Осталось ощущение чего-то шерстяного и еще запах хозяйственного мыла. И огромная, мягкая грудь, на которой лежит моя голова... Впрочем, нет. Она была худая и костлявая, моя мать. Вроде бы... Помню, что у отца был ремень. И усы, закручивающиеся кверху на концах. А может, это у деда?.. Прошло столько времени, что я даже не знаю, где и когда это было.

— А вдруг мои родители уже умерли?

— Жизнь идет. Одни уходят, уступая дорогу другим. Неразумно привязываться к кому-то одному.

Разговоры Смолаха не прибавили мне бодрости духа, и спать я пошел совершенно расстроенный. Я пытался вспомнить мать и отца, и не мог. Прошлая жизнь казалась мне такой же ненастоящей, как и мое нынешнее имя. Но я не открыл Смолаху главной причины моего удрученного состояния. Наша дружба с Крапинкой почти сошла на нет. После смерти Раньо и Дзандзаро она замкнулась в себе и почти все время проводила помогая Чевизори. Их тренировки затягивались дотемна, и к вечеру они обе валились без сил на свои подстилки. Не то что на походы в библиотеку, даже на разговоры со мной у нее не оставалось времени. Спала она отдельно от всех и постоянно рисовала на земле какие-то замысловатые узоры. Когда я спросил, что они означают, она посмотрела на меня как-то странно и ничего не сказала.

Как-то утром я обнаружил ее на западной окраине нашего лагеря, одетую в теплую одежду и крепкую обувь. Она сидела на краю скалы и смотрела вдаль, как будто мечтая о чем-то. Я подошел к ней сзади и положил руку на плечо. Она вздрогнула от моего прикосновения, а когда повернулась ко мне лицом, было видно, что она едва сдерживает слезы.

— Что случилось, Крапинка? Ты в порядке?

— Просто устала, — она улыбнулась и сжала мою руку в своей.

Однажды утром она разбудила меня, в ее темных волосах белели снежные хлопья.

— Пойдем, — прошептала она. И я вылез из-под груды одеял.

По знакомым до каждого поворота тропам мы в сумерках добрались до города. Подождали на краю леса, когда улицы опустеют, и подошли к зданию библиотеки к моменту закрытия. Забравшись внутрь, в наше потайное место в подвале, мы тут же залезли под ковер, чтобы согреться. Крапинка прижалась ко мне, мы задремали, но вскоре проснулись. Крапинка зажгла свечу, и мы погрузились в чтение. Она склонилась над томиком Фланнери О'Коннор, а я барахтался в абстракциях Уоллеса Стивенса, но никак не мог сосредоточиться ни на одной его строчке, потому что мне хотелось, не отрываясь, смотреть на свою спутницу. Я хотел рассказать ей о своих чувствах, но не мог подобрать слов. Она была самым большим моим другом все последние годы, но мне хотелось чего-то большего, только я не знал, чего. И не умел об этом сказать, несмотря на кучу прочитанных на подходящую тему книг. Крапинка погрузилась в мрачную готику романа «Царство небесное силою берется». Она лежала на полу, рука подпирала голову, волосы падали на лицо.

— Крапинка, мне надо тебе кое-что сказать.
— Одну секунду. Дочитаю абзац.

Но ей все никак было не оторваться.

— Крапинка, послушай меня, пожалуйста.
— Сейчас, сейчас, — она заложила палец между страниц, закрыла книгу и взглянула на меня так, что моя решительность куда-то улетучилась.

— Я долго-долго размышлял о своем отношении к тебе и теперь хочу сказать, что я чувствую.

Улыбка исчезла с ее лица. Она смотрела прямо на меня, а мои глаза бегали по сторонам.

— Я хочу сказать тебе...
— Не надо.
— Я хочу сказать, как я тебя...
— Пожалуйста, Генри!

Я остановился, потом хотел продолжить, но так и остался сидеть с открытым ртом.

— Что ты сказала?
— Я не хочу знать того, что ты собираешься мне сказать.
— Как ты назвала меня?

Она прикрыла рот рукой, словно хотела засунуть назад вылетевшее слово.

— Ты назвала меня Генри, — я тут же все вспомнил. — Точно. Меня зовут Генри. Ты же так меня назвала, да?

— Извини, Энидэй.

— Нет. Никакой я не Энидэй. Я — Генри. Генри Дэй.

— Ты не должен был этого знать.

Потрясение от происшедшего заставило меня забыть о том, что я собирался сказать. Шквал мыслей и чувств захлестнул меня. Все вопросы нашли ответы, все головоломки обрели решения, как будто у меня в голове вдруг сам собой сложился пазл, который я никак не мог собрать. Крапинка отложила книгу, подошла ко мне и обняла. Так мы и стояли, раскачиваясь из стороны в сторону долго-долго, пока не успокоилось мое разбушевавшееся воображение и, хотя бы немного, не упорядочился захвативший меня хаос.

Тогда она рассказала мне всю мою историю. Ее рассказ и стал основой этих записей. Остальное — обрывки моих воспоминаний. Она сказала, почему они скрывали все это от меня. Лучше не знать, кто ты на самом деле, чем помнить, кем ты был. Забыть себя, забыть свое имя. Жить без воспоминаний намного легче. Тихим и спокойным голосом она ответила на все мои вопросы. Свечи догорели, но мы еще долго разговаривали в полной темноте. Последнее, что я помню из той ночи, это что я так и уснул в ее объятиях.

Мне приснилось, что мы сбежали вдвоем и идем куда-то далеко-далеко, чтобы там вырасти вместе, стать настоящими мужчиной и женщиной. Во сне мы целовались, и мои пальцы ласкали ее нежную кожу. Пропел скворец. Я проснулся, но Крапинки рядом не было. За всю нашу многолетнюю дружбу она ни разу не написала мне ни одной записки, а сейчас рядом с моим изголовьем записка лежала. Каждая буква из нее навсегда отпечаталась в моей памяти. Я не хочу рассказывать вам, что там было, в этой записке, но в конце она написала: «Прощай, Генри Дэй».

Глава 29

Когда я увидел сына в первый раз, я был слишком взволнован, чтобы заговорить, и слишком потрясен, чтобы к нему прикоснуться. Он был не урод, не исчадие ада, а замечательный, красивый мальчик. Я долго ждал этого дня, и теперь во мне все перевернулось. И именно внезапная способность испытывать незнакомые прежде человеческие чувства ошеломила меня. Тесс улыбнулась тому смятению, с каким я на сына смотрел.

— Не бойся, не сломается, — сказала она, когда я более чем осторожно взял его на руки.

Мой сын. Наш ребенок. Десять пальцев на руках, десять — на ногах. Чистая кожа, свежее дыхание. Я держал его на руках и вспоминал близняшек в одинаковых желтых джемперах, мать, намыливавшую мне спину в ванной, отца, который вел меня за руку на мой первый футбольный матч... Потом вспомнил Клару, мою первую мать — как я прятался в складках ее длинных юбок; Абрама, моего отца — как кололись его усы, когда он касался губами моей щеки... Я поцеловал нашего мальчика и подивился таинству рождения, непостижимости моей жены и ощутил благодарность за то, что мой сын — человек.

Мы назвали его Эдвардом. Он родился в 1970 году за две недели до Рождества, и сразу стал общим любимцем. А через несколько месяцев мы втроем переехали в свой дом, который мама и дядя Чарли купили для нас в новом микрорайоне, построенном на месте бывшего леса. Сначала я даже думать не хотел о том, чтобы там поселиться, но это был подарок нам на вторую годовщину свадьбы — Тесс вынашивала ребенка, счета копились, — и я не смог сказать «нет». Дом оказался весьма просторным — пока малыш не родился, это особенно сильно ощущалось, — и я устроил там небольшую студию, куда перевез старое пианино. Я давал уроки семиклассникам и руководил студенческим оркестром в средней школе имени Марка Твена, а по вечерам и по выходным сочинял музыку, мечтая написать что-нибудь такое, где слились бы воедино обе мои жизни.

Для вдохновения я иногда доставал фотокопию списка пассажиров и разглядывал его. Абрам и Клара, их сыновья Фридрих, Йозеф и Густав. Загадочная Анна. Прошлое проявлялось частями. Доктор слушает мне сердце, а моя мать с беспокойством выглядывает из-за его плеча. Надо мной склоняются чьи-то лица, и я слышу разговор на незнакомом языке. Мать танцует, ее темно-зеленая юбка развевается в вальсе. Привкус яблочного уксуса, жаркое из печи. Сквозь замерзшее окно я вижу, как к дому подходят братья, которые играют в драконов и выпускают друг на друга клубы пара. В гостиной стоит пианино, к которому я так люблю прикасаться.

Играть — это как вспоминать прошлую жизнь. Я не только отчетливо вижу пожелтевшие клавиши, орнамент на пюпитре, полированную поверхность красного дерева, не только слышу мелодии из прошлого, но и чувствую то же, что чувствовал тот мальчик, которым я когда-то был. Удивление от того, что эти закорючки на бумаге можно превратить в звуки, стоит лишь нажать соответствующую клавишу и держать ее нажатой определенное время, и постепенно получится мелодия. Моя единственная настоящая связь с тем, первым детством — именно это ощущение. Мелодия, заполнявшая мою голову, вдруг начинает звучать в реальном мире. В детстве игра на пианино была моим способом выразить свои мысли, и теперь, сто лет спустя, я пытался вновь обрести это состояние, но все мои попытки выглядели так, словно я нашел ключ, но забыл, где находится замочная скважина. Я был беспомощен, словно Эдвард, только он не мог выражать свои мысли потому, что не умел еще разговаривать, а я не мог этого сделать потому, что, оказывается, не умел сочинять музыку.

Тем временем наш малыш рос, сначала он стал ползать, потом стоять, у него появились первые зубки, отросли волосы, он научился проявлять свою любовь к нам. Какое-то время мы были идеальной счастливой семьей.

Но мои сестры умудрились испортить эту картину. Мэри, которая воспитывала маленькую дочь, и Элизабет, ждавшая ребенка, первыми обратили внимание на эту странность. Как-то вся наша большая семья собралась в доме нашей матери на семейный ужин. Эдварду было около полутора лет, он уже начал ходить, и я помню, как он спускался тогда по ступенькам крыльца, держась за перила. Чарли и мужья моих сестер сидели перед телевизором, где показывали бейсбол, а мама с Тесс возились в кухне. Мы с сестрами остались наедине впервые за много месяцев.

— А ты знаешь, он совсем не похож на тебя, — сказала Элизабет.

— Да и на нее тоже, — подхватила Мэри.

Я посмотрел на Эдварда, подбиравшего с земли листья и бросавшего их вверх.

— Посмотри на его подбородок, — Лиз помахала рукой, — ни у тебя, ни у Тесс нет такой ямочки.

— И цвет глаз у него не такой, как у вас, — добавила Мэри. — Зеленые, как у кота.

— И нос. Сейчас-то еще ничего, а вот вырастет, будет как клюв, вот увидите. Бедный малыш. Надеюсь, у моего окажется что-то получше.

— Не помню, чтобы у кого-нибудь из Дэев был такой носище.

— Да что вы такое несете! — заорал я так, что испугал сына.

— А ты сам разве не думал, что это как-то странно: сын ни капли не похож на своих родителей?

Позже, когда в сумерках моя мама, Чарли и я сидели на крыльце, наблюдая за танцем ночных бабочек, разговор снова зашел о внешности Эдварда.

— Не слушай ты этих болтушек, — сказала мама. — Он похож на тебя как две капли воды, да и от Тесс что-то есть.

Дядя Чарли отхлебнул пива из бутылки и тихонько рыгнул:

— Мальчишка точно моя копия. Все мои внуки похожи на меня.

Эдди протопал к нему, ухватился за его ногу, чтобы не упасть, и зарычал, как тигр.

Подрастая, Эдвард все больше становился похожим на Унгерландов, но я продолжал хранить свою тайну при себе. Может, мне стоило объяснить все Тесс, и, скорее всего, это стало бы концом моих мучений. Но моя жена с изяществом переносила все ехидные замечания о внешности нашего сына. Через несколько дней после его второго дня рождения мы пригласили Оскара Лава и Джимми Каммингса на ужин. После обеда мы дурачились с аранжировкой, которую я написал в надежде заинтересовать городской камерный квартет. Конечно, нам не хватало одного исполнителя, ведь Джордж давно переехал в Калифорнию, но играть с привычными партнерами, даже через столько лет, было легко и комфортно. Тесс извинилась и ушла в кухню, чтобы проверить пирог. Когда Эдвард, сидевший в манеже, заметил, что ее нет, он начал кричать, стуча кулаками о рейки.

— Тебе не кажется, что он уже вырос из этой клетки? — спросил Оскар.

— Ему там нравится. Да и приглядывать так за ним легче, чем если будет бегать по всему дому.

Оскар покачал головой, подхватил Эдварда на руки, посадил к себе на колени и позволил играть с клапанами кларнета. Видя, как мои холостые друзья смотрят на моего сына, я не мог не понимать, что они сравнивают вольную жизнь с семейной. Они любили мальчика, но немного боялись и его, и всего того, что дети вносят в жизнь.

— Ему нравится кларнет, — заметил Оскар, смеясь. — Правильно, чувак. Держись подальше от пианино. Его тяжело таскать.

— А он точно ваш? — спросил Каммингс. — Что-то он не похож ни на тебя, ни на Тесс.

— Ну, раз уж зашел разговор, — присоединился Оскар, — вы только поглядите на эту ямочку на подбородке и эти глазищи.

— Ладно, парни, завязывайте.
— Тихо, — прошептал Оскар, — кое-кто возвращается.

Тесс раскладывала десерт по тарелкам, не обращая внимания на нашу болтовню.

— Слушай, Тесс, — сказал Джимми, поставив тарелку с пирогом на колено, — на кого, по-твоему, похож Эдди?

— У тебя меренга на губе, — ушла от ответа Тесс. Она взяла нашего сына на руки и посадила его к себе на колени. Эдвард тут же сунул руки прямо в пирог, ухватил кусок и потащил к себе в рот. — Вылитый папочка, — засмеялась Тесс.

Я подмигнул ей, и она улыбнулась мне в ответ.

Наконец парни ушли, мы положили Эдварда в его кроватку и отправились мыть посуду. Когда мы закончили, я отложил полотенце в сторону, подошел к Тесс сзади, обнял ее и поцеловал в шею.

— Надеюсь, ты не принимаешь близко к сердцу все эти разговоры о том, что Эдди не похож на нас.

— Конечно, нет, — ответила она, — это же полная ерунда.

На долю секунды мне показалось, что у нее есть что-то на уме, но тут она повернулась и сжала мои щеки руками в резиновых перчатках: «Ты все время беспокоишься о какой-то ерунде». Потом она поцеловала меня, и на этом разговор был закончен.

Несколько дней спустя она разбудила меня среди ночи, тряхнув за плечо и крикнув шепотом:
— Генри, проснись! Внизу какой-то шум.
— Что такое?
— Ты что, не слышишь? Там кто-то есть!

Я пробормотал что-то и опять завалился на подушку.

— Говорю тебе, там кто-то ходит! Неужели ты даже не спустишься, не поглядишь?!

— Ладно, ладно, не кричи, сейчас схожу и посмотрю.

Я нехотя поднялся с кровати и мимо закрытой двери в детскую пошел к лестнице, которая вела вниз, в гостиную. Спросонья я не понял, но мне показалось, что внизу горел свет, а потом его выключили, и что-то закопошилось в темноте. Встревоженный не на шутку, я начал спускаться по лестнице, в каком-то гипнотическом трансе пробираясь сквозь сгустившийся мрак. В гостиной я включил свет, но ничего необычного не заметил, разве что несколько фотографий на стене висело криво. Это была наша семейная галерея: фото наших родителей, изображения Тесс и меня в детстве, наши свадебные фотографии и целый парад портретов Эдварда. Я поправил рамки и в тот же миг услышал, как у кухонной двери что-то лязгнуло.

— Эй, кто там? — прокричал я, бросился в кухню и в последний момент успел заметить, как чья-то маленькая спина протиснулась между дверью и косяком. Я выскочил наружу, в холодную, темную ночь и разглядел три фигурки, метнувшиеся через поляну к лесу. Я крикнул, чтобы они остановились, но, естественно, воришки меня не послушались. В кухне был полный бардак, пропали консервы, сахар и маленькая кастрюля. По полу была рассыпана мука. Тесс зажгла во всем доме свет и спустилась вниз. Ужаснувшись разгрому, она тут же принялась за уборку, вытолкав меня из кухни. Я вернулся в гостиную, чтобы проверить, не пропало ли еще чего. Телевизор, стереосистема и другие ценные вещи — все оказалось на месте. Странно. Видимо, к нам залезла банда каких-то голодных воришек.

Мой взгляд упал на стену с фотографиями, и я подошел поближе и стал — в который уже раз! — их рассматривать. Тесс в день свадьбы. Сержант Уильям Дэй в военной форме строго прищурился. Руфь Дэй, сама еще почти ребенок, с гордостью и любовью смотрит на своего новорожденного сына. В следующей рамке — опять я, но здесь мне уже лет пять. Хотя, конечно же, это еще не я... И тут только до меня дошло, кто и зачем приходил в наш дом.

Подошла Тесс, положила руку мне на плечо:
— Пропало что-нибудь? Давай вызовем полицию.

Я не смог ответить, потому что мое сердце бешено заколотилось, страх приковал меня к месту. Мы не проверили, что с нашим сыном. Я ринулся наверх в его комнату. Он мирно спал, свернувшись калачиком. Глядя на его невинное лицо, я вдруг понял, на кого он похож. Мальчик, которого я до сих пор вижу в своих кошмарах. Мальчик за пианино.

Глава 30

Я сунул записку в книгу и бросился искать Крапинку. В панике забыв про всякую логику, я выскочил на газон перед библиотекой в надежде, что она еще не ушла слишком далеко. Но снег сменился проливным дождем, который напрочь уничтожил все следы. Улицы пока пустовали, но уже рассвело, и скоро на них появятся проснувшиеся люди. Мне на это было наплевать, я метался по городу, надеясь, что каким-нибудь чудом наткнусь на Крапинку. Из-за поворота вывернул автомобиль и остановился рядом со мной. Окно опустилось, и из машины выглянула женщина:

— Тебя подвезти? Так и замерзнуть недолго.

Хорошо, что я вовремя вспомнил, что нужно отвечать человеческим голосом.

— Нет, мэм, спасибо. Я почти дома.

— Не называй меня «мэм», — откликнулась она. У нее были светлые волосы, завязанные в хвост, как у женщины из того дома, который мы обворовали месяц назад. — Не то утро, чтобы бегать по городу. А у тебя ни шапки, ни перчаток.

— Я живу тут за углом. Спасибо.

— Я знаю тебя?

Я помотал головой, и она начала закрывать окно.

— А вы не видели здесь маленькой девочки? — прокричал я.

— Под таким дождем?

— Моя сестра, — соврал я. — Я ищу ее. Она такого же роста, как я.

— Нет. Никого не встретила, — женщина присмотрелась ко мне внимательнее. — Тебя как зовут? Где ты живешь?

Я замялся и подумал, что лучше покончить поскорее со всем этим.

— Меня зовут Билли Спек.

— Тебе лучше пойти домой. Она наверняка скоро сама вернется.

Машина тронулась с места и завернула за угол. Я побрел прочь из города, чтобы не попасться на глаза еще кому-нибудь, не такому дружелюбному, как эта женщина.

Дождь лил не переставая, я промок насквозь, но не замечал холода. Низкие тучи закрыли солнце, и ориентироваться было невозможно, так что я пошел вдоль реки, время от времени окликая Крапинку. Я тащился сквозь дождь весь день и весь вечер, и половину ночи, а когда совсем выбился из сил, прилег на пару часов отдохнуть под огромной елью. А потом встал и пошел дальше.

Я постоянно задавал себе одни и те же вопросы, которые буду задавать еще в течение многих лет. Почему она ушла? Почему Крапинка меня бросила? Вряд ли она пошла к людям, как Киви и Бломма. Скорее всего, просто решила остаться одна. Крапинка открыла мне, как меня зовут, но я понятия не имел, как зовут ее. Как ее найти? Правильно ли я поступил, что не сказал ей о своих чувствах? Может, если бы она узнала, как я к ней отношусь, она бы осталась? Терзаясь этими вопросами, я брел сквозь влажную, холодную темноту.

Замерзший, усталый и голодный, я шел так двое суток. Крапинка была единственной из нашего клана, кто заходил так далеко, к тому же она знала, где находится брод через реку, и не раз переходила на ту сторону. Река, превратившаяся в могучий мутный поток, неслась куда-то вдаль, таща коряги и бурля в водоворотах. Чтобы перебраться через нее, требовалось немалое мужество. У Крапинки оно было, у меня — нет. Я сел на камень и стал ждать. Чего? Не знаю. Наверное, чуда. Но чем дольше я сидел, тем меньше оставалось надежды. На закате третьего дня я в последний раз прокричал ее имя, уже точно зная, что никто не ответит. А потом двинулся к дому. Один. Без нее.

Я вернулся в лагерь подавленный, измученный, и, не желая ни с кем разговаривать, завалился спать. Несколько дней меня никто ни о чем не спрашивал, но когда прошла неделя, а Крапинка все не возвращалась, посыпались вопросы. Конечно, я им все рассказал, за исключением того, что она назвала мое настоящее имя, и того, что я хотел ей сказать, но так и не сказал.

— Не переживай, — Смолах похлопал меня по плечу, — мы что-нибудь придумаем. Завтра составим план, как ее найти.

Ничего они не придумали, и никакого плана, конечно же, никто не составлял. Ни завтра, ни послезавтра, никогда. Дни приходили и уходили. Я каждую минуту ждал, что она передумает и вернется. Каждый хруст ветки, каждый скрип снега, каждый доносившийся до меня женский голос казались вестниками ее возвращения. Остальные с уважением отнеслись к моему горю и не доставали меня ни расспросами, ни душеспасительными беседами. Они тоже скучали по ней, но это не шло ни в какое сравнение с тем, что чувствовал я. Я спал отдельно от всех и тихо ненавидел этих пятерых. За то, что они сделали с моей жизнью, за то, что не смогли удержать Крапинку, за тот ад, который творился у меня внутри. Мне стало казаться, что я вижу ее. Я часто принимал других за нее, увидев кого-нибудь со спины. Сердце начинало учащенно биться, но тут же наваливалось жестокое разочарование, когда я понимал, что это не Крапинка. Однажды я наткнулся в лесу на спящего олененка и в первый момент подумал, что это она спит там, под кустом, в луче солнечного света... Она мне мерещилась всюду. Но ее не было.

Ее уход проделал в моей шкуре большую дырку. Я потратил целую вечность, чтобы ее забыть, а потом еще одну, чтобы вспомнить. Все знали, что при мне лучше не говорить о Крапинке, но однажды, возвращаясь с рыбалки, я неожиданно услышал разговор, который не предназначался для моих ушей.

— Пора забыть о Крапинке, — сказал как-то Смолах остальным. — Даже если она жива, она к нам не вернется.

Заметив меня, все отвели глаза, а я как ни в чем не бывало подошел к костру, бросил на землю связку рыбы и принялся ее чистить. Я даже мысли не допускал, что Крапинка могла погибнуть. Она либо ушла к людям, либо отправилась к своему любимому океану.

— Да, я знаю, — сказал я, нарушив всеобщее неловкое молчание, — она не вернется.

Весь следующий день мы провозились в ручье, ворочая камни и коряги, под которыми прятались тритоны и саламандры: ловили их и потом готовили на костре. День выдался жаркий, и плескаться в воде было одно удовольствие. Вечером усталые, но довольные, мы с удовольствием хлебали свое варево, с аппетитом похрустывая мелкими косточками. Когда взошли звезды, мы завалились спать. Желудки у нас были полны, натруженные мышцы приятно ныли. На следующее утро я проснулся поздно и вдруг понял, что за весь вчерашний день ни разу не вспомнил о Крапинке. Я тяжело вздохнул. Я начал ее забывать.

Мной овладела тоска. Я мог часами лежать, глядя в небо, или наблюдать за муравьями. Я изо всех сил пытался выкинуть ее из своей памяти. При желании воспоминания можно обезличить и лишить чувства. Роза — это роза. Ворон — это просто ворон, а никакая не метафора чего-то там. Слова выражают только то, что ты хочешь сказать, и ничего больше. Генри Дэя я постарался тоже забыть и принять мир таким, каков он есть.

Остальные, похоже, тоже ничего нового не ждали от жизни. Смолах никогда не поднимал эту тему, но и так было ясно, что воровать никого мы больше не собираемся. Мы понимали, что нас слишком мало для этого, да и внешний мир кардинально изменился за последние десятилетия. Когда нашим предводителем был Игель, процесс подготовки к похищению шел по накатанной веками схеме, и все трудились с большим энтузиазмом; при Беке никакого энтузиазма уже не было и в помине, а про Смолаха и говорить нечего. Никаких разведывательных экспедиций, никаких поисков подходящих детей, никакой пластической акробатики, никаких изменений внешности, ничего. Мы просто плыли по течению, равнодушно ожидая очередной катастрофы или чьего-то бегства.

Мне на все было наплевать. Мной овладело какое-то нездоровое бесстрашие, и я повадился ходить в город в одиночку. Целью моих походов могла быть всего лишь коробка конфет для Чевизори или блок сигарет для Лусхога. Я воровал любые мелочи, которые попадались под руку: фонарик с батарейками, блокнот для рисования и восковые мелки, бейсбольный мяч и рыболовные крючки, а однажды, под Рождество, притащил торт. В лесу я занимал себя всякой ерундой: выстругивал из дерева зверей, обложил по периметру наш лагерь камнями, искал старые черепашьи панцири и делал из их осколков ожерелья. Одно из таких ожерелий я положил к подножию каменной пирамиды, которую Смолах и Лусхог построили в память о Киви и Бломме, а второе — рядом с местом гибели Раньо и Дзанздаро. Ночные кошмары меня не тревожили, но только потому, что вся наша жизнь превратилась в один сплошной сомнамбулический кошмар. Прошло еще несколько лет, когда одно случайное происшествие вдруг показало, что окончательно забыть Крапинку мне не удастся.

Луковка украла где-то кучу разных семян, и мы устроили небольшой огород на солнечной стороне невысокого холма, метрах в трехстах от лагеря. Вскоре появились всходы. Там росли морковь, горох, лук, фасоль и даже арбузы. В то весеннее утро я, Чевизори, Луковка и Лусхог мирно пропалывали грядки, как вдруг до нас донесся звук приближавшихся шагов.

Мы бросили свое занятие, понюхали воздух, чтобы понять, прятаться нам или бежать. Нарушителями спокойствия оказались заблудившиеся туристы. Они потеряли тропу и теперь плутали по лесу. Хотя совсем недалеко от нас шло масштабное строительство, люди еще ни разу не появлялись рядом с нашим жилищем. Потому появление в столь необычном месте обработанной делянки могло озадачить незнакомцев. Мы быстро забросали сосновыми ветками грядки, а сами укрылись в зарослях.

Вскоре двое парней и одна девушка, в бейсболках, с огромными рюкзаками за плечами прошли между нами и нашим огородом. Они ничего не заметили, потому что передний смотрел только себе под ноги, девушка, шагавшая за ним, смотрела только на его рюкзак, а последний из этой троицы — только на ее ягодицы. Они привлекали его гораздо больше, чем окружающая природа. Мы отправились за ними. Вскоре туристы присели отдохнуть и перекусить. Достали воду в бутылках, какую-то еду, один из них открыл книгу и стал что-то читать вслух. Девушка внимательно слушала, а второй парень отошел за дерево помочиться. Его так долго не было, что первый успел не только дочитать стихотворение, но и поцеловать девушку. Когда эта интерлюдия закончилась, они взвалили свои рюкзаки на плечи и ушли. Мы немного подождали, а потом пробрались туда, где у них был привал.

Они оставили в траве две пластиковые бутылки, полиэтиленовые упаковки от еды и, видимо, забыли книжку стихов. Чевизори подняла ее и подала мне. «Голубые эстуарии» Луизы Боган. Я перелистнул несколько страниц и зацепился за фразу: «Ведь сердце нам дано не только для того, чтоб кровь текла по венам».

— Крапинка, — прошептал я. Мне показалось, что я не произносил вслух этого имени уже несколько сотен лет.

— Что-что? — спросила Чевизори.

— Ничего. Просто пытаюсь кое-что вспомнить.

Мы возвращались в наш огород. Я обернулся, чтобы посмотреть, не отстали ли Чевизори и Лусхог, и увидел, как они идут, взявшись за руки. Мои мысли опять вернулись к Крапинке. Я почувствовал острую необходимость отыскать ее, хотя бы только для того, чтобы спросить, почему она ушла. Рассказать ей, что постоянно веду с ней внутренний диалог. Попросить больше никогда не уходить. Сказать, наконец, ей все о своих чувствах. И я вдруг подумал, что не все еще потеряно, и твердо решил найти ее, где бы она ни оказалась.

Глава 31

Не хотелось бы мне снова стать ребенком, потому что его жизнь проходит в неопределенности, под угрозой кучи опасностей. Дитя — наша плоть и кровь, но нам нечем ему помочь, мы можем лишь переживать за него, лишь надеяться, что он сумеет приспособиться к этому миру. После того ночного набега я боялся за нашего сына все время. Ведь Эдвард был не тем, кем его считали другие, а отпрыском самозванца. Он был не Дэй, а сын подменыша. Я дал ему свои гены, свое лицо, характер Унгерландов, и кто знает, что еще. Все, что я знаю о своем детстве — это имя на обрывке бумаги: Густав Унгерланд. Меня украли давно. И мне пришло в голову, что лесные черти приняли моего мальчика за одного из своей шайки и хотели его вернуть. Разгром, который они учинили в кухне, наверняка был лишь уловкой, призванной отвлечь наше внимание от их главной цели. Сдвинутые фотографии на стене ясно указывали на то, что они кого-то искали. За всем этим крылся злой умысел — гоблины тянули из чащи свои костлявые пальцы к нашему сыну.

Весной в воскресенье Эдвард пропал. Стоял чудесный весенний день, мы выбрались в город, потому что в одной из церквушек в Шейдисайде[54] я обнаружил отличный орган, и мне разрешили на нем поиграть после воскресной мессы. После этого мы с Тесс повели Эдварда в зоопарк — показать ему слонов и обезьян. К сожалению, мы оказались не одиноки в этом своем стремлении. По зоопарку бродили толпы народу: молодые родители с колясками, кучки шумных подростков, семьи с детьми. Но мы стойко переносили все лишения и невзгоды. Эдвард был очарован тиграми. Он надолго застрял возле клетки полосатых хищников, рычал на них и размахивал своей сахарной ватой на палочке, пытаясь криками пробудить их от ленивой дремы. Один из тигров, насильно вытащенный из своего черно-оранжевого сна, начал раздраженно бить по полу клетки хвостом, а Тесс, воспользовавшись тем, что Эдвард увлекся этой игрой, завела серьезный разговор.

— Генри, я хочу поговорить с тобой по поводу Эдди. Как ты думаешь, с ним все нормально? В последнее время он ведет себя как-то странно, ты не находишь?

Из-за ее плеча мне было видно, как Эдди орет на тигров.

— Он абсолютно нормален.

— Тогда ненормален ты, — сказала она. — Значит, это ты ведешь себя странно в последнее время. Ты же не даешь ему и шагу ступить. Ты лишаешь его детства. Он должен гулять на улице, бегать в лес, лазать по деревьям, ловить головастиков, но у меня создалось ощущение, что ты боишься упустить его

---

[54] Один из районов Питтсбурга, второго по величине города штата Пенсильвания.

из своего поля зрения. Ему не нужно так много внимания, ему нужна независимость.

Я взял ее за локоть и отвел подальше от клеток, чтобы Эдди не услышал нашего разговора.

— Ты помнишь ту ночь, когда кто-то забрался к нам в дом?

— Да, помню. Но ты сказал, что беспокоиться не о чем, а сам теперь только об этом и думаешь, разве нет?

— Нет, нет. Я не об этом. Я тогда посмотрел на фотографии на стене и вспомнил свое собственное детство — годы, проведенные за пианино. Тогда все было понятно и просто, ответы на все вопросы были на кончиках моих пальцев. А сейчас... Я никак не мог понять, что за симфонию сочиняю. И вот сегодня в церкви я это наконец понял. Орган звучал точно так же, как тот, в Хебе. Орган — вот ключ к моей симфонии. Это будет концерт для органа с оркестром.

Тесс обняла меня, прижалась к моей груди. в ее глазах сияла вера в мой талант. Никто еще во всех моих трех жизнях не смотрел на меня с такой готовностью поддержать. В этот момент любовь к Тесс настолько переполнила меня, что я забыл обо всем на свете, даже о нашем ребенке и о своих страхах. Когда же я снова взглянул через ее плечо, то увидел, что нашего сына нет перед клеткой с тиграми. Сначала я подумал, что тигры ему надоели, и он, увидев, как мы обнимаемся, решил присоединиться к нам и сейчас стоит где-то рядом. Потом мне пришла в голову мысль, от которой зашевелились волосы на голове: Эдвард каким-то образом протиснулся в клетку к тиграм, и они его съели. Но звери никак не проявляли свою кровожадность и так же мирно дремали, как и пару минут назад. Неужели подменыши? Тесс еще ничего не заметила, и я испугался, что заражу ее своей паникой.

— Эдвард куда-то ушел, — сказал я как можно спокойней.

Она развернулась на месте и бросилась туда, где он только что стоял.

— Эдди! — закричала она. — Эдди, где ты?

Мы побежали по дорожке мимо клеток со львами и медведями, выкрикивая на бегу имя сына и пугая остальных посетителей. Тесс остановила пожилую пару, шедшую нам навстречу:

— Вы не видели маленького мальчика, трех лет, со сладкой ватой?

— Таких здесь полно, — ответил старичок, показывая пальцем нам за спину, где туда-сюда шнырял десяток трехлеток со сладкой ватой в руках. Но тут среди них мы увидели своего. Он гнался за пингвином. Пингвин, переваливаясь с боку на бок, улепетывал со всех лап, а Эдвард мчался за ним, явно собираясь схватить. Из-за спины мальчика вынырнул служитель зоопарка и, подхватив пингвина под мышку, куда-то понес. Мы подбежали к нашему сыну.

— Ну и дела, — сказал он нам совсем по-взрослому. — Этот побежал, а я его хотел поймать.

Мы схватили Эдди за обе руки и поклялись себе больше никогда не спускать с него глаз.

Эдвард был как воздушный змей на бечевке — все время казалось, что он вот-вот вырвется и исчезнет. Пока он не начал ходить в школу, мы глаз с него не спускали. С утра им занималась Тесс, а вторую половину дня, когда я возвращался с работы, Эдвард проводил со мной. Когда ему исполнилось четыре года, мы отдали его в городской детский сад, и каждое утро я сначала отвозил его, а потом ехал к себе в школу. Через какое-то время я начал учить его игре на пианино, но занятия ему быстро надоедали, и он возвращался к своим кубикам и динозаврам. С детьми на улице играть ему не нравилось, но меня это только радовало, потому что любой из них мог оказаться замаскированным подменышем.

Как ни странно, относительное уединение в кругу семьи пошло мне на пользу, и сочинять музыку становилось все легче. Пока Эдвард возился со своими книжками и игрушками, я работал. Тесс всячески меня поддерживала. Примерно раз в неделю она приносила домой новую пластинку с органной музыкой, добытую в каком-нибудь пыльном музыкальном магазинчике. Она доставала билеты в Хайнц-Холл[55], разыскивала редкие ноты или книги по оркестровке, заставляла меня ездить в город играть на органе. В итоге я написал несколько десятков музыкальных пьес, хотя их никто не заметил, за исключением нашего местного полусамодеятельного хора да ансамбля духовых инструментов, где я пару раз подыгрывал на синтезаторе. Я рассылал свои записи и партитуры по всей стране, но издатели и известные музыканты отвечали либо отказом, либо молчанием.

Все изменил один телефонный звонок. Я только что, забрав Эдди из садика, вошел с ним в дом. Голос в телефонной трубке принадлежал человеку

---

[55] Один из крупнейших концертных залов Питтсбурга.

из другого мира, то есть из мира музыки. Знаменитый камерный квартет из Калифорнии, игравший экспериментальную музыку, заинтересовался одной из моих композиций, написанной в атональном ключе. Ноты им показал мой старый друг по *The Coverboys* Джордж Нолл. Я позвонил Джорджу, поблагодарил за рекомендацию, а он пригласил меня к себе, чтобы и я смог принять участие в записи. Мы с Тесс и Эдвардом тут же вылетели в Сан-Франциско, где провели несколько дней в гостях у семейства Нолл. Это было летом 76-го.

Принадлежавшее Джорджу скромное кафе на Норд Бич оказалось единственным андалузским заведением в шеренге итальянских ресторанчиков. Если к этому еще добавить красавицу жену и потрясающего шеф-повара, можно сказать, что жизнь моего приятеля удалась. Несколько дней, проведенных вдали от дома, успокоили мои нервы. По крайней мере, здесь можно было не опасаться, что кто-то ночью залезет к тебе в дом.

Пастор Храма Милости Господней в Сан-Франциско выделил нам всего несколько часов на запись партии органа, который звучал ненамного хуже, чем старый орган в Хебе. Едва я коснулся клавиш и нажал ногами на педали, меня охватило уже знакомое чувство, будто я вернулся домой. После того как мы вместе с квартетом семь раз сыграли мою фугу для органа и струнных, звукорежиссера наконец устроило качество записи.

Моя встреча со славой длилась чуть более девяноста минут. Мы пожелали друг другу удачи, высказали взаимную надежду на дальнейшее сотрудничество и распрощались. Возможно, несколько сотен человек и купит этот альбом, а кто-то даже дослушает до моей фуги в самом конце диска, но трепет от причастности к созданию настоящего произведения искусства во много раз важнее любого успеха или неуспеха у слушателей.

Виолончелист группы посоветовал нам обязательно съездить в Биг-Сур[56], и в последний день перед отлетом домой мы арендовали машину и направились на юг по Тихоокеанскому шоссе. Солнце то выходило из-за туч, то снова пряталось, но открывавшиеся за каждым поворотом виды были просто потрясающими. Тесс с детства мечтала увидеть Тихий океан, потому мы решили спуститься к небольшой, сказочно красивой бухте в Вентана Вайлдернесс[57] и немного там отдохнуть. Едва мы вышли на берег, как все вокруг заволокло густым туманом, но мы не стали возвращаться к машине и расположились на песке, рядом со знаменитым водопадом МакВей, который падает с почти тридцатиметровой высоты прямо в океан. Перекусив, мы с Тесс прилегли отдохнуть на расстеленное покрывало, а пятилетний Эдди, полный неукротимой энергии, стал бегать взад-вперед по пляжу. Несколько чаек, взлетев со скал, кружили над пустынным пляжем, а на меня впервые за долгие-долгие годы снизошло умиротворение.

Возможно, виной тому мерный шум прибоя или свежий морской воздух, или сытный ланч, или все вместе, но мы с Тесс задремали. Мне приснился странный сон, один из тех, что давно перестали

---

[56] Биг-Сур — малонаселенный и очень живописный район побережья центральной Калифорнии.
[57] Горно-лесной национальный парк на берегу Тихого океана.

меня тревожить. Я снова был среди хобгоблинов, и мы, словно стая львов, выслеживали какого-то ребенка. Я забрался в дупло, схватил его за ногу и стал вытаскивать наружу, а мальчик извивался, как раненый зайчонок, пытаясь вырваться из моих цепких лап. Ужас наполнил его глаза, когда он увидел меня, свою ожившую копию. Остальные сгрудились вокруг нас, хищно сверкая глазами и скандируя заклинания. Я собирался отнять его жизнь, а взамен всучить ему свою. Мальчик закричал...

Где-то недалеко чайка издала пронзительный крик, но в тумане ее не было видно. Я посмотрел на спящую Тесс. Даже во сне она была прекрасна. Я уткнулся носом ей в шею, вдохнул запах ее волос. Она проснулась, обняла меня и прижалась ко мне крепко-крепко, словно ища моей защиты. Мы завернулись в покрывало, я забрался на нее и начал снимать с нее одежду. Мы стали кувыркаться, смеясь и щекоча друг друга. Вдруг она остановилась, спросила:

— Генри, ты знаешь, где ты сейчас?
— Я здесь, я с тобой.
— Постой! А где Эдди?

Я выбрался из-под покрывала и огляделся. Туман немного рассеялся и за водопадом открылся небольшой скалистый мыс, выступавший в море. На мысу росло несколько сосен. Струи водопада с гулом рушились вниз, сливаясь с волнами прибоя. Производимый ими шум поглощал все звуки.

— Эдди! — крикнула Тесс, поднимаясь на ноги. — Эдди!

Я тоже поднялся.

— Эдвард, ты где? Иди сюда!

Со стороны мыса раздался ответный крик, и вскоре мы увидели, как наш сын спускается по скалам на пляж. Он подбежал к нам, его куртка и волосы были мокры от брызг, разбивавшихся о прибрежные камни волн.

— Ты где был? — спросила его Тесс.

— Ходил вон на тот остров, там интересно.

— Разве ты не знаешь, что это опасно?

— Я хотел посмотреть, что там, в тумане. Там была девочка.

— На скале?

— Да. Она сидела и смотрела на океан.

— Одна? А где ее родители?

— Она сказала, что у нее нет родителей. Она сама приехала сюда. Как мы.

— Эдвард, не выдумывай. Тут никого нет на многие мили вокруг.

— Правда, пап. Она и сейчас там сидит. Пойдем, посмотрим, если не веришь.

— Не пойду. Там сыро и скользко.

— Генри, — Тесс показала на сосны, растущие на вершине мыса. — Посмотри.

Маленькая девочка с развевающимися черными волосами ловко, как горная козочка, карабкалась по скале. Издалека она, легкая и воздушная, словно морской бриз, казалась сгустком тумана. Заметив нас, она остановилась на мгновение — мгновение это длилось не дольше, чем щелчок фотоаппарата — и скрылась среди деревьев.

— Постой, — крикнула Тесс, — подожди!

И хотела побежать за ней.

— Оставь ее, — сказал я жене, схватив ее за руку. — Она уже убежала. Похоже, она знает, что делает.

— Что за черт, Генри? Почему ты позволил ей уйти? Ее нельзя оставлять одну в этой глуши!

Промокший до нитки Эдди стучал зубами от холода. Я завернул его в покрывало и усадил на песок. Мы стали расспрашивать его об этой девочке, и по мере того, как он согревался, картина становилась все яснее.

— Мне просто было интересно, что там, за туманом, и я полез на эту скалу. И, я ведь уже говорил, она там сидела. Вон под теми деревьями, и смотрела на волны. Я ей сказал «привет», и она мне сказала «привет». И она сказала: «Хочешь посидеть со мной рядом?»

— И как ее звали? — спросила Тесс.

— У нее какое-то странное имя, вроде Пятнышко, или Крапинка. Она сказала, что приходит сюда смотреть на китов.

— Эдди, ты говоришь, что она приехала сюда сама. А откуда она приехала?

— Она сказала, что пришла пешком и что шла целый год. Потом она спросила меня, откуда я приехал, и я ей сказал. А она спросила, как меня зовут, и я сказал: Эдвард Дэй, — он опасливо посмотрел на наши хмурые лица. — А что, не надо было говорить?

— Что-нибудь еще она сказала?

— Нет.

Он поглубже закутался в покрывало.

— Совсем ничего?

— Она спросила: «Ну, и как тебе живется в этом большом-пребольшом мире?» Я подумал, что это какая-то шутка из мультфильма.

— Она не делала ничего... необычного? — спросил я.

— Она умеет смеяться как чайка.

— Смеяться как чайка?

— Ну, когда чайки кричат, они как будто смеются. Она тоже так кричала. А потом вы меня позвали. И она сказала: «Прощай, Эдвард Дэй». А я сказал: подожди меня тут, я сейчас приведу своих маму и папу...

Тесс обняла нашего сына и стала растирать его сквозь покрывало. Потом она посмотрела в ту сторону, где мы видели девочку.

— Ты видел, она просто растворилась. Как призрак.

С этого момента и до того, как наш самолет приземлился в аэропорту Питтсбурга, я не мог думать ни о чем, кроме этой девочки. Но беспокоило меня не ее таинственное появление, а затем исчезновение, а фамильярность, с которой она вела себя с нашим сыном.

Мне всюду чудились подменыши.

В субботу утром мы с Эдвардом поехали в город, чтобы подстричься, и меня всерьез напугал какой-то рыжий мальчик, который, посасывая леденец, не мигая, пялился на моего сына. Когда осенью возобновились занятия в школе, мне показалась подозрительной пара новеньких братьев-близнецов, которые не только были похожи друг на друга, как две капли воды, но и обладали пугающей способностью заканчивать друг за друга фразы. Возвращаясь однажды поздно ночью домой, я заметил на кладбище трех мальчишек, и это тоже вывело меня из равновесия. Интересно, что они там замышляют? Когда мы оказывались на каких-нибудь вечеринках или праздниках, я старался найти людей, знающих подробности о тех двух девочках, которых поймали однажды ночью в магазине, но никто уже не помнил этой истории. Все дети, кроме моего собственного сына, казались мне подозрительными. Эти твари умеют маскироваться. В глазах каждого ребенка я видел спрятанную Вселенную.

Пластинка «Рассказы о чудесах», на которой была записана и моя фуга, вышла перед самым Рождеством, и мы практически сразу ее запилили, ставя для всех друзей и знакомых. Эдварду нравился звук диссонирующих скрипок на фоне устойчивой темы виолончели, а затем мощное вступление органа. Ожидание этого вступления и начало его всякий раз вызывали восторг у слушателей, независимо от того, какой по счету раз они слышали запись. В новогоднюю ночь, далеко за полночь, когда весь дом уже глубоко спал, меня разбудил звук моего органа. Ожидая самого худшего, я, накинув халат и взяв бейсбольную биту, спустился в гостиную, но обнаружил там только своего сына, который, широко раскрыв глаза, сидел прямо перед колонкой и внимательно слушал. Когда я убавил громкость, он потряс головой и часто-часто заморгал, словно пробудившись от глубокого сна или гипноза.

— Эй, дружбан, — сказал я ему низким голосом Санта Клауса, — ты знаешь, сколько уже времени?

— Уже 1977-й?

— Уже несколько часов. Вечеринка закончилась, приятель. Что это тебе вздумалось слушать музыку?

— Мне сон плохой приснился.

Я посадил его к себе на колени.

— Расскажешь?

Он ничего не ответил, только сильнее прижался ко мне. Последняя нота композиции повисла в воздухе и растаяла, я поднялся и выключил стереосистему.

— Знаешь, папа, почему я поставил твою песню? Она мне кое-что напоминает.

— Что напоминает? Нашу поездку в Калифорнию?

— Нет, — он посмотрел мне прямо в глаза. — Я вспоминаю Крапинку. Ту девочку-фею.

Я глухо застонал, прижал к себе своего сына и почувствовал, как сильно бьется его сердечко.

Глава 32

Крапинке нравилось смотреть на воду. Когда я вижу реку или ручей, я сразу вспоминаю о ней. Много лет назад я случайно увидел ее сидящей на отмели, по пояс в воде. Она поджала ноги, и вокруг ее обнаженного тела кружились маленькие водовороты, а солнечные лучи ласкали ее плечи. В обычных обстоятельствах я бы запрыгнул к ней в ручей, и мы стали бы плескаться в нем, брызгаясь и хохоча, но меня вдруг околдовала грация ее шеи, рук, плеч, контур ее лица... Я не мог сдвинуться с места. В другой раз, когда люди устроили фейерверк на берегу реки, мы все вместе смотрели его из прибрежных кустов, и я заметил, что ей больше нравилось не то, что происходило в небе, а то, что отражалось в воде. Мои друзья стояли задрав головы, а она любовалась отсветами, бегущими по волнам, и огненными искрами, танцующими на гребешках волн. С самого начала я интуитивно догадывался, куда она могла пойти, но тот же самый страх, который не позволил мне перейти реку, удерживал меня от прямого ответа на этот вопрос. Только вода могла привести меня к Крапинке.

Дорога в библиотеку никогда еще не была такой скучной и долгой, как во время моего первого возвращения туда после ухода Крапинки. Все изменилось с тех пор, как мы расстались. Лес был редкий, всюду валялись ржавые консервные банки, стеклянные бутылки и прочий мусор. В наш подвал за все эти годы никто ни разу не заходил. Все книги лежали там же, где мы их оставили, только края их обгрызли мыши. Подсвечники и кофейные чашки были полны мышиного помета. Томик Шекспира был засижен чешуйницами. Стивенс разбух от сырости. При тусклом свете свечей я принялся за уборку, смел из углов паутину, разогнал сверчков, а потом завернулся в ветхое одеяло, которым когда-то укрывалась она, и уснул.

Шум наверху подсказал, что наступило утро. Работницы библиотеки входили в здание, половицы скрипели под их ногами. Я представлял себе, как это все происходит: они заходят, здороваются друг с другом, садятся на свои рабочие места и сидят там весь день до вечера. Прошло около часа, и начали приходить посетители. Я тоже взялся за работу. Смахнув пыль с тетрадки Макиннса, я перечитал все, что там было написано, потом достал из разных углов все свои разрозненные записи, заметки и рисунки и стал раскладывать в хронологическом порядке. Конечно, многое было потеряно при нашем скоропалительном бегстве из первого лагеря, что-то осталось под завалами в шахте, и я понял, что предстоит тяжелый труд, если я хочу все вспомнить и свести воедино.

Когда библиотекари ушли, я открыл потайной люк и вылез наверх. В отличие от прошлых разов, у меня не было желания выбирать новую книгу, мне нужны были письменные принадлежности. На столе директора библиотеки я нашел настоящее сокровище: несколько желтых блокнотов и столько авторучек, что хватило бы на всю оставшуюся жизнь. В качестве компенсации я возвратил на полку книгу стихов Уоллеса Стивенса, которую они наверняка давно считали бесследно пропавшей.

Слова сами лились с конца пера, и я писал, не останавливаясь, до тех пор, пока не заныла рука. Я начал с конца. Описал день, когда ушла Крапинка. Затем, перенесшись во времени назад, вспомнил день, когда я понял, что люблю ее. Потом долго рассуждал о том, каково это — взрослому человеку жить в теле маленького мальчика. На середине абзаца, в котором я описывал желание, я вдруг остановился. Что было бы, если бы она позвала меня с собой? Скорее всего, стал бы отговаривать ее, умолял остаться, говорил бы, что у меня недостаточно мужества для этого. И еще одна мысль терзала меня. А вдруг она не хочет, чтобы я ее нашел? Вдруг она убежала из-за меня? Что, если она догадывалась о моих чувствах? Я отложил ручку в сторону... Как бы я хотел, чтобы она была сейчас здесь и разрешила все мои сомнения.

Следующие полгода я жил между лагерем и библиотекой, пытаясь описать историю своей жизни. Зимняя спячка приостановила этот процесс. Я спал с декабря по март. Но прежде, чем я вернулся к своей книге, она сама вернулась ко мне.

Однажды утром, когда я грыз засохшую овсяную лепешку, запивая ее несладким чаем из древесной коры, ко мне с официальным видом подошли Смолах с Лусхогом и сели напротив меня. Почему-то я сразу понял, что разговор будет трудным и долгим. Лусхог ковырялся прутиком в палой листве, а Смолах делал вид, будто изучает игру света в листве дерева, под которым мы сидели.

— Привет, парни. В чем дело?
— Мы были в библиотеке, — сказал Смолах.

— Лет сто туда не ходил, — добавил Лусхог.

— Ну, теперь мы хоть знаем, чем ты там занимался.

— Да. Прочли поучительную историю твоей жизни.

Смолах пристально посмотрел на меня.

— Сто тысяч извинений, но мы должны были это сделать.

— Кто вам дал такое право? — разозлился я.

Они смущенно отвернулись, и я не знал, к кому из них обращаться.

— Кое-что ты описал неверно, — наконец произнес Лусхог, — Можно тебя спросить, зачем ты все это пишешь? Кому ты собрался это показать?

— И что это, интересно знать, я неверно описал?

— Я так понимаю, что писатель, когда пишет книгу, рассчитывает на то, что ее потом кто-то будет читать, — сказал Лусхог. — Вот ты на кого рассчитываешь? Нельзя же тратить время и силы, чтобы потом стать единственным читателем своей собственной книги. Даже человек, который ведет дневник, втайне надеется, что его кто-нибудь потом прочтет.

Смолах погладил подбородок двумя пальцами:

— Мне кажется, это большая ошибка — писать книгу, которую никто и никогда не сможет прочесть.

— Черт возьми! — закричал я, вскочив на ноги. — Что не так с моей книгой? В чем дело?

— Дело в твоем отце, — сказал Лусхог.

— В моем отце? При чем здесь мой отец? С ним что-то случилось?

— Он не тот, за кого ты его принимаешь.

— Он хочет сказать, что человек, которого ты считаешь своим отцом, твоим отцом не является, — пояснил Смолах.

— Пойдем-ка с нами, — сказал Лусхог.

Пока мы петляли по тропе, я пытался понять, каковы будут последствия от их знакомства с моей книгой. Во-первых, сами они всегда знали мое настоящее имя, а теперь они знают, что и я его знаю. Они прочли про мои чувства к Крапинке и решили, что я пишу для нее. Еще они узнали, что я про них про всех думаю. К счастью, Смолах и Лусхог — самые симпатичные персонажи в моей книге, хотя и немного эксцентричные. Зато они были неизменными спутниками всех моих приключений. Их претензии ко мне бесили меня, поскольку я понятия не имел, где находится Крапинка и как передать ей книгу, и уж тем более, никогда не задавался вопросом, зачем я пишу. Смолах и Лусхог, топавшие впереди меня по тропинке, прожили в этом лесу почти сотню лет. Они плыли сквозь вечность без всяких забот, без желания записать и осмыслить все то, что с нами происходит. Они не писали книг, не рисовали на стенах, не умели и не любили танцевать, но они жили в полной гармонии с окружающим миром. И почему я не стал таким, как они?

Уже в глубоких сумерках мы вышли из леса и, пройдя мимо здания церкви, оказались на городском кладбище. Я вспомнил, что был уже здесь однажды, много лет назад, но по какому поводу, понятия не имел. Надписи на многих могильных камнях истерлись от времени, и исчезнувшие с лица земли обитатели этих могил ждали теперь лишь, когда исчезнут и сами их имена. Мои друзья провели меня по дорожке между захоронений, и вскоре мы остановились у скромной могилы, поросшей бурьяном. Смолах показал на надпись на камне: «Уильям Дэй. 1917—1962». Я раздвинул траву и прикоснулся пальцами к бороздкам букв и цифр.

— Что с ним случилось?

— Мы не знаем, Генри Дэй, — тихо отозвался Лусхог.

— А я все-таки буду звать тебя Энидэй, — сказал Смолах, положив руку мне на плечо. — Ты один из нас.

— И давно вы об этом узнали?

— Мы подумали, что для книги тебе тоже нужно это знать. Тот человек в лесу, которого ты видел перед тем, как мы покинули наш первый лагерь, был не твой отец.

— И теперь ты понимаешь, — сказал Лусхог, — что человек в новом доме, к которому мы влезали тогда, ночью, тоже не может быть твоим отцом.

Я опустился на землю и прислонился к могильному камню, чтобы не потерять сознание. Конечно, они правы. Прошло целых четырнадцать лет со дня его смерти. Если он умер так давно, конечно же этот человек, которого я принимал за своего отца, не мог быть Уильямом Дэем, но кем же он тогда был? Его двойником? Разве такое возможно? Лусхог в это время раскрыл свой кисет, свернул папиросу, и сладковатый дым поплыл среди надгробий. На небе загорелись первые звезды... Как долго они будут гореть? Неужели вечно? Я ждал, что мои друзья расскажут мне еще что-нибудь о Генри Дэе и двойнике моего отца, но они молчали...

— Ладно, парни, пошли, — сказал наконец Смолах. — Поговорим об этом завтра.

Когда мы вернулись в лагерь, Смолах и Лусхог сразу отправились спать, а я сидел в своей норе и не мог сомкнуть глаз. Я вспомнил о том, как мы готовились к похищению Оскара Лава: мы же изучили его как облупленного, чтобы Игелю было легко занять его место. И если мы столько узнали об Оскаре, значит, другие столько же знали и обо мне, и теперь, когда я установил свое настоящее имя, у них нет никаких причин скрывать от меня остальное. Они объединились, чтобы помочь мне забыть, а теперь они помогут мне вспомнить. Я выбрался из своей ямы и пошел к логову Лусхога, но его там не оказалось. Он отыскался в соседней норе, где жила Чевизори. Некоторое время я колебался, стоит ли их будить, но терпеть не было сил.

— Эй, Мыша, — прошептал я. Он сонно заморгал. — Просыпайся. Что ты там хотел мне рассказать?

— Энидэй, не видишь, я сплю.

— Мне надо знать.

Чевизори тоже зашевелилась. Я подождал, пока мой друг освободится от ее объятий и протрет глаза.

— В чем, черт возьми, дело?

— Ты должен рассказать мне все, что знаешь о Генри Дэе.

Лусхог зевнул и посмотрел на Чевизори, которая уже успела свернуться в клубочек.

— Сейчас я хочу лечь спать. Приходи утром, и мы обсудим, что делать дальше с твоим романом. Прошу прощения, но у меня назначена встреча с подушкой и одеялом.

Тогда я отправился к Смолаху, Беке и Луковке, но они меня тоже послали куда подальше. В итоге я не добился ничего, кроме осуждающих взглядов за завтраком, и осмелился возобновить свои расспросы только после того, как все набили свои животы.

— Как вы уже прекрасно знаете, — начал я, — я пишу книгу о Генри Дэе. Основную канву для этой истории мне дала Крапинка, перед тем как ушла от нас, а теперь я прошу вас помочь мне с деталями. Особенно меня интересует тот период, когда вы готовились к моему похищению.

— О да, я помню, — воскликнула Луковка, — ты был тем ребенком, которого мать оставила в лесу, возле часовни Святого Пса.

— Ты все перепутала, — перебил ее Бека, — это вообще был не Генри, а одна из тех девочек-близнецов. Ну, Эльза и Марибель.

— Вы оба глубоко заблуждаетесь, — скривилась Чевизори, — Генри жил в доме на краю леса с отцом, матерью и двумя маленькими сестрами-близняшками.

— Именно, — сказал Лусхог, — Мэри и Элизабет, толстые и кучерявые.

— И ему было то ли восемь, то ли девять, — наморщила лоб Чевизори.

— Семь, — отрезал Лусхог. — Ему было семь, когда мы стащили его.

— Ты уверен? — спросила Луковка. — Мне кажется, он был старше.

В этом духе разговор продолжался весь день, и вечером я знал о Генри Дэе не больше, чем утром. Все лето и осень я выуживал из них информацию по крупицам, но в большинстве своем это были какие-то взаимоисключающие или совсем ничего не значащие подробности. Но иногда какая-то фраза или деталь пробуждали во мне самом некие смутные воспоминания, я залезал в свои старые записи, и факт обрастал плотью, а событие органично встраивалось в ряд других. Медленно, шаг за шагом, вырисовывался узор, и предо мной представало все мое детство. Но одна вещь оставалась тайной для меня.

Перед тем как впасть в очередной раз в зимнюю спячку, я поднялся на самый высокий пик нашей горной гряды. Деревья уже сбросили листья, и к серому небу тянулись их голые ветви. На востоке виднелся город, как будто построенный из миниатюрных кубиков. На юге лежала деревня, разрезанная пополам рекой. Река уходила на запад, где начиналась гигантская равнина. На севере багровели и зеленели чащи на горных склонах, виднелись кое-где фермы. Я провел на вершине несколько дней и ночей, размышляя о жизни, какой мы могли бы жить с Крапинкой, если бы были людьми. Воду и еду я не захватил и потому постился, подобно какому-нибудь отшельнику, пытаясь найти ответы на мучившие меня вопросы. Если человек, о котором я думал как о своем отце — мне не отец, то кто же он? Кого я тогда встретил в тумане? Кто был человек у ручья, которого я видел той ночью, когда мы потеряли Игеля и Оскара? Человек, в чей дом мы влезли ночью? Он выглядел точь-в-точь как мой отец. Олень, испуганный моим движением, бросился вниз по склону. Прокричала какая-то одинокая птица. Ответ был где-то рядом. Облака расступились, и на миг показалось бледное солнце. Кто занял мое место, когда они украли меня?

На третий день голова у меня прояснилась, и я все понял. Это был тот, кто отнял у меня всё, что раньше принадлежало мне. Кто присвоил мое имя, переписал мою историю, украл мою жизнь: Генри Дэй.

Глава 33

Я был одним из них. Мой сын разговаривал с одной из них на другом конце страны. Конечно, это указывало на то, что подменыши нацелились на Эдварда и готовы следовать за нами даже на край света. Они уже приходили за ним той ночью, когда я спугнул их. И рано или поздно они вернутся. Они следят за нами, охотятся именно за моим сыном. Он не будет в безопасности до тех пор, пока они шныряют вокруг нашего дома. Он вообще нигде не будет в безопасности, пока они существуют в этом мире. Если уж они кого-то выбрали, они ни перед чем не остановятся. Я не спускал глаз с Эдварда ни на секунду, запирал дверь в его спальню, проверял окна каждый вечер и следил за тем, чтобы в нашем доме не оставалось ни одной щели, в которую они могли бы пробраться. Они проникли в мой мозг, отравили мою жизнь. Только музыка спасала от сумасшествия. Но и там фальстарт следовал за фальстартом.

К счастью, у меня были Тесс и Эдвард, которые не давали мне пропасть. На мой день рождения в нашу лесную глушь приехал грузовик. Эдвард, стоя у окна, кричал: «Сюда! Сюда!» Мне пришлось добровольно-принудительно запереться в спальне, чтобы мой подарок затащили в дом, а я этого не увидел. Я покорно подчинился, обезоруженный любовью, которую демонстрировали жена и сын: он — своим радостным энтузиазмом, а она — многообещающими взглядами. В полной темноте я растянулся на кровати и, закрыв глаза, размышлял над тем, чем я заслужил такую любовь, и что случилось бы с этой любовью, будь моя тайна раскрыта.

Наконец я услышал, как Эдвард взбежал по лестнице и забарабанил в дверь. Схватив мою руку двумя своими ручонками, он потащил меня в студию. Гигантская зеленая коробка, перевязанная лентами, занимала полкомнаты. Тесс, сделав реверанс, протянула мне ножницы.

— Как глава этого поселения, — произнес я торжественно, — прошу моего сына разделить со мной честь открытия этого памятника.

Мы разрезали ленты, разломали картон, и перед нами предстало чудо.

Это был старинный орган. Маленький, слабый, но вполне достаточный для того, чтобы я мог экспериментировать со звуком. Пока Эдвард дергал регистры, я отвел Тесс в сторону и спросил, откуда она взяла деньги на такую роскошь.

— Еще в Сан-Франциско, — ответила она, — а может, даже в Чехословакии, я решила, что сделаю это для тебя. Пенс тут, доллар там, немного обаяния при торге с продавцом... Кое-что добавили твоя мама и Чарли... Мы с Эдди нашли его в одной старой церкви в Каудерспорте. Я понимаю, это, конечно, не...

— Это потрясающий подарок!

— Не беспокойся о цене, милый, просто играй.

— Я дал на него три своих доллара, — с гордостью сообщил Эдди.

Я обнял их обоих и прижал к груди, а затем сел за орган и сыграл «Искусство фуги» Баха, снова потерявшись во времени.

Несколько дней спустя, когда мы с Эдвардом вернулись из детского сада, дома никого не было. Я накормил его и посадил перед телевизором смотреть «Улицу Сезам», а сам поднялся в студию, чтобы поработать. На органе я увидел неровно вырванный из блокнота листок бумаги, на котором почерком Тесс значилось: «Надо поговорить!» Под запиской лежал список пассажиров с именами Унгерландов. Я понятия не имел, как он мог попасть моей жене в руки из закрытого на ключ ящика письменного стола.

Я услышал, как хлопнула входная дверь, понял, что забыл закрыть ее на задвижку, и первой мыслью было, что это пришли за Эдвардом. Я бросился вниз и увидел Тесс, входившую в дом с ворохом покупок в руках. Я выхватил у нее несколько тяжелых пакетов, и мы отправились в кухню, где стали раскладывать покупки по полкам. Казалось, все ее мысли заняты только консервированными бобами и морковкой.

Когда мы закончили, она стряхнула воображаемую пыль со своих ладоней и спросила нарочито невинно:

— Ты видел мою записку?

— Про Унгерландов? Где ты взяла список пассажиров?

Она сдула упавшую на глаза челку.

— Что значит: где взяла? Ты оставил его на телефонном столике. А вот где ты его взял?

— В Хебе. Помнишь отца Глинку?

— В Хебе? Девять лет назад? Так это мы из-за него туда ездили! Зачем тебе эти Унгерланды?

Мне нечего было ответить ей.

— Ты что, все еще ревнуешь меня к Брайану? Тебе не кажется, что это попахивает сумасшествием?

— Тесс, я не ревную. Просто, раз уж мы оказались там, я решил помочь ему в составлении его генеалогического дерева. Найти его деда.

Она взяла список пассажиров и прочла.

— Нет. Это невероятно. Когда ты успел с ним поговорить об этом?

— Старая история. Случайно встретились в «Оскар-баре», зацепились языками, я сказал, что мы собираемся в Германию, а он рассказал про своих предков-эмигрантов, которые приехали из Германии, и попросил меня зайти в Государственный архив, поискать там какие-нибудь сведения о его семье. Помнишь, я ходил в архив? Там я ничего не нашел, и когда мы оказались в Хебе, просто так спросил у отца Глинки, не посмотрит ли он в церковных книгах, вдруг там что-то есть про Унгерлендов, ведь Хеб тоже был немецким городом, и он нашел вот это. Вот и все.

— Генри, я не верю ни единому слову.

Я шагнул к ней, мечтая обнять и прекратить этот разговор.

— Дорогая, я всегда говорю тебе только правду.

Она отстранилась и сказала, холодно глядя мне в глаза:

— А почему Брайан не мог спросить об этом у своей матери?

— У матери? Я не знал, что у него есть мать.

— Генри, у всех есть мать. Мало того, она живет в нашем городе. Ты можешь пойти и рассказать ей, как ты все еще ревнуешь меня к ее сыну.

— Но... я же искал ее в телефонной книге... Там больше нет никаких Унгерландов.

— Ты смеешься? — Тесс скрестила руки на груди и покачала головой. — У нее другая фамилия, она вышла замуж во второй раз, когда Брайан еще учился в школе. Кажется, ее новая фамилия — Блейк. Да, точно, Айлин Блейк. И она сама должна помнить его деда. Он дожил до ста лет, и она всегда называла его «выжившим из ума старикашкой», — она развернулась и стала подниматься по лестнице в спальню.

— Его звали Густав? — крикнул я ей вслед.

Она посмотрела на меня через плечо, задумалась, вспоминая...

— Нет... Не Густав. Джо. Безумный Джо Унгерланд. Так она его называла. Дед Брайана. Они все там сумасшедшие в этой семейке. Мамаша не исключение.

— Ты уверена, что его звали не Густав Унгерланд?

— Похоже, теперь я буду называть тебя Безумный Генри Дэй... Ты мог все это узнать даже у меня. Но если уж ты так всем этим интересуешься, почему бы тебе не поговорить с матерью Брайана? С Айлин Блейк.

Она остановилась на лестнице, перегнулась через перила, и ее длинные белые волосы свесились вниз, как у Рапунцель.

— Это, конечно, очень мило, что ты все еще ревнуешь меня, но тебе не о чем беспокоиться, — она послала мне воздушный поцелуй. — Передавай привет старушке.

Она валялась, засыпанная опавшими листьями, и не мигая смотрела в небо. Лишь проезжая мимо нее в третий раз, я понял, что это кукла. Еще одна была привязана красным шнуром к стволу рядом стоящего дерева, а ее оторванные руки и ноги болтались на ветках. Голова третьей висела на конце длинной веревки, а ее обезглавленное тело торчало из почтового ящика в ожидании субботнего почтальона. Вероятные создатели этого бедлама, две древние старухи кататонического вида, сидели на крыльце. Я заглушил мотор.

— Барышни, не могли бы вы мне помочь? — спросил я, вылезая из машины. — Похоже, я заблудился.

Старухи подозрительно глядели на меня и молчали.

— А есть дома кто-нибудь из взрослых? Я ищу кого-нибудь, кто бы подсказал мне, где находится дом миссис Блейк.

— Здесь водятся привидения, — прошипела младшая из старух, шепелявя без передних зубов.

— Она ведьма, мистер, — каркнула старшая, худая, как щепка, с длинными черными волосами и темными кругами под глазами. Если кто-то и был здесь похож на ведьму, так это точно она. — Зачем она вам нужна, мистер?

Я поставил ногу на нижнюю ступеньку.

— Хочу познакомиться с ней, потому что я гоблин.

Старушечьи физиономии расплылись в безобразных улыбках. Старшая показала дорогу: оказывается, нужно было повернуть направо по тупиковой аллее.

— Вы хотите ее сожрать? — спросила младшая.

— Сожру и выплюну ее косточки. А вы можете потом их собрать и наделать себе скелетов на Хэллоуин.

Старухи переглянулись и радостно заулыбались.

Тупик, который вел к дому миссис Блейк, зарос сумахом и самшитом. Я оставил машину у поворота и пошел пешком. Вдоль аллеи, в глубине зарослей стояло несколько старых домов. Последним в левом ряду был потемневший от времени дом Блейков, о чем сообщала табличка на почтовом ящике. Сквозь ветви я заметил, что кто-то, завидев меня, пробежал через двор, мелькнув босыми пятками, потом справа раздался шум, и сквозь кусты пробежало еще какое-то маленькое существо. Потом еще одно, справа. Подменыши? Я нащупал в кармане ключи от машины и решил поскорее убраться из этого мрачного места. Но сделав пару шагов по направлению к дороге, подумал, что зашел слишком далеко, чтобы возвращаться ничего не узнав, и продолжил свой путь к дому. Постучал.

Дверь открыла высокая элегантная женщина с густой гривой седых волос. Одетая в простое льняное платье, она стояла в дверях, изучающее и вместе с тем дружелюбно рассматривая меня.

— Генри Дэй? Нелегко было найти дорогу? — в ее голосе слышался выговор, привычный в этих местах со времен Новой Англии. — Проходите, проходите.

Миссис Блейк обладала обаянием, которое не зависит от возраста; с ней было легко. Чтобы договориться об этой встрече, мне пришлось выдумать, будто мы с ее сыном вместе учились в школе, и что наш класс намерен устроить встречу выпускников, но никто не знает адреса Брайана. За обедом, который миссис Блейк приготовила сама, она выдала мне полную информацию о Брайане, его жене, двух детях и всех достижениях за последние годы. Подождав, пока она закончит, я попытался направить разговор в нужное мне русло.

— Миссис Унгерланд...

— Зовите меня Айлин. Я уже много лет не миссис Унгерланд. С тех самых пор, как меня оставил первый муж. К несчастью, и мистер Блейк прожил со мной недолго. Нелепый несчастный случай с вилами... Мои ужасные дети за глаза называют меня «черной вдовой».

— Я соболезную, миссис Айлин. Я имею в виду, по поводу мужей.

— Не стоит. Я вышла за мистера Блейка из-за его денег, Боже, спаси его душу. А что касается мистера Унгерланда, то он был намного, намного старше меня. К тому же...

Она покрутила тонким, изящным пальцем у виска.

— Я пришел в эту школу только в девятом классе, поэтому почти ничего не знаю о детстве Брайана и его родственниках.

Ее лицо просветлело, и она так быстро вскочила со стула, что я испугался, что она вспорхнет, словно птица.

— Хотите посмотреть фотографии?

В каждый период своей жизни — начиная с момента рождения и заканчивая школьными фотографиями — Брайан Унгерланд выглядел точь-в-точь как мой сын. Мне казалось, я смотрю наш семейный альбом. Сходство с Эдвардом было невероятным. Не только выражение лица или поза, но и манера, например, грызть кукурузу или бросать мяч совпадали.

— Брайан рассказывал много интересного про ваших предков из Германии.

— И про Джозефа? Про дедушку Джо? Правда, Брайан был еще ребенком, когда деда не стало, но я часто о нем вспоминала. Дед был абсолютно чокнутый. Как и все они, — она откинулась на спинку стула и задумалась. — У этой семьи печальная история.

— Печальная? Почему печальная?

— Моего тестя все звали Безумный Джо. Он жил с нами, пока я была замужем за его сыном. Его комната находилась в мансарде. Ему было то ли девяносто, то ли сто лет, и ему все время что-то мерещилось. Какие-то тени, которые хотят его похитить. Он приставал ко всем с одним и тем же рассказом о том, что его младший брат Густав вовсе не его брат, а *вехсельбальген*, подменыш, и что эти самые подменыши украли его настоящего брата. Муж считал, что все это из-за их сестры, которая умерла на корабле во время их переезда из Германии. После ее смерти Джозефу стали являться привидения.

В комнате вдруг стало жарко, меня начало мутить, и жутко разболелась голова.

— Кто там был, на этом корабле? Дайте вспомнить. Их мать, отец... Его вроде звали Абрам. И два брата моего мужа. Про старшего ничего не знаю. Он, кажется, погиб в гражданскую, под Геттисбергом. А Джозеф до пятидесяти оставался холостяком. И еще у них был младший брат, идиот.

— Идиот? В смысле?

— Ну, он не настоящий идиот, в смысле больной. Просто они его так называли. Странная семейка. Они все носились с его музыкальным даром. Идиотом его называли, имея в виду, что он гений. Его звали Густав, бедный мальчик. Он играл как Шопен, так говорил Джозеф. Но был совсем нелюдимый. Сейчас бы его назвали аутистом, но тогда таких слов никто не знал. В общем, он был странный ребенок.

Кровь ударила мне в голову, и я едва не потерял сознание.

— А после случая с этими так называемыми подменышами он перестал играть на пианино. Ушел в себя и, по-моему, за всю жизнь не произнес ни одного слова. Говорят, его отец сошел с ума и покончил с собой. Я видела Густава всего пару раз. Он казался глубоко погруженным в какие-то свои мысли. Умер он почти сразу после того, как мы поженились с его братом. Это было в 1934 году. На вид он тогда был старше чем Моисей.

Она перелистнула страницы альбома и показала на фотографию мужчины средних лет в серой фетровой шляпе.

— Это мой муж, Гарри. Сын Безумного Джо. Далеко не мальчик! А я, когда мы поженились, была совсем еще девочка, — потом она показала на снимок сморщенного старика — наверное, самого старого человека на земле. — А это Густав.

Сначала мне показалось, что мы с ним в чем-то похожи, но, присмотревшись, я понял, что ошибаюсь.

Я был совершенно раздавлен. Не помнил, как поднялся с дивана, как вышел из дома — не помню даже, попрощался ли с миссис Блейк, — добрался до своей машины, приехал домой и упал в кровать.

На следующее утро Тесс вернула меня к жизни чашкой горячего кофе, бутербродами и печеньем. Я проглотил все это, будто месяц ничего не ел. Безумный ребенок-гений-идиот стоял у меня перед глазами. Слишком много призраков на чердаке, слишком много скелетов в шкафу. Потом мы сидели на веранде и читали воскресные газеты. Я тоже делал вид, будто читаю, как вдруг услышал странный шум.

Собаки во дворах лаяли, передавая эстафету одна другой так, словно кто-то посторонний шел вдоль заборов.

Тесс выглянула за калитку, посмотрела в одну и в другую стороны, но никого не увидела.

— Не понимаю, — удивилась она. — Никого нет. Почему они тогда так лают? Хочешь еще кофе?

— Конечно, дорогая, — сказал я и отдал ей свою кофейную чашку.

Как только Тесс ушла, стало понятно, почему бесновались собаки. Вдоль заборов, по направлению к лесу бежали двое подменышей. Девочка хромала, а мальчик тащил ее за руку, заставляя двигаться быстрее. Они увидели, что я заметил их, и несколько мгновений смотрели на меня. Жуткие существа с пустыми глазами, лукообразными головами и уродливыми телами, в поту и грязи. Я даже ощутил вонь, исходившую от них. Хромавшая девочка показала на меня пальцем, а тот, другой, быстро утащил ее в чащу. К счастью, Тесс их не видела. Когда она вернулась с новой порцией кофе, эти твари уже исчезли в лесу, а собаки успокоились.

— Что там такое? — спросила Тесс, вернувшись.

— Кто-то пробежал по улице.

— Кто это мог тут пробежать, интересно?

— Я не знаю. Какие-то животные.

— Что за животные? Ты с ума сошел?

— Ты разве не слышишь, как ими тут воняет?

— Генри, ты меня пугаешь. Тут ничем не воняет.

— Я не знаю, почему собаки лаяли. Может, им что-то привиделось, может, они учуяли что-то. Откуда мне знать? Внезапная истерия, нападение летучих мышей, дети какие-нибудь...

Она положила прохладную ладонь на мой лоб.

— Генри, в чем дело? Ты какой-то не такой сегодня.

— Да, я не такой, — раздраженно сказал я. — Пойду, отдохну.

Как только я лег в постель, подменыши атаковали меня со всех сторон. Сотнями выбираясь из леса, они шли к нашему дому и пытались залезть в окна и двери; я видел их в дверной глазок, сквозь щели между занавесками. Они заполнили все свободное пространство. Они взяли дом в кольцо, и это кольцо сжималось все плотней и плотней. Я побежал по коридору в комнату Эдди: он спал, свернувшись калачиком, но, когда я взял его на руки, у него оказалось лицо взрослого мужчины. Я закричал, бросил его и заперся в ванной, но монстры лезли сквозь кран и вентиляционную шахту. В их искаженных злобой мордах я узнавал себя. Двери стали трещать и ломаться, я посмотрел в зеркало и увидел там моего отца, моего сына, Густава... Кто-то из этих жутких существ подобрался ко мне со спины и обхватил мою шею когтистыми пальцами...

Тесс сидела на краю кровати, поглаживая мои плечи. Простыни промокли от пота, но меня трясло от холода.

— Это просто плохой сон, плохой сон, — повторяла она. — Все хорошо. Все нормально.

Я прижался к ее животу, а она гладила меня по волосам, пытаясь успокоить. Я не понимал, где я, кто я, в каком времени, в каком месте?..

— Где Эдвард?

Она с изумлением взглянула на меня.

— У моей мамы. Она взяла его на выходные. Ты что, забыл?

Я забыл.

— Не надо было тебе ходить к этой ведьме. Не думай о прошлом. Мы здесь и сейчас. Я люблю только тебя. И всегда любила.

Согласитесь, у каждого из нас есть хотя бы одна тайна, которую мы не доверим ни другу, ни священнику, ни психиатру, ни даже любимому человеку. Некоторые делают вид, что такой тайны нет, другие несут ее бремя до могилы, третьи прячут так далеко, что сами перестают в нее верить. Я не хочу потерять Тесс, не хочу потерять нашего ребенка. Если Тесс узнает, что я подменыш, она, конечно же, бросит меня и заберет сына. Потому я должен молчать. Другие молчат и о более страшных вещах, успокаивал я себя.

Узнав настоящую историю Густава, я понял, почему почти ничего не помню из своей первой жизни. Если бы меня не украли, если бы я не прожил сто лет среди подменышей, я не стал бы Генри Дэем. У меня не было бы ничего из того, что есть сейчас. Не было бы Тесс, не было бы Эдварда. В некотором смысле все это я получил благодаря подменышам. Их появление в нашем доме, встреча Эдварда с одной из них в Калифорнии и эти двое, бегущие через лужайку к лесу — это не только угроза, но и напоминание о том, что я был одним из них, что я — один из них.

Сначала мне казалось, что я их просто придумал. Ночные кошмары, галлюцинации, расшалившееся воображение... Но они издевались надо мной, оставляя всюду свои знаки: апельсиновая корка на полу в столовой, открытая бутылка пива на телевизоре, непотушенные окурки в пепельнице... Пропадавшие вещи: мой диплом за победу на городском конкурсе пианистов, фотографии, письма, книги, деньги... Однажды ночью я услышал, как хлопнула дверь холодильника в кухне, спустился на первый этаж и обнаружил на столе кусок надкушенной ветчины... Мебель, которая годами стояла на одном и том же месте, вдруг оказывалась передвинутой... В канун Рождества гостившие у нас дети друзей вдруг закричали, что по крыше скачут олени Санта-Клауса. Они выбежали на улицу, а потом наперебой рассказывали, что видели эльфов, убегавших в лес. В другой раз, услышав, как один из них лезет в щель под воротами, я выскочил из дома и едва не схватил его, но ему удалось ускользнуть. Они становились наглыми и навязчивыми. С этим надо было срочно что-то делать.

Глава 34

Я собрался узнать все, что только возможно об этом так называемом Генри Дэе. История моей жизни тесно переплетена с историей его жизни, и только узнав все, что случилось с ним за эти годы, я мог понять, чего был лишен. Мои друзья согласились мне помочь, а так как нам все равно приходилось шпионить и подглядывать, это не составило труда. Поскольку мы не применяли своих способностей с той поры, как приключилась неудача с Оскаром Лавом, мысль пошпионить за Генри Дэем пришлась всем по вкусу. В конце концов, он ведь сам был одним из нас.

Смолах, Лусхог и Чевизори проследили однажды за его машиной, когда он поехал не своим обычным маршрутом. Он долго кружил по окрестностям, словно заблудился, а потом остановился и побеседовал с двумя очаровательными старушками, которые играли в куклы перед своим домом. Как только он уехал, Чевизори подошла к ним, чтобы поговорить — она была уверена, что это Киви и Бломма, которых всунули в человеческие тела, — но те сразу опознали в ней фею, стали кидать в нее фруктами, и ей пришлось убежать. Спустя полчаса наши разведчики увидели, как Генри Дэй разговаривает с какой-то дамой. Та пригласила его войти, а когда

Генри Дэй вернулся к своей машине и сел в нее, то склонился к рулю, и его плечи тряслись так, словно он рыдал.

— Он выглядел так, будто она высосала из него всю жизненную энергию, — сказал Смолах.

— А по-моему, он боится своего прошлого и мечтает о лучезарном будущем, — добавил Лусхог.

Я спросил их, может ли быть эта старуха моей матерью, но они в один голос сказали, что нет.

Лусхог выпустил кольцо дыма.

— Я скажу вам вот что: к ней он зашел одним человеком, а вышел — другим.

Чевизори подбросила веток в костер.

— Мне кажется, у него раздвоение личности.

— Или он просто получеловек, — добавила Луковка.

— Знаете, кто он? Он — пазл, с одной потерянной частью... — выдохнул дым Лусхог.

— Эту часть можно найти, — сказал Смолах.

— Давайте узнаем, что он делал все эти годы, — предложил я.

— Да что делал?! — усмехнулся Лусхог. — Жил себе не тужил с мамой-папой и с двумя сестрами.

— Наш Шопен выиграл еще кучу призов на всяких там соревнованиях пианистов, — Чевизори вытащила откуда-то маленький сувенирный рояль с памятной надписью. — Вот, стоял у него на столе.

— Я наблюдал за ним на его уроках. Учитель из него никакой, — заявил Смолах.

Мы рассмеялись. Они рассказали мне еще много чего о моей семье, но главного я так и не узнал. Жива моя мать или она присоединилась к моему отцу, лежащему на кладбище? Что с моими сестрами? Есть ли у них дети? Я до сих пор думал о них как о младенцах.

— Я уже говорил, что он нас видел? — спросил Лусхог. — Мы с Чевизори бежали по нашей старой поляне, а он сидел на своем крыльце и смотрел на нас. Не сказал бы, что он выглядел дружелюбно.

— Чего уж там, — скривилась Чевизори, — он выглядел еще хуже, чем когда жил здесь.

— Постарел к тому же.

— И ходит в чужих обносках, — добавил Смолах.

А я представил его себе в эту минуту лежащим в постели с любимой женщиной, и тотчас мои мысли унеслись к Крапинке. Я поднялся и пошел спать в свою постылую нору.

Мне приснилось, что я карабкаюсь по бесконечной лестнице. Сердце колотилось как бешеное, а вокруг была бездонная голубая пропасть. Я боялся туда заглянуть и беспомощно цеплялся взглядом за ступеньки перед собой, упирался в них лбом, хватался за них негнущимися пальцами и лез дальше... Наконец я добрался до вершины, но это была всего лишь секундная передышка. Дальше стало еще страшнее: теперь нужно было спускаться. Я задыхался от ужаса и мечтал, чтобы все скорее закончилось. Не могу. Лучше я останусь здесь. Навсегда. Лишь бы не эта жуть. И тут передо мной появилась Крапинка. Она возникла из ниоткуда и висела передо мной в воздухе, улыбаясь.

— Ты же понимаешь, что этого ничего нет, — сказала она мне.

Я понимал только одно: если я ей отвечу или хотя бы моргну, она сразу пропадет. А я полечу вниз.

— Это не так страшно, как кажется.

Она обняла меня, и в ту же секунду мы очутились в безопасности, внизу. Но тут Крапинка закрыла глаза, и я сразу оказался на дне какой-то глубокой ямы. Некоторое время сидел в полной темноте, но потом вверху открылся люк, и в яму заглянул Генри Дэй. Сначала он выглядел как мой отец, а потом стал самим собой. Он что-то кричал и грозил мне кулаком. Потом люк закрылся, и яма начала наполняться водой. Я попытался плыть, но мои руки и ноги оказались связанными. Вода уже достает мне до шеи, до подбородка, до глаз... Не в силах больше сдерживать дыхание, я делаю вдох, и вода наполняет мои легкие.

Я проснулся от удушья. Вылез из норы наружу, под звездное небо. Все остальные нежились в своих берлогах. В кострище еще теплился огонь. Было так тихо, что я слышал дыхание своих товарищей. Я стоял в одиночестве и ждал, что кто-нибудь выйдет из темноты и обнимет меня.

Я вернулся к своей книге, остановившись на месте, где Игель собрался поменяться местами с Оскаром Лавом. Перечитав все, я понял, что там действительно полно несуразностей. Прежде всего, я ошибочно основывался на том, что мои родители все еще живы и скучают по своему единственному сыну. И, конечно же, в первоначальном варианте не было ничего сказано о мошеннике и самозванце, который занял мое место.

Чем больше мы наблюдали за ним, тем понятнее становилось, что перед нами человек, у которого не все гладко. Он постоянно разговаривал сам с собой, и его губы при этом двигались. Раньше у него была парочка друзей, но по мере того, как он впадал в безумие, они сами собой исчезли. Все свое свободное от работы время он проводил запершись в своей так называемой «студии», читая книги, играя на органе или рисуя закорючки на разлинованной бумаге. Он почти не обращал внимания на жену, и она часто сидела в одиночестве, уставившись в пустоту. Их сын, Эдвард, был идеальным объектом для подмены, у него не было друзей, его держали взаперти, не выпускали гулять, большую часть времени он проводил у телевизора.

Однажды, в одну из бессонных звездных ночей, я случайно услышал разговор Беки и Луковки об этом ребенке. Сидя в своем закутке, они, вероятно, думали, что их никто не слышит, но их слова доносились до меня так же отчетливо, как стук колес поезда, шедшего по недавно проложенной железнодорожной ветке.

— Ты думаешь, мы сможем это сделать сами, без них? — спросила Луковка.

— Главное, выбрать подходящий момент. Например, когда его папаша сядет за свой дурацкий орган. Он тогда вообще ничего не слышит.

— Но если ты поменяешься с Эдвардом Дэем, что тогда будет со мной? — жалобно спросила Луковка.

Я кашлянул, предупреждая их о своем присутствии, и полез к ним в нору, притворившись, будто только что проснулся. Они достаточно глупы и смелы, чтобы провернуть это дело. И мне нужно быть начеку, а возможно, и разузнать что-нибудь про их планы.

До сих пор непреложный закон — не общаться с теми, кто покинул племя — соблюдался неукоснительно. Каждый подменыш имел шанс прожить свою собственную жизнь. Но опасность разоблачения превращала их всех в параноиков, они начинали стыдиться того, что жили среди нас, и готовы были пойти на что угодно, лишь бы окружающие не узнали их тайну.

Никогда не встречаться с бывшими подменышами. Это было одним из правил, ограничивавших нашу жизнь, но нас осталось слишком мало, чтобы следовать им, и мы решили, что правил больше нет.

Я попросил своих друзей найти мою мать и сестер, и к Рождеству знал про них предостаточно. Лусхог и Чевизори решили сделать мне отдельный подарок и исследовать мой старый дом, чтобы найти там что-нибудь, что могло бы пролить свет на мое детство. На улицах творилось предрождественское безумие, и они, никем не замеченные, подошли к моему дому. Дом больше не стоял на отшибе. Соседние земельные участки были распроданы, и там шло оживленное строительство. Они заглянули в окно: праздник был в самом разгаре. Генри, его жена и их сын занимали свои места за столом. А также Мэри и Элизабет. В центре комнаты, рядом с елкой, сидела пожилая женщина, в которой Лусхог опознал мою мать. Он занимался именно ею, когда выслеживали меня. Лусхог влез на дуб рядом с домом, перебрался с него на крышу и приник к дымоходу, там было лучше слышно. Моя мать, как он рассказал позднее, пела рождественские песенки, а все ее слушали. Я был бы не прочь оказаться в их компании.

Потом она попросила Генри сыграть.

— Ну да, Рождество — это любимый праздник, когда все просят пианистов сыграть бесплатно. Что ты хочешь, чтобы я сыграл, мамочка? «Рождество в Килларни»? Или какую-нибудь другую муть?

— Генри, это не смешно, — одернула его одна из сестер.

— Ну, давай про ангелов, которых мы слышим в вышине, или как там... — сказал примирительно пожилой джентльмен, стоявший рядом с матерью Генри, и мягко положил руку на ее плечо.

Когда Лусхог и Чевизори вернулись в лагерь и поведали мне об этом, я был чрезвычайно обрадован тем, что моя мать жива. Но не понимал, кто же этот «джентльмен», стоявший рядом с ней, и кто все эти дети. Даже мельчайшие сведения о них пробуждали мои воспоминания. Да, я вспомнил, как она ударила меня с криком: «Почему ты не смотришь за сестрами?!», как я потом спрятался в дупле, но вспомнил и то, как она была нежна со мной, как читала мне сказки на ночь... Это несправедливо, лишать человека детства. И кто-то должен понести за это наказание.

Я стал писать одновременно и про себя, и про Генри Дэя. Работа шла медленно. Слова лились буква за буквой. Но бывало, и за целый день я не мог написать ни одной путной строчки. Я скомкал и выбросил столько украденной из библиотеки бумаги, что мой подвал, где я работал, превратился в хранилище макулатуры.

Раньше мне казалось, что если что-то написано в книге, значит, все это правда. Я с упоением читал про то, как Джек забирался на небо по бобовому стеблю, а потом стоял перед каким-нибудь тополем и недоумевал, как такое возможно. Гензель и Гретель, несомненно, храбрые дети, но зажарить бедную ведьму в печи это как-то уж слишком... Когда я просыпался от ночного кошмара, я бежал к отцу, и он говорил: «Не бойся, это просто сон». Но для меня этот сон был большей реальностью, чем сама реальность. Моя жизнь с подменышами — что это? Сон? Реальность? Ни один нормальный человек не назовет это реальностью. Но сейчас я описываю ее в своей книге. Значит, она тоже станет реальностью? Я писал это все, чтобы сказать, что мы есть, мы больше, чем миф, сказка, легенда. Мы существуем. Ау!

Наконец я решил встретиться с Генри Дэем лицом к лицу. Да, старые правила запрещают это. Но мы сами установили новые. Мы следили за ним, точно так же, как раньше мы следили за детьми, которых собирались украсть. Мы немножко издевались над ним, рисовали лишние ноты в его писульках, крали что-нибудь прямо у него из-под носа, а потом возвращали на место. Его это бесило, а нам нравилось. Нефиг забывать старых друзей!

Писать я ходил в наш подвал. Книга близилась к завершению. Неожиданно для себя я снова его увидел. Он вылез из машины и пошел к двери библиотеки, нахохлившийся, сутулый... Если бы Генри Дэем был я, я бы не выглядел так постыдно. Он шел, не глядя по сторонам, словно боялся, что его вот-вот разоблачат. Ко всему прочему, на ступеньках он уронил кучу бумаг, которую нес в руках, и стал ее собирать. Более жалкого зрелища я не видел в жизни. Сначала я хотел выпрыгнуть из кустов, чтобы напугать его, но потом передумал, он и так пугливый, как скунс, еще обделается... Так что я протиснулся в свою щель и занялся делом.

Вскоре я заметил, что он зачастил в библиотеку. Губы его, по обыкновению, шевелились. Однажды я услышал, как он напевает мелодию, которую якобы сочиняет, и мы выкрали его ноты. Лето стояло такое жаркое, что ни один нормальный человек не пошел бы в библиотеку. Все валялись на пляжах или в крайнем случае у бассейнов. А Генри садился в самом дальнем, темном углу и читал. Я чувствовал его присутствие, нас разделял лишь тонкий потолок. За исключением библиотекаря, мы были с ним одни в этом здании. Когда вечером библиотека закрывалась, я вылезал наверх и просматривал те книги, которые он читал днем. Так как он оказался чуть ли не единственным посетителем, ему разрешали не сдавать книги в хранилище на ночь, и они стопкой лежали на столе. Между страниц торчали закладки. Я сел на его стул и открыл одну из этих книг. На закладках его рукой было написано:

Не эльф, а подменыш.
Густав-гений?
Разрушенная жизнь.
Найти Генри Дэя.

Я ничего не понял, но на всякий случай засунул закладки себе в карман. Пусть поломает голову над тем, куда они делись. Утро началось с воплей Генри. Он спрашивал у библиотекарей, где его закладки. Мне было приятно. Но потом все как-то успокоилось, и он опять уселся в своем углу, погрузившись в чтение. Я тоже делал свое дело: дописывал последние строчки.

И вот я наконец-то освободился от Генри Дэя! Я сложил рукопись в картонную коробку, сверху добавил несколько своих старых рисунков, засунул письмо Крапинки в карман и сказал последнее «прощай» столь дорогому для меня месту.

Не знаю, как это получилось, но, когда я вылез наружу, я столкнулся с ним лицом к лицу. Он стоял и смотрел на меня. Как он оказался на заднем дворе? Может, проснулись старые инстинкты? Я бросился в сторону, промчался сквозь кусты, пересек несколько улиц, и только оказавшись в лесу, спросил себя, зачем я убежал? Ведь я же сам хотел с ним встретиться. Все они, инстинкты...

Глава 35

Берлиоз как-то сказал про орган: «Дышащее чудовище», и я всегда считал это метафорой, но оказалось, что нет. Когда я играю на нем, мы буквально сливаемся воедино. Я уже несколько лет пишу эту проклятую симфонию, и мне кажется, если бы я ее закончил, мне не пришлось бы объяснять Тесс, кто я такой на самом деле. Она бы поняла меня, поняла и простила. Только бы мне написать ее... Я закрывался в студии и играл. Играл часами, днями и даже ночами, надеясь, что вот сейчас придет вдохновение, и я создам гениальное произведение, которое потрясет мир.

Когда Эдвард закончил первый класс, Тесс уехала с ним в гости к своей кузине Пенни, чтобы дать мне возможность погрузиться в творчество с головой. И у меня все стало получаться. Симфония почти готова. Я купался в звуках, представляя, как мне станут рукоплескать лучшие концертные залы мира. В моей музыке было все: и вековое ожидание, и ужас от соприкосновения с этим миром, и неожиданно обрушившаяся на меня любовь, и счастье; две мои жизни слились в одну в этой симфонии. Мир будет потрясен моим творением!

В пять часов вечера я решил выпить пива. Потом приму душ и еще поработаю, отшлифую все, как надо.

В спальне на кровати лежало платье Тесс... Как жаль, что ее нет сейчас рядом, и она не может разделить со мной эту безмерную радость. Я залез под горячую струю... И тут что-то грохнуло внизу. Я завернулся в полотенце и пошел посмотреть, что там произошло. Окно было не заперто, и, видимо, его вынесло порывом ветра, стекло разбилось. На полу валялись бесчисленные осколки, а на столике, где лежала моя рукопись, их не было. И рукописи тоже не было. Только под окном валялся на траве оброненный кем-то листок с моими нотами.

Это не ветер. Это они! Зачем им мои ноты? И как теперь я докажу Тесс, что все-таки написал симфонию? Я в бешенстве принялся прыгать по комнате, но тут же порезал ступню и стал орать, уже не знаю, от чего — от боли или от негодования. Тут наверху раздался звон еще одного разбитого стекла. Я бросился туда, пачкая кровью ковролин на лестнице. Окно в детской тоже зияло дырой. Я опустился на кровать и обхватил руками голову. Что происходит?!

Неужели они решили покончить со мной? Это не по правилам. Так нельзя.

Я вытер пятна на полу, собрал осколки стекла и снова залез в душ. Вода смешивалась с кровью, сочившейся из порезов. Так нельзя. Это не по правилам, парни.

Когда я вышел из душа, то увидел на запотевшем стекле коряво выведенную надпись: «Мы все про тебя знаем». А ниже ноты — первые такты моей симфонии.

Маленькие паршивцы! Это уже не лезло ни в какие ворота.

Кое-как дождавшись рассвета, я поехал к маме. Постучал в дверь. Мне никто не ответил. «Наверное, она еще спит», — подумал я и, подойдя к окну, заглянул внутрь. Мама оказалась в кухне. Она помахала мне рукой и показала на дверь, а когда я, прихрамывая, вошел, спросила:

— Забыл, что у нас всегда открыто? Что это ты вдруг? Посреди недели?

— Да вот захотелось обнять самую прекрасную женщину на свете.

— Ты такой обаятельный врун. Хочешь кофе? Или, может, поджарить парочку яиц?

Она засуетилась у плиты, а я присел за кухонный стол. На его поверхности виднелись многочисленные следы от некогда стоявших на нем кастрюль и сковородок, она была изрезана ножами, а кое-где проступали оттиснутые ручкой буквы — фрагменты написанных здесь же писем. Утренний свет пробудил во мне воспоминания о нашем первом совместном завтраке.

— Извини, что не сразу открыла, — сказала мама. — Я говорила по телефону с Чарли, он уехал в Филадельфию, обрубает концы. У тебя все нормально?

Был большой соблазн рассказать ей все, начиная с той ночи, как мы украли ее сына, потом поведать о маленьком немецком мальчике, которого точно так же украли сто с лишним лет назад, и закончить похищенной партитурой, но я не стал этого делать. Тесс могла бы понять меня, но материнское сердце вся эта история разорвала бы на клочки. Но мне жизненно необходимо было хоть с кем-нибудь поделиться своими мыслями и признаться в тех грехах, которые я собирался совершить.

— В последнее время чувствую себя неважно. Как будто вижу дурной сон и не могу проснуться.

— Обычно такое бывает от нечистой совести.

— Или от нечистой силы.

— Когда ты был совсем маленьким, помнишь, я каждый вечер перед сном пела тебе колыбельные? Иногда ты пытался мне подпевать, но у тебя полностью отсутствовал музыкальный слух — тебе словно медведь на ухо наступил, ты не мог повторить ни одной мелодии. А потом тебя будто подменили в ту ночь, когда ты убежал из дома.

— Да-да, меня украли лесные человечки.

— Что за чушь! Какие еще лесные человечки? Все проблемы у тебя внутри, Генри. В твоей голове, — она погладила меня по руке. — Материнское сердце не обманешь, мать всегда узнает свое дитя.

— Я был хорошим сыном, мам?

— Генри, — она дотронулась ладонью до моей щеки, одним движением возвращая меня в детство, и даже украденная партитура показалась мне в этот миг ничего не значащей чепухой. — Ты такой, какой ты есть. Мы сами мучаем себя, и чудовища, если они и есть, они внутри нас, а вовсе не в лесу, — она улыбнулась, — ну какие там еще «лесные человечки»? Придумаешь тоже... Выкинь из головы эти глупости.

Я поднялся, собираясь уйти, но перед этим наклонился и поцеловал ее. Она была добра ко мне все эти годы, так, словно я был ее сыном.

— Я все прекрасно знаю. И всегда знала, — сказала она.

Я не стал уточнять, что она имеет в виду. Просто ушел.

Я решил принять вызов и встретиться с подменышами, чтобы понять, чего они хотят от меня. Для этого нужно было прочесать лес. В лесничестве мне выдали кучу топографических карт, я разделил всю местность на квадраты и, несмотря на страх и отвращение к дикой природе, принялся исследовать местность, пытаясь разыскать их лагерь. Лес казался вымершим. В те времена, когда я там жил, живности было куда больше. Изредка раздавался стук дятла, ящерицы грелись на камнях, жужжали мухи, один раз я даже вспугнул оленя. Раньше они бродили здесь стадами. Наверное, причиной тому утрата навыков и талантов следопыта, но никаких признаков нового лагеря подменышей я не обнаружил. Зато мусора в лесу нашел предостаточно: промокший номер «Плейбоя»; игральная карта с пятью сердечками; старый белый свитер; пустые пачки из-под сигарет; черепаховое ожерелье рядом с грудой камней; сломанные часы; книга с печатью городской библиотеки.

Если не считать грязи на обложке и плесени на некоторых страницах, книга была цела. В ней рассказывалось о религиозном фанатике по имени Тарватер. Я ненавидел романы с детства, потому что меня нисколько не привлекали придуманные писателями миры, так не похожие на настоящую жизнь. Но вполне вероятно, какому-нибудь четырнадцатилетнему шалопаю эта книжка будет необходима, и потому я решил вернуть ее в библиотеку. Была самая середина лета, и в библиотеке никого не было, кроме хорошенькой барышни за столом регистрации.

— Я нашел эту книжку в лесу, на ней ваш штамп.

Библиотекарша посмотрела на меня так, будто я принес какое-то потерянное сокровище, нашла страницу со штампом, сказала: «Минуточку», и стала рыться в картотеке.

— Спасибо, но она у нас не зарегистрирована.

— Вы не поняли, — попытался объяснить я еще раз. — Я нашел ее в лесу. Она там валялась. И я подумал, что ее нужно вернуть. И заодно поискать у вас кое-что интересующее меня.

— Я могу вам чем-нибудь помочь? — мило улыбнулась она, напомнив мне работницу другой библиотеки, и во мне шевельнулось позабытое чувство вины.

Я наклонился к ней и загадочно улыбнулся в ответ.

— А есть у вас что-нибудь про хобгоблинов?

— Хобгоблинов? — удивленно вскинула она брови.

— Феи, эльфы, тролли, подменыши и прочая нечисть.

Девушка посмотрела на меня так, словно я внезапно заговорил на каком-то иностранном языке.

— Не стоит так сильно опираться на стол, — вдруг холодно сказала она. — Пройдите в каталог и поищите.

Вместо того чтобы быстренько выбрать несколько книг на интересующую меня тему, я застрял в этом каталоге на несколько часов. Я попал в кроличью нору[58], которая ветвилась, извивалась и в конце концов завела меня в лабиринт. Я начал поиски со слова «феи» и нашел сорок два названия, содержавшие это слово. Меня заинтересовала примерно дюжина из них. Потом я стал искать по слову «гоблин», но неожиданно

---

[58] Отсылка к произведению Л. Кэрролла «Приключения Алисы в Стране Чудес». Первая глава книги называется «Вниз по кроличьей норе».

оказался среди книг по психологии и аутизму. У меня голова пошла кругом. Я решил прерваться и вышел на свежий воздух. Купил в ближайшем магазине бутерброд, бутылку минералки и уселся на скамейке рядом с детской площадкой. Еда и жара разморили меня, и я неожиданно уснул. Через три часа я проснулся с обгоревшей левой рукой и багровой половиной лица. Возвращаясь в библиотеку, я держал голову как можно прямее, чтобы девушка библиотекарь ничего не заметила, не то испугается еще больше: обгоревший на солнце гоблин. Такое нечасто увидишь.

Ночью мне приснился странный сон. Мы с Тесс сидели на краю городского бассейна, а рядом на шезлонгах лежали разные наши знакомые — Джимми Каммингс, Оскар Лав, дядя Чарли, Брайан Унгерланд... Мимо ходили библиотекарши в бикини.

— Ну что, милый, — поддела меня Тесс, — на тебя опять охотятся монстры?

— Тесс, это не смешно.

— Прости, дорогой. Что же делать, если их видишь ты один.

— Они так же реальны, как мы с тобой. И они хотят похитить у нас Эдварда.

— Не Эдварда. Тебя.

Она встала, поправила сзади купальник и прыгнула в бассейн. Я последовал за ней и тут же чуть не выскочил на берег: вода была просто ледяной, мое сердце запрыгало в груди, как лягушка. Тесс подплыла ко мне, ее мокрые волосы плотно прилипли к голове. Когда она оказалась так близко, что я мог бы ее обнять, что-то произошло с ее лицом. Оно превратилось в морду чудовища. Я вскрикнул от страха, и Тесс приняла свой обычный вид.

— Чего ты испугался, любовь моя? — невинно спросила она. — Думаешь, я не знаю, кто ты на самом деле?

Утром я вернулся в библиотеку и принялся за изучение найденных накануне книг, усевшись за стол в самом дальнем углу. Все, что было написано так называемыми «исследователями» про хобгоблинов и подменышей, оказалось полной ерундой. Вся информация либо основывалась на мифах и легендах, либо являлась чистейшим вымыслом авторов статей и книг. Мне не встретилось ни одной строчки, в которой бы говорилось об их привычках, о том, где они достают продукты, как переживают зиму, выслеживают детей, как превращают их в себе подобных, об их навыках и умениях — одним словом, ничего, сплошные сказки. И, конечно же, я не нашел ни одного совета о том, как уберечь своего ребенка от опасности. А потом я услышал звук. Кто-то скребся под полом. Библиотекарь сказала мне, что это мышь, но мышь была какая-то настойчивая и упорная: она скреблась часами напролет, а издаваемые ею звуки больше всего напоминали скрип пера по бумаге; казалось, кто-то сидел в подвале и, не переставая, строчил и строчил, как из пулемета.

А потом этот кто-то принялся напевать себе под нос. Я пошел на звук и оказался в небольшой комнатке, уставленной вдоль стен книжными шкафами. В центре лежал старый ковер. Звук шел из-под него. Отогнув угол ковра, я обнаружил под ним железный люк, лег на пол и прислушался: внизу явно была не мышь! Я попытался поддеть крышку люка пальцами, но он так плотно прилегал к полу, что у меня ничего не получилось. Требовалась какая-нибудь железяка. А тут еще и библиотекарше понадобилось зайти в эту комнатку. Быстро вскочив, я вернул ковер на место и изобразил на своем лице глупейшую улыбку. Потом вернулся в свой угол с твердым намерением выяснить, кто же там прячется, и поговорить с ним.

Вернувшись на следующий день в библиотеку, я заметил, что мои книги кто-то перекладывал, да еще и вытащил часть закладок. Эти паршивцы нашли меня и здесь. Весь день я притворялся, что читаю, хотя на самом деле лишь прислушивался к звукам, несущимся из подвала. Я ни секунды не сомневался, что там сидят подменыши. Улучив момент, я прокрался в ту комнату и, встав на колени, постучал по люку. Внизу была пустота. Но тут какой-то рыжеволосый мальчишка вошел в комнату, и я сразу вскочил и ушел, не проронив ни слова. Наверное, он подумал, что дядя спятил.

Спугнувший меня мальчик продолжал торчать в комнате с люком, поэтому я вышел наружу и сел на детские качели. Библиотека закрылась, молодая библиотекарша, направляясь домой, окинула меня презрительным взглядом, но мне было на нее наплевать. Неужели они прорыли ход в подвал библиотеки, чтобы шпионить за мной? Значит, где-то должны были и следы земляных работ. Я несколько раз обошел вокруг здания и вдруг увидел его! Он вылез из щели в фундаменте и сначала был плоский, как доска, но потом принял человеческий облик. Опасаясь, что подменыш решится напасть на меня, я огляделся в поисках путей к отступлению, но он внезапно прыгнул в сторону и исчез в кустах.

Я долго не мог успокоиться и несколько часов кружил на машине по городу и окрестностям, пока, наконец, глубоко за полночь не подъехал к дому матери. Поскольку дверь никто никогда не запирал, я вошел внутрь и взял все необходимые вещи: садовые ножницы, чтобы разрезать ковер, лом и моток прочной веревки. В сарае я нашел старую керосиновую лампу отца. Спать совершенно не хотелось. Хотелось довести дело до конца. Отобрать у них свою симфонию. И ничто не могло меня остановить. А что я сделаю с этим хобгоблином, я пока не придумал.

Весь следующий день я просидел в библиотеке, ожидая его возвращения. Наконец перед самым закрытием под полом что-то зашуршало. Он на месте! Я вышел наружу, сел в машину и стал ждать, когда улицы опустеют. Потом, обернув руку полотенцем, подкрался к библиотечной двери, вышиб стекло и, пробравшись сквозь лабиринт стеллажей, подошел к заветной комнате. Прислушался — там, внизу, явно кто-то был. Изведя целых три спички, я зажег керосиновый фонарь, потом разрезал ковер и, добравшись, наконец, до люка, который разделял два наших мира, подцепил его ломом...

И снизу хлынул неяркий свет. Там, в подвале, находилось некое подобие притона хиппи: всюду в беспорядке валялись старые ковры и покрывала, пустые бутылки, грязные тарелки, чашки и книги. Я просунул голову в люк, и перед моим лицом оказалось... Мое собственное лицо, только это было мое лицо в детстве. Вернее, его лицо. Генри Дэя. Мое отражение в старом-престаром зеркале. Он нисколько не испугался. И в его глазах не отражалось никаких эмоций. Словно он давно ждал этой встречи и даже обрадовался, что она наконец состоялась.

Этот ребенок и я долго смотрели друг на друга. Мальчик, мечтающий поскорее повзрослеть, и мужчина, мечтающий вернуться в невозможное детство. Две части одного целого. Его взгляд напомнил мне тот момент, когда украли меня, и тот, когда мы украли его. Все мои скрытые страхи и гнев за содеянное со мной вдруг вырвались наружу. Но тут примешивалась еще вина за то, что мы сделали с ним. Передо мной были виноваты, но и я был виноват. Мне стало жалко его, но кто пожалеет меня? Я украл его жизнь, но ведь и мою жизнь тоже украли. Тот старикашка на старой фотографии, был ли он счастлив? Мы все — жертвы, нас нельзя обвинять. Мы попали в заколдованный круг. Я уже не понимал — кто я? Густав или Генри? Тесс и Эдвард — чьи они жена и ребенок? Густава или Генри? Кто из нас музыкант — я или он?

— Прости меня, — единственное, что я сумел выдавить из себя в этот нелепый момент. Миг — и он исчез. А я остался с головой в люке и с сожалением о том, что так все глупо вышло. А ведь я мог сказать ему все это, объяснить, ведь никто не был виноват в том кошмаре, который случился с нами.

— Постой, — крикнул я, но, наверное, слишком поздно. Мало того, я потерял равновесие и свалился вниз. Там было очень тесно, и я стукнулся головой о потолок, когда попытался подняться на ноги.

— Слушай, я не хочу причинить тебе вред. Просто поговорить. Не бойся меня, — взывал я в темноту, но никто не откликался. Веревку и лом я положил на пол, а горящий фонарь поднял повыше.

Он сидел на корточках в углу и тявкал на меня, как попавшийся в силки лисенок. Я сделал шаг к нему, его взгляд заметался в поисках выхода. У его ног лежали две стопки бумаги, перевязанные шпагатом. В одной из них я узнал свою партитуру.

— Ты понимаешь, что я говорю? — спросил я его и протянул к нему руку. — Я хочу поговорить с тобой.

Мальчик уставился в противоположный угол, будто увидел там кого-то, а когда я повернулся, следуя за его взглядом, оттолкнул меня и бросился прочь. От неожиданности я выронил фонарь, он упал и разбился. Ковролин мгновенно вспыхнул, загорелись лежавшие на полу бумаги. Я выхватил ноты из огня и стал бить ими по ноге, пытаясь сбить пламя, а потом, когда мне это удалось, кинулся к люку. В последний миг я оглянулся — мальчик стоял посреди подвала, словно приросший к полу, и с изумлением смотрел на потолок. Прежде чем вылезти наружу, я позвал его в последний раз:

— Генри!..

Он посмотрел на меня и улыбнулся. А потом сказал что-то, но я не понял, что. Я вылез из люка, побежал; из подвала валил дым и вырывались языки пламени. Когда я выбирался через разбитое окно из библиотеки, огонь уже лизал книжные полки.

После пожара я несколько дней безвылазно просидел дома, опасаясь, как бы меня не вычислили и не заставили оплачивать причиненный ущерб. Но полиция все равно внесла меня в число подозреваемых, так как та милая библиотекарша сказала им, что я в последнее время был чуть ли не единственным их посетителем и при этом вел себя «очень странно». Пожарные обнаружили в подвале мои фонарь, ножницы и ломик, но такие фонари, ножницы и ломики в нашем городе есть у всех, и их не смогли связать со мной. Как только полицейские покинули наш дом, от двоюродной сестры возвратились Тесс и Эдвард. Тесс выслушала мои сбивчивые объяснения и, когда полицейские пришли в следующий раз, заявила им, что в ту ночь, как раз в то время, когда начался пожар, она позвонила мне и мы долго говорили по телефону. В итоге дело об умышленном поджоге как-то само собой сошло на нет, а в полицейском заключении причиной пожара было названо самовозгорание.

Последние дни перед началом занятий в школе были особенно нервными. Случались моменты, когда я не смел посмотреть Тесс в глаза. Я ощущал вину перед ней за то, что сделал ее невольным соучастником своего преступления, а она, конечно же, догадывалась, что дело тут не чисто.

Однажды за ужином она сказала мне:

— Я чувствую ответственность за этот пожар в библиотеке, и мне кажется, мы должны как-то поучаствовать в ее восстановлении.

Тут же, за отбивными, она изложила свой план. Видно было, что она обдумывала его несколько дней.

— Мы объявим сбор денег, а также книг, а вы с друзьями проведете благотворительный концерт.

Что я мог на это сказать? Конечно же, я согласился.

За следующие несколько недель наш дом превратился в оплот благотворительности. По комнатам сновали люди, приносившие коробки с книгами.

Вскоре не только гараж и гостиная, но даже кухня и моя студия заполнились штабелями книг. Телефон разрывался от звонков волонтеров. Мы спешно готовили концерт. Художник нарисовал афишу, которую расклеили по городу. Билеты продавались прямо в нашей гостиной и разошлись чуть ли не за один день. В субботу утром на пикапе приехал Льюис Лав с сыном Оскаром, мы перевезли на машине мой орган в церковь и установили его. Репетиции проходили три раза в неделю. Меня так захватила подготовка к выступлению, что все остальные проблемы отступили на второй план.

Все было готово к концу октября. Из церковного флигеля я наблюдал за тем, как собирается публика на премьеру «Подменыша». Поскольку я исполнял сольную партию на органе, место за дирижерским пультом занял Оскар Лав, а наш старый барабанщик Джимми Каммингс взял в руки литавры. Оскар по такому случаю приоделся во взятый напрокат смокинг, а Джимми коротко постригся, так что мы выглядели этакими респектабельными версиями себя прежних.

В задних рядах сидело несколько моих коллег-учителей, а среди публики я даже заметил одну из сестер-монашек, которые преподавали у нас в начальной школе. Пришли мои сестрички — как всегда оживленно-возбужденные, разодетые в пух и прах и увешанные бижутерией. Они сели рядом с нашей матерью и Чарли, который подмигнул мне, пытаясь, видимо, поделиться частью своей кипучей энергии. Я очень удивился, заметив в церкви Айлин Блейк и ее сына Брайана, который, оказывается, был проездом в городе. Я сначала испугался его появлению, но, присмотревшись к нему получше, понял, что наш сын похож на него только самую малость. А Эдди, мой Эдди, аккуратно причесанный, одетый в свой первый костюм и галстук, выглядел несколько непривычно тем вечером. Всматриваясь в его черты, я вдруг увидел в нем того человека, которым он станет однажды, и почувствовал одновременно и гордость, и сожаление из-за быстротечности детства. На лице Тесс сияла горделивая улыбка, и это было справедливо, ведь симфония, которую мы сегодня собирались играть, посвящена ей; да и я не написал бы эту музыку без помощи и участия любимой жены.

Чтобы впустить в переполненную церковь немного свежего воздуха, священник открыл окно, и свежий осенний ветерок ворвался в помещение. Я устроился за органом, установленным так, что зрители и остальной оркестр созерцали только мою спину, и самым уголком глаза заметил, как Оскар стучит дирижерской палочкой по пюпитру, призывая всех к вниманию.

С первых же нот начался рассказ об украденном ребенке и о подменыше, который занял его место. О том, как каждый из них пытался приспособиться к чужому для него миру. Я хотел добиться, чтобы моя музыка была зримой и у публики создалось ощущение, что они не только слышат гармоничные звуки, но еще и читают книгу или смотрят кинофильм. Две сотни пар внимательных, сопереживающих глаз были устремлены на сцену, я спиной чувствовал все эти взгляды. Я старался играть так, чтобы донести свою историю до каждого из них.

И вот, в тот момент, когда я оторвал руки от клавишей и пиццикато вступили струнные, обозначая появление подменышей, я инстинктивно почувствовал присутствие в зале его — того мальчика из подвала, которого не смог вытащить из огня. А когда Оскар, взмахнув палочкой, показал мне, что снова должен вступить орган, я увидел его. Он стоял на улице перед раскрытым окном и смотрел на меня. Когда ритм музыки немного замедлился, я сумел его рассмотреть.

Он с серьезным видом вслушивался в звуки органа, а за спиной у него был рюкзак — похоже, лесной житель приготовился к долгому путешествию. Единственным языком, на котором я мог разговаривать с ним сейчас, была музыка, и я стал играть только для него одного. Я знал, что он почувствовал это. Мне было интересно, видит ли кто-нибудь, кроме меня, это странное лицо, обрамленное чернотой ночи. Я увлекся игрой, а когда в очередной раз взглянул на окно, за ним никого не оказалось. Я понял, что он ушел — ушел навсегда, оставив меня одного в этом мире.

Затихли финальные органные аккорды, и зрители, как один, встали со своих мест и устроили нам настоящую овацию. Я смотрел на эти сияющие лица в зале, и наконец осознал, что стал одним из них. Тесс подняла Эдварда на руки, чтобы мне его было лучше видно. Он хлопал в ладоши, как все, и кричал «браво». Именно в этот миг я решил, что сделаю это.

Написав это признание, Тесс, я прошу у тебя прощения за то, что не сделал этого раньше. Пожалуйста, прости меня и прими таким, какой я есть. Я должен был давным-давно рассказать тебе все, теперь же остается лишь надеяться на то, что еще не поздно. Годы борьбы за то, чтобы стать человеком, не должны пропасть даром. Мне нужна ваша с Эдди любовь и поддержка. Встреча с этим мальчиком позволила мне встретиться с самим собой. Когда я отпустил прошлое, прошлое отпустило меня.

Они украли меня, и я очень долго жил в лесу среди подменышей. Когда пришло мое время вернуться к людям, я просто сделал то, что полагалось, то, что было предназначено естественным порядком вещей. Мы нашли нужного мальчика, и я поменялся с ним ролями. Все, что я могу теперь сделать, это просить его о прощении, но, боюсь, мы зашли так далеко, что говорить о прощении невозможно. Я уже не тот мальчик, которым был когда-то, и он тоже стал кем-то другим. Он ушел навсегда, и теперь Генри Дэй — это я.

Глава 36

Генри Дэй. Неважно, сколько раз произнесли или написали эти два слова, они все равно остаются тайной. Подменыши так долго называли меня Энидэем, что это стало моим настоящим именем. Генри Дэй — кто-то другой, не я. После нескольких месяцев, в течение которых мы выслеживали и изучали его, я понял, что не завидую ему, скорее, испытываю что-то вроде сдержанной жалости. Он сильно постарел, отчаяние согнуло его спину и оставило свой след на лице. Генри украл мое имя и мою жизнь, которую я мог бы прожить, и все это ушло сквозь пальцы. Чужой здесь, он пришел в этот вбитый во временные рамки мир и утратил свою истинную природу.

Я вернулся к своей книге. Наша встреча с ним перед библиотекой напугала меня, потому я десять раз огляделся по сторонам, прежде чем влезть туда в очередной раз. Я зажег свечи и перечитал все, что написал. Вышло неплохо, от удовольствия я даже стал напевать. Передо мной лежали две стопки бумаги: в одной была моя рукопись и прощальное письмо от Крапинки, а в другой — ноты Генри, которые я собирался ему вернуть. Я больше не хотел преследовать его, пришло время всё исправить.

И тут я услышал звон разбитого стекла — кажется, в библиотеке хлопнуло и разбилось окно. Потом короткое ругательство, стук о пол и звук осторожных шагов, которые замерли прямо над моим потайным ходом.

Возможно, мне стоило тотчас же исчезнуть, но что-то удерживало меня на месте. Страх смешался со странным возбуждением. Нет, не с таким чувством я когда-то давным-давно ждал с работы отца, предвкушая, как он подхватит меня на руки и прижмет к себе, и совершенно с иными ощущениями надеялся на возвращение Крапинки — вот-вот, со дня на день. Я уже догадался, что в библиотеку пожаловал Генри Дэй, и не сомневался, что после всех наших проделок последних месяцев ждать теплой встречи с ним не приходится. Но ненависти к нему я не испытывал. Я уже подбирал слова, которые скажу ему — я скажу, что прощаю его, что хочу вернуть ему ноты и что собираюсь навсегда исчезнуть из его жизни.

Я слышал, как он отдирает ковролин, стремясь поскорее добраться до моего убежища, а я стоял и размышлял, не помочь ли ему. Возился он долго, но, наконец, распахнул люк. В подвал хлынул яркий свет фонаря, который он держал в руке. Два наших мира разделял идеальный квадрат. Он просунул голову в раму люка, и его нос оказался всего в нескольких дюймах от моего. При виде Генри Дэя я пришел в замешательство, потому что не увидел в его лице ни доброты, ни узнавания — одно отвращение, искривившее рот, и светившиеся гневом глаза. Он ринулся вниз, в наш мир, как сумасшедший — фонарь в одной руке, нож в другой, на шее моток веревки — и загнал меня в угол.

— Держись подальше, — предупредил я его. — Я могу отправить тебя на тот свет одним ударом.

Но Генри, продолжая надвигаться, поднял фонарь над головой и сказал, что сожалеет о том, что ему придется сейчас сделать. Тогда я бросился на него, а он ударил меня фонарем по спине. Стекло разбилось, керосин пролился на ковролин и вспыхнул. Все кругом моментально занялось, мгновение — и огонь перекинулся на мою рукопись. Мы уставились друг на друга в свете пламени. Он опомнился первым и выхватил из огня свои ноты, а потом ногой отбросил ко мне мою книгу. Я наклонился за ней, а когда посмотрел на то место, где он только что стоял, то увидел только брошенные им нож, фонарь и веревку.

Пламя разгорелось сильнее и озарило потолок, и тут я заметил на нем рисунки! Мне всегда казалось, что это просто царапины и щербины, испещрившие бетонные плиты фундамента, но теперь сомнений не было — это нечто совсем иное. Правда, сначала я не понял, что там изображено, но, когда мне удалось охватить взглядом всю картину целиком, стало ясно, что это карта. Вот линия Восточного побережья Соединенных Штатов, вот похожие на рыб контуры Великих Озер, южнее — Великие равнины, затем Скалистые горы и Тихий океан. Крапинка нарисовала эту карту, чтобы обозначить свой путь на запад. Прямо над моей головой — черный мазок Миссисипи, у впадения в нее Миссури поставлен жирный крест. Видимо, здесь она собиралась переправляться на ту сторону. Крапинка рисовала эту карту месяцами, а может, даже годами, в одиночестве, при неярком огоньке свечи, вытягиваясь до потолка в надежде, что когда-нибудь я обнаружу ее и последую за ней. Она ни разу не проговорилась, а мне ни разу не приходило в голову, что у нее есть подобная тайна. По контуру страны она нарисовала множество фигурок, наслоившихся за все это время одна на другую, и нанесла сотни надписей — цитат из прочитанных книг, — которые в беспорядке перемешались друг с другом. Местами казалось, что над картой поработал какой-то доисторический художник: стая ворон на ветвях дерева, пара куропаток, олень посреди ручья. Особенно Крапинке удавались полевые цветы: первоцвет, фиалки и чабрец. Фантастические существа из ее снов, охотники с ружьями и собаками. Феи, эльфы и гоблины. Икар, Вишну, архангел Гавриил. Современные персонажи из комиксов: мышонок Игнац, бросающий кирпич в Сумасшедшего Кота, Маленький Немо, проснувшийся в Стане Чудес, Коко, выглядывающий из чернильницы. Мать с ребенком на руках. Киты, выпрыгивающие из воды. Узоры в виде спиралей и узлов, гирлянды, сплетенные из побегов вьюнка. Рисунки казались живыми в танцующих языках пламени. Стало жарко, как в печи, но я не мог оторваться от ее картинок. В самом дальнем углу, куда еще не добрался пожар, я увидел наши имена и нас. Две фигурки на склоне холма, мальчик, сунувший руку в дупло с пчелами, два человечка читают книги, прислонившись спиной друг к другу. У самого выхода Крапинка написала: «Приходи, поиграем!» Огонь выжег в подвале весь кислород, дышать стало нечем. Нужно было уходить.

Я в последний раз взглянул на маршрут Крапинки, стараясь как можно точнее запечатлеть его в своей памяти. Ну почему я раньше не сообразил посмотреть на потолок? Перед моими глазами мелькали тысячи огненных искр, дым и жар заполнили комнату. Я схватил тетрадь Макиннса и другие бумаги, попавшиеся под руку, но пролезть со всем этим добром в щель мне не удалось, тогда я взял только самое ценное, сунул под куртку и выскользнул наружу.

В небе сияли звезды, а ночь была наполнена безумным стрекотом сверчков. Моя одежда пропахла дымом, и почти все листы, которые мне удалось вытащить из пламени, обгорели по краям. У меня были опалены волосы и брови, а лицо и руки жгло, будто я неделю провалялся под палящим солнцем. Боль пронзала подошвы босых ног при каждом шаге. Библиотека вдруг застонала, как живое существо, пол проломился, и тысячи историй, трагедий и драм исчезли в пламени. Вскоре послышались сирены пожарных машин. Завернув все, что удалось спасти, в свою куртку, я отправился в долгий путь домой, вспоминая безумный взгляд Генри. В полной темноте светлячки вспыхивали, как последние искры пожара, уничтожившего все то, что еще держало меня здесь.

Я был уверен, что Крапинка достигла своей цели и теперь живет на берегу океана, собирая устриц и охотясь на крабов во время отливов, проводя ночи на пустынных песчаных пляжах. Я представлял ее себе загорелой, со спутанными, мокрыми волосами и окрепшими от купания в океане руками и ногами. А еще я представлял, как она путешествовала по стране: шагала меж сосен Пенсильвании, пересекала кукурузные и пшеничные поля Среднего Запада, пробиралась среди подсолнухов Канзаса, карабкалась по крутым склонам Скалистых гор, любовалась обрывами Большого каньона, пробегала выжженную солнцем Аризону и, наконец, вышла к океану. Вот это приключение. И тут же я задавал себе вопрос: ну а ты-то сам? Почему ты все еще здесь? Нет, я уже не здесь, я уже на пути к ней. Я расскажу ей свою историю и историю Генри Дэя, а потом засну, как и прежде, в ее объятиях. Только благодаря этим мыслям мне удавалось преодолевать жгучую боль от ожогов и идти вперед.

Когда я доковылял под утро до нашего лагеря, все бросились мне на помощь. Бека и Луковка быстро приготовили бальзам из собранных в лесу кореньев и смазали им мои волдыри. Чевизори, хромая, принесла мне кувшин прохладной воды, чтобы я мог утолить жажду и умыться. Старые друзья окружили меня заботой и вниманием, а я рассказал им о том, что произошло в библиотеке, и о карте, нарисованной Крапинкой на потолке нашего подвала, надеясь, что коллективное сознание племени лучше сохранит ее в памяти, чем мое собственное. Мне удалось спасти только часть своей книги, поэтому я попросил тех, кто уже прочитал ее, помочь мне восстановить свой труд.

— Мы, конечно, поможем, но, мне кажется, ты и сам все вспомнишь без труда, — заметил Лусхог.

— Положись на свою голову. Она отлично работает, — улыбнулся Смолах.

— То, чего не сможет сделать память, дополнит воображение, — глубокомысленно произнесла Чевизори. Она явно слишком много общалась последнее время с Лусхогом.

— Иногда я совершенно не понимаю, было какое-то событие на самом деле или оно мне приснилось! Способна моя память отличить сон от яви, или нет?

— Наш мозг зачастую создает свою собственную реальность, — сказал Лусхог, — чтобы прошлое не казалось столь мучительным.

— Мне нужна бумага. Помнишь, как ты первый раз принес для меня бумагу, Мышь? Я никогда этого не забуду.

А пока я набросал карту Крапинки на обратной стороне ее письма и попросил Смолаха — потому, что сам передвигался с трудом — достать подробные карты Америки и какие-нибудь книги про Калифорнию и Тихоокеанское побережье. Она могла быть где угодно, и я понимал, что мне предстоят долгие поиски. Мои раны постепенно заживали, я старался поменьше ходить и проводил целые дни на поляне, восстанавливая свои записи. Теплые дни и ночи августа постепенно сменялись прохладой ранней осени.

Когда листья на деревьях начали окрашиваться в разные цвета, со стороны города стали доноситься странные звуки. Обычно это начиналось вечером и продолжалось несколько часов. Несомненно, это была музыка, но какая-то странная, она то начиналась, то внезапно останавливалась, какие-то фрагменты повторялись по нескольку раз. Иногда она смешивалась с другими звуками: шумом автострады или ревом толпы, доносившимся со стороны стадиона по вечерам в пятницу. Музыка струилась, словно река, сквозь лес, отражалась от горного хребта и стекала в нашу долину. Заинтригованные этими звуками, мы бросали все свои дела и обращались в слух. Наконец, Смолах и Лусхог решили сходить в город, чтобы исследовать источник этой музыки. Вернулись они возбужденные, с горящими глазами.

— Сейчас ты упадешь, — произнес, задыхаясь от восторга, Лусхог, — ты готов?

Падать я не собирался, поскольку и так уже сидел. При свете костра я пришивал лямку к походному мешку. На следующее утро я собирался отправиться в путь.

— И к чему же мне быть готовым, мой друг?

Я оторвался от работы и поднял на него глаза. Лусхог таинственно улыбался, держа под мышкой свернутый в трубу большой лист бумаги.

— Вот! — сказал он и развернул лист, который оказался афишей, такой большой, что она скрыла его целиком, от пальцев ног до протянутых вверх рук.

— Ты его держишь вверх ногами, Мышь.

— Да какая разница? — ухмыльнулся мой друг, переворачивая плакат, на котором красовалось объявление о симфоническом концерте в церкви, который должен был состояться через два дня. Меня изумило не столько название произведения, сколько небольшой рисунок в правом нижнем углу, на котором были изображены две фигуры, летящие одна за другой.

— Кто из них, интересно, он, а кто — я?

Смолах прочитал текст объявления, набранный мелким шрифтом: «Симфония для органа с оркестром. Сочинение Генри Дэя. Соло на органе исполняет автор».

— Ты обязательно должен это услышать, — сказал Лусхог, — днем раньше ты уйдешь или днем позже, разницы нет, путь-то тебе все равно предстоит неблизкий.

В день концерта мы всей нашей поредевшей компанией отправились в город. Мы шли сквозь лес, наслаждаясь этой последней совместной прогулкой. Я испытывал одновременно и возбуждение от предстоящего концерта, к которому имел самое непосредственное отношение, и грусть от расставания с друзьями, и будоражившее предчувствие путешествия. Уже в сумерках мы подкрались к церкви и уселись на кладбище среди могил, в ближайших к ней кустах. Мы видели, как собиралась публика, обрадовались тому, что кто-то открыл окно, — нам так будет лучше слышно, — и вот раздались первые ноты. Звуки вырвались наружу и заметались между надгробий. Прелюдия закончилась длинным, красивым соло на органе. Очарованные музыкой, мы вылезли из своего укрытия и подошли поближе к окнам. Бека обнял Луковку и что-то зашептал ей на ухо. Она засмеялась, но он зажал ей рот рукой и держал так, пока она не угомонилась. Чевизори подражала дирижеру, ее руки чертили в воздухе плавные круги. Мои старые друзья Смолах и Лусхог, прислонясь к церковной стене, курили, глядя на звезды. А я подошел совсем близко к открытому окну, взобрался на фундамент и заглянул внутрь.

Генри сидел спиной к зрителям, он играл, раскачиваясь в такт музыке, предельно сконцентрировавшись на исполнении. Во время одного из кульминационных моментов он закрыл глаза и унесся мыслями куда-то далеко-далеко. Орган затих, грянули струнные, и тут он повернул голову к окну и увидел меня. Он все еще оставался наедине со своей музыкой, во власти вдохновения, но в его лице что-то неуловимо изменилось, он словно помолодел, я наконец увидел перед собой человека, а не чудовище. Я больше не хотел враждовать с ним и собирался навсегда исчезнуть из его жизни, но не знаю, понял ли он это.

Взгляды слушателей были прикованы к оркестру и вряд ли кто-то обратил на меня внимание, а я получил редкую возможность разглядеть публику и поискать в ней знакомые лица. Я, конечно же, сразу увидел жену и сына Генри, они сидели в первом ряду. Слава небесам, я уговорил Беку и Луковку оставить этого ребенка в покое, и они мне обещали. Большинство других людей я прежде не встречал. Я искал глазами своих сестер, но в моей памяти они все еще оставались пухлыми крохотулечками, и, конечно, определить, какими теперь они стали, мне не удалось. Пожилая женщина, также сидевшая в первом ряду, со слезами на глазах слушала концерт, напряженно прижав пальцы к плотно сжатым губам. Я вдруг понял, что это моя мама. Она несколько раз посмотрела в мою сторону, и мне показалось, что она узнала меня. В первый момент мне захотелось броситься к ней, обнять, почувствовать ее теплую руку на своей щеке, но, естественно, делать этого не стал. Я давно стал чужим для этих людей. Когда она в последний раз взглянула на меня, я прошептал: «Прощай, родная моя». Я знал, что она этого не услышит, но, возможно, что-то почувствует.

Генри продолжал играть, забыв обо всем на свете, его музыку можно было читать, как книгу. Немного печали, немного раскаяния... Мне сполна хватило впечатлений. И показалось, что он тоже прощается со своей двойной жизнью. Орган дышал, как живое существо, а потом, издав пару печальных стонов, затих.

— Энидэй, уходим, — шепнул мне Лусхог.

Грянул гром аплодисментов, крики «браво», а мы, скользя, как призраки, между надгробий, уже уходили один за другим в темноту ночи и леса, как будто нас никогда тут и не было.

Я отдал все долги Генри Дэю, закончил книгу, и завтра утром уйду отсюда навсегда. Если вы заметили, я почти не касался в своих записках вопросов магии или устройства нашего мира, но вам незачем о них знать. Нас осталось не так уж много, и, возможно, скоро мы вообще исчезнем. В современном мире детей поджидают гораздо более серьезные опасности, чем встреча с подменышами. В один прекрасный день про нас все забудут, разве что пара-тройка каких-нибудь фольклористов упомянет хобгоблинов, эльфов и фей в своих никому не нужных скучных трудах. Подбираясь к концу своей истории, я хочу вспомнить всех, кого больше нет с нами. И попрощаться с теми, кого оставляю здесь: с Луковкой, Бекой, Чевизори и с двумя моими самыми лучшими друзьями на этом свете — Смолахом и Лусхогом — ловким Мышем... С детьми, позабывшими себя... Надеюсь, они будут не слишком скучать без меня. В конце концов, все мы рано или поздно уходим.

Если кто-нибудь из вас встретит случайно мою мать, передайте ей, что я нежно ее люблю и храню в своей душе память о ее доброте. И что я все еще скучаю по ней, и, наверное, буду скучать вечно.

Передайте также привет и моим сестренкам. Поцелуйте их за меня в их пухленькие щечки. И знайте, что я всех вас уношу с собой в своем сердце.

«Ведь сердце нам дано не только для того, чтоб кровь текла по венам». Я ухожу на запад, чтобы отыскать там имя, любовь, надежду... Я оставляю все это здесь на тот случай, Крапинка, если вдруг мы разминемся с тобою и ты придешь сюда без меня. Как бы то ни было, знай: эта книга написана для тебя.

Я ухожу и больше не вернусь, но я буду помнить всё.

Оглавление

Глава 1 11
Глава 2 24
Глава 3 33
Глава 4 42
Глава 5 55
Глава 6 67
Глава 7 78
Глава 8 88
Глава 9 99
Глава 10 114
Глава 11 125
Глава 12 137
Глава 13 148
Глава 14 156
Глава 15 166
Глава 16 177
Глава 17 188
Глава 18 195
Глава 19 203
Глава 20 212
Глава 21 219
Глава 22 229
Глава 23 234
Глава 24 243
Глава 25 251
Глава 26 261
Глава 27 267

Глава 28 280
Глава 29 291
Глава 30 299
Глава 31 307
Глава 32 320
Глава 33 329
Глава 34 343
Глава 35 353
Глава 36 370

АРКАДИЯ

Литературно-художественное издание

Для лиц старше 16 лет

Кит Донохью
ПОДМЕНЫШ

Генеральный директор *Мария Смирнова*
Главный редактор *Антонина Галль*
Ведущий редактор *Янина Забелина*
Художественный редактор *Александр Андрейчук*

Издательство «Аркадия»
Телефон редакции: (812) 401-62-29
Адрес для писем: 197022, Санкт-Петербург, а/я 21

Подписано в печать 14.03.2019.
Формат 70 × 100 $^1/_{32}$. Печ. л. 13,0. Печать офсетная.
Тираж 4000 экз. Дата изготовления 14.04.2019.
Заказ № ВЗК-01855-19.

Отпечатано в АО «Первая Образцовая типография»,
филиал «Дом печати — ВЯТКА».
610033, г. Киров, ул. Московская, 122

По всем вопросам, связанным с приобретением книг
изда-тельства, обращаться в ТФ «Лабиринт»:
тел.: (495) 780-00-98
www.labirint.org

Заказ книг в интернет-магазине «Лабиринт»:
www.labirint.ru

16+